CLASSIQUES & CIE LYCÉE

Voltaire

Zadig ou la Destinée (1748)
L'Ingénu (1767)

suivi d'une anthologie sur la tolérance

Texte intégral suivi d'un dossier critique pour la préparation du bac français

Collection dirigée par
Johan Faerber

Édition annotée et commentée par
Didier Sevreau
agrégé de l'Université
docteur ès lettres
avec la collaboration de Luce Camus

Hatier

Zadig ou la Destinée

L'Ingénu

Anthologie sur la tolérance

 – ISBN 978-2-218-97830-2

Conception graphique de la maquette : c-album, Jean-Baptiste Taisne, Rachel Pfleger (texte) ; Lauriane Tiberghien (dossier) • Mise en pages : Chesteroc Ltd • Suivi éditorial : Luce Camus

Zadig
ou la Destinée

Histoire orientale

Approbation[1]

Je soussigné, qui me suis fait passer pour savant, et même pour homme d'esprit, ai lu ce manuscrit, que j'ai trouvé, malgré moi, curieux, amusant, moral, philosophique, digne de plaire à ceux mêmes qui haïssent les romans. Ainsi je l'ai décrié[2], et j'ai assuré monsieur le Cadi-Lesquier[3] que c'est un ouvrage détestable.

---

1. Approbation : autorisation de publication. En effet, aucune œuvre ne pouvait paraître sans avoir reçu l'« approbation » royale, autrement dit sans avoir été examinée par la censure.

2. Je l'ai décrié : j'en ai dit du mal.

3. Cadi-Lesquier : dans l'Empire ottoman, haut personnage chargé de la religion et des lois.

Épître dédicatoire[1] à la sultane Sheraa[2] par Sadi[3]

Le 10 du mois de schewal[4], l'an 837 de l'hégire[5].

Charme des prunelles, tourment des cœurs, lumière de l'esprit, je ne baise point la poussière de vos pieds, parce que vous ne marchez guère, ou que vous marchez sur des tapis d'Iran ou sur des roses. Je vous offre la traduction d'un livre d'un ancien sage qui, ayant le bonheur de n'avoir rien à faire, eut celui de s'amuser à écrire l'histoire de Zadig, ouvrage qui dit plus qu'il ne semble dire. Je vous prie de le lire et d'en juger ; car, quoique vous soyez dans le printemps de votre vie, quoique tous les plaisirs vous cherchent, quoique vous soyez belle, et que vos talents ajoutent à votre beauté ; quoiqu'on vous loue du soir au matin, et que par toutes ces raisons vous soyez en droit de

1. **Épître dédicatoire** : lettre adressée au destinataire de l'ouvrage.

2. **Sheraa** : ce nom s'inspire de celui de Schéhérazade, l'héroïne des contes des *Mille et Une Nuits*.

3. **Sadi** : poète persan du XIIIe siècle.

4. **Shewal** : dix-huitième mois du calendrier musulman, qui correspond au mois d'octobre.

5. **Hégire** : ère musulmane qui débute en 622 de l'ère chrétienne, 622 étant la date à laquelle le prophète Mahomet émigre de La Mecque à Médine. L'an 837 correspond à 1459 dans l'ère chrétienne.

n'avoir pas le sens commun, cependant vous avez l'esprit très sage et le goût très fin, et je vous ai entendue raisonner mieux que de vieux derviches[1] à longue barbe et à bonnet pointu. Vous êtes discrète et vous n'êtes point défiante ; vous êtes douce sans être faible ; vous êtes bienfaisante avec discernement ; vous aimez vos amis, et vous ne vous faites point d'ennemis. Votre esprit n'emprunte jamais ses agréments des traits de la médisance ; vous ne dites de mal ni n'en faites, malgré la prodigieuse facilité que vous y auriez. Enfin votre âme m'a toujours paru pure comme votre beauté. Vous avez même un petit fonds de philosophie qui m'a fait croire que vous prendriez plus de goût qu'une autre à cet ouvrage d'un sage.

Il fut écrit d'abord en ancien chaldéen[2], que ni vous ni moi n'entendons. On le traduisit en arabe, pour amuser le célèbre sultan Ouloug-beg[3]. C'était du temps où les Arabes et les Persans commençaient à écrire des *Mille et Une Nuits*[4], des *Mille et Un Jours*, etc. Ouloug aimait mieux la lecture de *Zadig* ; mais les sultanes aimaient mieux les *Mille et Un*. « Comment pouvez-vous préférer, leur disait le sage Ouloug, des contes qui sont sans raison, et qui ne signifient rien ? – C'est précisément pour cela que nous les aimons, répondaient les sultanes. »

Je me flatte que vous ne leur ressemblerez pas, et que vous serez un vrai Ouloug. J'espère même que, quand vous serez lasse des conversations générales, qui ressemblent assez aux

---

1. **Derviches** : religieux musulmans.
2. **Chaldéen** : langue de la Chaldée, région de Mésopotamie en bordure du golfe Arabo-Persique.
3. **Sultan** : titre porté par les souverains des pays musulmans ; **Ouloug-beg** : souverain persan (1394-1449) réputé pour son érudition.
4. ***Mille et Une Nuits*** : recueil de contes orientaux dont la traduction française commença en 1704 et qui connut un très grand succès au XVIIIe siècle.

Mille et Un, à cela près qu'elles sont moins amusantes, je pourrai trouver une minute pour avoir l'honneur de vous parler raison. Si vous aviez été Thalestris du temps de Scander[1], fils de Philippe, si vous aviez été la reine de Sabée[2] du temps de Soleiman[3], c'eussent été ces rois qui auraient fait le voyage.

Je prie les vertus célestes que vos plaisirs soient sans mélange[4], votre beauté durable, et votre bonheur sans fin.

SADI.

1. **Thalestris** : reine des Amazones qui, dit la légende, demanda à Alexandre le Grand de l'épouser. Peuple de chasseresses et de guerrières dans la mythologie grecque, les Amazones se coupaient le sein droit pour mieux tirer à l'arc ; **Scander** : Alexandre le Grand.

2. **Reine de Sabée** : reine de Saba (région de l'Arabie du Sud), qui, raconte la Bible, vint rendre visite à Salomon, roi d'Israël.

3. **Soleiman** : Salomon.

4. **Sans mélange** : purs.

Chapitre I *Le Borgne*

Du temps du roi Moabdar[1] il y avait à Babylone[2] un jeune homme nommé Zadig, né avec un beau naturel fortifié par l'éducation. Quoique riche et jeune, il savait modérer ses passions ; il n'affectait rien[3] ; il ne voulait point toujours avoir raison, et savait respecter la faiblesse des hommes. On était étonné de voir qu'avec beaucoup d'esprit il n'insultât jamais par des railleries à ces propos si vagues, si rompus[4], si tumultueux, à ces médisances téméraires, à ces décisions ignorantes, à ces turlupinades[5] grossières, à ce vain bruit de paroles, qu'on appelait *conversation* dans Babylone. Il avait appris, dans le premier livre de Zoroastre[6], que l'amour-propre est un ballon gonflé de vent, dont il sort des tempêtes quand on lui a fait une piqûre. Zadig surtout ne se vantait pas de mépriser les femmes et de les subjuguer[7]. Il était généreux ; il ne craignait point d'obliger[8] des ingrats, suivant ce grand précepte de Zoroastre : *Quand tu manges, donne à manger aux chiens, dussent-ils te mordre.*

---

1. Moabdar : nom inventé par Voltaire à partir du pays de *Moab*, proche de la Palestine.

2. Babylone : capitale de la Chaldée (Mésopotamie).

3. Il n'affectait rien : il n'avait pas d'ambition.

4. Rompus : sans suite logique.

5. Turlupinades : plaisanteries grossières (du nom de *Turlupin*, acteur de farce du XVIIe siècle).

6. Zoroastre (ou Zarathoustra) : prophète perse du VIIe siècle av. J.-C. fondateur du *zoroastrisme*, religion dualiste où s'opposent le principe du bien et le principe du mal.

7. Subjuguer les femmes : les « mettre sous son *joug* », les dominer.

8. Obliger : aider.

Il était aussi sage qu'on peut l'être ; car il cherchait à vivre avec des sages. Instruit dans les sciences des anciens Chaldéens[1], il n'ignorait pas les principes physiques de la nature, tels qu'on les connaissait alors, et savait de la métaphysique[2] ce qu'on en a su dans tous les âges, c'est-à-dire fort peu de chose. Il était fermement persuadé que l'année était de trois cent soixante et cinq jours et un quart, malgré la nouvelle philosophie de son temps, et que le soleil était au centre du monde ; et quand les principaux mages[3] lui disaient, avec une hauteur insultante, qu'il avait de mauvais sentiments, et que c'était être ennemi de l'État que de croire que le soleil tournait sur lui-même, et que l'année avait douze mois, il se taisait sans colère et sans dédain.

Zadig, avec de grandes richesses, et par conséquent avec des amis, ayant de la santé, une figure aimable, un esprit juste et modéré, un cœur sincère et noble, crut qu'il pouvait être heureux. Il devait se marier à Sémire, que sa beauté, sa naissance et sa fortune rendaient le premier parti de Babylone. Il avait pour elle un attachement solide et vertueux, et Sémire l'aimait avec passion. Ils touchaient au moment fortuné[4] qui allait les unir, lorsque, se promenant ensemble vers une porte de Babylone, sous les palmiers qui ornaient le rivage de l'Euphrate[5], ils virent venir à eux des hommes armés de sabres et de flèches. C'étaient les satellites[6] du jeune Orcan, neveu

1. Chaldéens : Babyloniens.

2. Métaphysique (du grec *méta*, « au-delà » et *phusikê*, « physique ») : branche de la philosophie qui a pour objet les réalités immatérielles (Dieu, l'âme, l'être), vigoureusement condamnée par Voltaire.

3. Mages : prêtres de la religion de Zoroastre.

4. Fortuné : heureux.

5. Euphrate : fleuve de Babylone.

6. Satellites : gardes du corps, hommes de main.

d'un ministre, à qui les courtisans de son oncle avaient fait accroire que tout lui était permis. Il n'avait aucune des grâces ni des vertus de Zadig ; mais, croyant valoir beaucoup mieux, il était désespéré de n'être pas préféré. Cette jalousie, qui ne venait que de sa vanité, lui fit penser qu'il aimait éperdument Sémire. Il voulait l'enlever. Les ravisseurs la saisirent, et dans les emportements de leur violence ils la blessèrent, et firent couler le sang d'une personne dont la vue aurait attendri les tigres du mont Imaüs[1]. Elle perçait le ciel de ses plaintes. Elle s'écriait : « Mon cher époux ! on m'arrache à ce que j'adore. » Elle n'était point occupée de son danger ; elle ne pensait qu'à son cher Zadig. Celui-ci, dans le même temps, la défendait avec toute la force que donnent la valeur et l'amour. Aidé seulement de deux esclaves, il mit les ravisseurs en fuite, et ramena chez elle Sémire évanouie et sanglante, qui en ouvrant les yeux vit son libérateur. Elle lui dit : « Ô Zadig ! je vous aimais comme mon époux ; je vous aime comme celui à qui je dois l'honneur et la vie. » Jamais il n'y eut un cœur plus pénétré[2] que celui de Sémire, jamais bouche plus ravissante n'exprima des sentiments plus touchants par ces paroles de feu qu'inspirent le sentiment du plus grand des bienfaits et le transport[3] le plus tendre de l'amour le plus légitime. Sa blessure était légère ; elle guérit bientôt.

Zadig était blessé plus dangereusement ; un coup de flèche reçu près de l'œil lui avait fait une plaie profonde. Sémire ne demandait aux dieux que la guérison de son amant. Ses yeux étaient nuit et jour baignés de larmes : elle attendait le moment

1. Mont Imaüs : Himalaya.
2. Pénétré : rempli d'amour.
3. Transport : vive émotion.

où ceux de Zadig pourraient jouir de ses regards; mais un abcès survenu à l'œil blessé fit tout craindre. On envoya jusqu'à Memphis[1] chercher le grand médecin Hermès[2], qui vint avec un nombreux cortège. Il visita le malade, et déclara qu'il perdrait l'œil; il prédit même le jour et l'heure où ce funeste accident devait arriver. « Si c'eût été l'œil droit, dit-il, je l'aurais guéri; mais les plaies de l'œil gauche sont incurables. » Tout Babylone, en plaignant la destinée de Zadig, admira la profondeur de la science d'Hermès. Deux jours après l'abcès perça de lui-même; Zadig fut guéri parfaitement. Hermès écrivit un livre où il lui prouva qu'il n'avait pas dû[3] guérir. Zadig ne le lut point; mais, dès qu'il put sortir, il se prépara à rendre visite à celle qui faisait l'espérance du bonheur de sa vie, et pour qui seule il voulait avoir des yeux. Sémire était à la campagne depuis trois jours. Il apprit en chemin que cette belle dame, ayant déclaré hautement qu'elle avait une aversion insurmontable pour les borgnes, venait de se marier à Orcan la nuit même. À cette nouvelle il tomba sans connaissance; sa douleur le mit au bord du tombeau; il fut longtemps malade, mais enfin la raison l'emporta sur son affliction[4]; et l'atrocité de ce qu'il éprouvait servit même à le consoler.

« Puisque j'ai essuyé, dit-il, un si cruel caprice d'une fille élevée à la cour, il faut que j'épouse une citoyenne[5]. » Il choisit Azora, la plus sage et la mieux née de la ville; il l'épousa, et vécut un mois avec elle dans les douceurs de l'union la plus

1. Memphis : capitale de l'Égypte ancienne.

2. Hermès : assimilé par les Grecs au dieu égyption Thot, maître des sciences et puissant magicien connaissant les formules capables de guérir les malades.

3. N'avait pas dû : n'aurait pas dû.

4. Affliction : douleur.

5. Citoyenne : bourgeoise.

tendre. Seulement il remarquait en elle un peu de légèreté, et beaucoup de penchant à trouver toujours que les jeunes gens les mieux faits étaient ceux qui avaient le plus d'esprit et de vertu.

Chapitre II *Le Nez*

Un jour Azora revint d'une promenade, tout en colère, et faisant de grandes exclamations. « Qu'avez-vous, lui dit-il, ma chère épouse ? qui vous peut mettre ainsi hors de vous-même ? – Hélas ! dit-elle, vous seriez indigné comme moi, si vous aviez vu le spectacle dont je viens d'être témoin. J'ai été consoler la jeune veuve Cosrou, qui vient d'élever, depuis deux jours, un tombeau à son jeune époux auprès du ruisseau qui borde cette prairie. Elle a promis aux dieux, dans sa douleur, de demeurer auprès de ce tombeau tant que l'eau de ce ruisseau coulerait auprès. – Eh bien ! dit Zadig, voilà une femme estimable qui aimait véritablement son mari ! – Ah ! reprit Azora, si vous saviez à quoi elle s'occupait quand je lui ai rendu visite ! – À quoi donc, belle Azora ? – Elle faisait détourner le ruisseau. » Azora se répandit en des invectives[1] si longues, éclata en reproches si violents contre la jeune veuve, que ce faste[2] de vertu ne plut pas à Zadig.

Il avait un ami, nommé Cador, qui était un de ces jeunes gens à qui sa femme trouvait plus de probité[3] et de mérite qu'aux autres : il le mit dans sa confidence, et s'assura, autant

1. Invectives : suites de paroles violentes.
2. Faste : déploiement excessif.
3. Probité : honnêteté.

qu'il le pouvait, de sa fidélité par un présent considérable. Azora, ayant passé deux jours chez une de ses amies à la campagne, revint le troisième jour à la maison. Des domestiques en pleurs lui annoncèrent que son mari était mort subitement, la nuit même, qu'on n'avait pas osé lui porter cette funeste nouvelle, et qu'on venait d'ensevelir Zadig dans le tombeau de ses pères, au bout du jardin. Elle pleura, s'arracha les cheveux, et jura de mourir. Le soir, Cador lui demanda la permission de lui parler, et ils pleurèrent tous deux. Le lendemain ils pleurèrent moins, et dînèrent ensemble. Cador lui confia que son ami lui avait laissé la plus grande partie de son bien, et lui fit entendre qu'il mettrait son bonheur à partager sa fortune avec elle. La dame pleura, se fâcha, s'adoucit; le souper fut plus long que le dîner[1]; on se parla avec plus de confiance. Azora fit l'éloge du défunt; mais elle avoua qu'il avait des défauts dont Cador était exempt.

Au milieu du souper, Cador se plaignit d'un mal de rate violent; la dame, inquiète et empressée, fit apporter toutes les essences dont elle se parfumait pour essayer s'il n'y en avait pas quelqu'une qui fût bonne pour le mal de rate; elle regretta beaucoup que le grand Hermès ne fût pas encore à Babylone; elle daigna même toucher le côté où Cador sentait de si vives douleurs. « Êtes-vous sujet à cette cruelle maladie? lui dit-elle avec compassion. – Elle me met quelquefois au bord du tombeau, lui répondit Cador, et il n'y a qu'un seul remède qui puisse me soulager: c'est de m'appliquer sur le côté le nez d'un homme qui soit mort la veille. – Voilà un étrange remède, dit Azora. – Pas plus étrange, répondit-il, que les sachets du sieur

1. **Souper** : au XVIIIe siècle, dîner; **dîner** : déjeuner.

Arnou contre l'apoplexie[1]. » Cette raison, jointe à l'extrême mérite du jeune homme, détermina enfin la dame. « Après tout, dit-elle, quand mon mari passera du monde d'hier dans le monde du lendemain sur le pont Tchinavar[2], l'ange Asrael lui accordera-t-il moins le passage parce que son nez sera un peu moins long dans la seconde vie que dans la première ? » Elle prit donc un rasoir ; elle alla au tombeau de son époux, l'arrosa de ses larmes, et s'approcha pour couper le nez à Zadig, qu'elle trouva tout étendu dans la tombe. Zadig se relève en tenant son nez d'une main, et arrêtant le rasoir de l'autre. « Madame, lui dit-il, ne criez plus tant contre la jeune Cosrou ; le projet de me couper le nez vaut bien celui de détourner un ruisseau. »

Chapitre III *Le Chien et le Cheval*

Zadig éprouva[3] que le premier mois du mariage, comme il est écrit dans le livre du *Zend*[4], est la lune du miel, et que le second est la lune de l'absinthe[5]. Il fut quelque temps après obligé de répudier Azora, qui était devenue trop difficile à vivre, et il chercha son bonheur dans l'étude de la nature. « Rien n'est plus heureux, disait-il, qu'un philosophe qui lit

1. Sieur Arnou : Louis Arnoult, contemporain de Voltaire, vendait des sachets que l'on suspendait à son cou, contenant un remède miracle censé guérir l'apoplexie ; **apoplexie** : perte de connaissance due à une hémorragie cérébrale (terme vieilli).

2. Pont Tchinavar : pont entre le monde des vivants et celui des morts, sur lequel sont jugées les âmes par l'ange Asrael. Selon le zoroastrisme, seules celles des justes peuvent passer le pont, au bout duquel les attend une béatitude éternelle.

3. Éprouva : expérimenta.

4. Livre du *Zend* : livre saint du zoroastrisme.

5. Absinthe : alcool toxique, de couleur verte.

dans ce grand livre que Dieu a mis sous nos yeux. Les vérités qu'il découvre sont à lui : il nourrit et il élève son âme, il vit tranquille ; il ne craint rien des hommes, et sa tendre épouse ne vient point lui couper le nez. »

Plein de ces idées, il se retira dans une maison de campagne sur les bords de l'Euphrate. Là il ne s'occupait pas à calculer combien de pouces[1] d'eau coulaient en une seconde sous les arches d'un pont, ou s'il tombait une ligne cube[2] de pluie dans le mois de la souris plus que dans le mois du mouton. Il n'imaginait point de faire de la soie avec des toiles d'araignée, ni de la porcelaine avec des bouteilles cassées, mais il étudia surtout les propriétés des animaux et des plantes, et il acquit bientôt une sagacité[3] qui lui découvrait mille différences où les autres hommes ne voient rien que d'uniforme.

Un jour, se promenant auprès d'un petit bois, il vit accourir à lui un eunuque[4] de la reine, suivi de plusieurs officiers qui paraissaient dans la plus grande inquiétude, et qui couraient çà et là comme des hommes égarés qui cherchent ce qu'ils ont perdu de plus précieux. « Jeune homme, lui dit le premier eunuque, n'avez-vous point vu le chien de la reine ? » Zadig répondit modestement : « C'est une chienne, et non pas un chien. – Vous avez raison, reprit le premier eunuque. – C'est une épagneule très petite, ajouta Zadig ; elle a fait depuis peu des chiens ; elle boite du pied gauche de devant, et elle a les oreilles très longues. – Vous l'avez donc vue ? dit le premier

1. Pouces : mesure de longueur valant environ 27 mm. Voltaire se moque ici, comme dans les lignes qui suivent, des recherches inutiles de son époque.

2. Ligne cube : 2,25 mm^3.

3. Sagacité : perspicacité.

4. Eunuque : homme castré chargé de garder les femmes du harem.

eunuque tout essoufflé. – Non, répondit Zadig, je ne l'ai jamais vue, et je n'ai jamais su si la reine avait une chienne. »

Précisément dans le même temps, par une bizarrerie ordinaire de la fortune[1], le plus beau cheval de l'écurie du roi s'était échappé des mains d'un palefrenier dans les plaines de Babylone. Le grand veneur[2] et tous les autres officiers couraient après lui avec autant d'inquiétude que le premier eunuque après la chienne. Le grand veneur s'adressa à Zadig, et lui demanda s'il n'avait point vu passer le cheval du roi. « C'est, répondit Zadig, le cheval qui galope le mieux ; il a cinq pieds[3] de haut, le sabot fort petit ; il porte une queue de trois pieds et demi de long ; les bossettes[4] de son mors sont d'or à vingt-trois carats ; ses fers sont d'argent à onze deniers[5]. – Quel chemin a-t-il pris ? Où est-il ? demanda le grand veneur. – Je ne l'ai point vu, répondit Zadig, et je n'en ai jamais entendu parler. »

Le grand veneur et le premier eunuque ne doutèrent pas que Zadig n'eût volé le cheval du roi et la chienne de la reine ; ils le firent conduire devant l'assemblée du grand desterham[6], qui le condamna au knout[7], et à passer le reste de ses jours en Sibérie. À peine le jugement fut-il rendu qu'on retrouva le cheval et la chienne. Les juges furent dans la douloureuse nécessité de réformer leur arrêt[8] ; mais ils condamnèrent Zadig

1. **De la fortune** : du hasard.
2. **Grand veneur** : officier du roi chargé de la chasse.
3. **Cinq pieds** : un pied valant environ 32 cm, la hauteur du cheval est donc de 1,60 m.
4. **Bossettes** : ornements en bosse sur le mors d'un cheval.
5. **Onze deniers** : les fers sont en argent quasiment pur.
6. **Desterham** : altération de *defterdar*, « celui qui tient les rôles de la milice et des finances chez les Persans et chez les Turcs ».
7. **Knout** : fouet.
8. **Réformer leur arrêt** : revenir sur leur jugement.

à payer quatre cents onces d'or[1], pour avoir dit qu'il n'avait point vu ce qu'il avait vu. Il fallut d'abord payer cette amende ; après quoi il fut permis à Zadig de plaider sa cause au conseil du grand Desterham ; il parla en ces termes :

« Étoiles de justice, abîmes de science, miroirs de vérité, qui avez la pesanteur du plomb, la dureté du fer, l'éclat du diamant, et beaucoup d'affinité avec l'or, puisqu'il m'est permis de parler devant cette auguste assemblée, je vous jure par Orosmade[2], que je n'ai jamais vu la chienne respectable de la reine, ni le cheval sacré du roi des rois. Voici ce qui m'est arrivé : je me promenais vers le petit bois où j'ai rencontré depuis le vénérable eunuque et le très illustre grand veneur. J'ai vu sur le sable les traces d'un animal, et j'ai jugé aisément que c'étaient celles d'un petit chien. Des sillons légers et longs, imprimés sur de petites éminences de sable entre les traces des pattes, m'ont fait connaître que c'était une chienne dont les mamelles étaient pendantes, et qu'ainsi elle avait fait des petits il y a peu de jours. D'autres traces en un sens différent, qui paraissaient toujours avoir rasé la surface du sable à côté des pattes de devant, m'ont appris qu'elle avait les oreilles très longues ; et comme j'ai remarqué que le sable était toujours moins creusé par une patte que par les trois autres, j'ai compris que la chienne de notre auguste reine était un peu boiteuse, si je l'ose dire.

« À l'égard du cheval du roi des rois[3], vous saurez que, me promenant dans les routes de ce bois, j'ai aperçu les marques des fers d'un cheval ; elles étaient toutes à égales distances.

1. Quatre cents onces d'or : 12 kg (une once = environ 30 g).
2. Orosmade : principe du bien dans la religion de Zoroastre.
3. Roi des rois : désigne le roi de Perse chez les Grecs.

Voilà, ai-je dit, un cheval qui a un galop parfait. La poussière des arbres, dans une route étroite qui n'a que sept pieds de large, était un peu enlevée à droite et à gauche, à trois pieds et demi du milieu de la route. Ce cheval, ai-je dit, a une queue de trois pieds et demi, qui, par ses mouvements de droite et de gauche, a balayé cette poussière. J'ai vu sous les arbres, qui formaient un berceau de cinq pieds de haut, les feuilles des branches nouvellement tombées ; et j'ai connu que ce cheval y avait touché, et qu'ainsi il avait cinq pieds de haut. Quant à son mors, il doit être d'or à vingt-trois carats ; car il en a frotté les bossettes contre une pierre que j'ai reconnue être une pierre de touche[1], et dont j'ai fait l'essai. J'ai jugé enfin par les marques que ses fers ont laissées sur des cailloux d'une autre espèce, qu'il était ferré d'argent à onze deniers de fin[2]. »

Tous les juges admirèrent le profond et subtil discernement de Zadig ; la nouvelle en vint jusqu'au roi et à la reine. On ne parlait que de Zadig dans les antichambres, dans la chambre, et dans le cabinet[3] ; et quoique plusieurs mages opinassent[4] qu'on devait le brûler comme sorcier, le roi ordonna qu'on lui rendît l'amende des quatre cents onces d'or à laquelle il avait été condamné. Le greffier, les huissiers, les procureurs, vinrent chez lui en grand appareil[5] lui rapporter ses quatre cents onces ; ils en retinrent seulement trois cent quatre-vingt-dix-huit pour les frais de justice, et leurs valets demandèrent des honoraires.

---

1. Pierre de touche : pierre utilisée pour déterminer la qualité de l'or et de l'argent.

2. Onze deniers de fin : argent pur.

3. Cabinet : bureau du roi.

4. Opinassent : fussent d'avis.

5. En grand appareil : en grande pompe.

Zadig vit combien il était dangereux quelquefois d'être trop savant, et se promit bien, à la première occasion, de ne point dire ce qu'il avait vu.

Cette occasion se trouva bientôt. Un prisonnier d'État s'échappa ; il passa sous les fenêtres de sa maison. On interrogea Zadig, il ne répondit rien ; mais on lui prouva qu'il avait regardé par la fenêtre. Il fut condamné pour ce crime à cinq cents onces d'or, et il remercia ses juges de leur indulgence, selon la coutume de Babylone.

« Grand Dieu ! dit-il en lui-même, qu'on est à plaindre quand on se promène dans un bois où la chienne de la reine et le cheval du roi ont passé ! qu'il est dangereux de se mettre à la fenêtre ! et qu'il est difficile d'être heureux dans cette vie ! »

Chapitre IV *L'Envieux*

Zadig voulut se consoler, par la philosophie et par l'amitié, des maux que lui avait faits la fortune. Il avait, dans un faubourg de Babylone, une maison ornée avec goût, où il rassemblait tous les arts et tous les plaisirs dignes d'un honnête homme. Le matin, sa bibliothèque était ouverte à tous les savants ; le soir, sa table l'était à la bonne compagnie ; mais il connut bientôt combien les savants sont dangereux ; il s'éleva une grande dispute sur une loi de Zoroastre, qui défendait de manger du griffon[1]. « Comment défendre le griffon, disaient les uns, si cet animal n'existe pas ? – Il faut bien qu'il existe, disaient les autres, puisque Zoroastre ne veut pas qu'on en mange. » Zadig

1. Griffon : animal fabuleux à tête et ailes d'aigle et à corps de lion.

voulut les accorder, en leur disant : « S'il y a des griffons, n'en mangeons point ; s'il n'y en a point, nous en mangerons encore moins ; et par là nous obéirons tous à Zoroastre. »

Un savant qui avait composé treize volumes sur les propriétés du griffon, et qui de plus était grand théurgite[1], se hâta d'aller accuser Zadig devant un archimage[2] nommé Yébor, le plus sot des Chaldéens, et partant le plus fanatique. Cet homme aurait fait empaler Zadig pour la plus grande gloire du soleil, et en aurait récité le bréviaire[3] de Zoroastre d'un ton plus satisfait. L'ami Cador (un ami vaut mieux que cent prêtres) alla trouver le vieux Yébor, et lui dit :

« Vivent le soleil et les griffons ! gardez-vous bien de punir Zadig : c'est un saint ; il a des griffons dans sa basse-cour, et il n'en mange point ; et son accusateur est un hérétique[4] qui ose soutenir que les lapins ont le pied fendu[5], et ne sont point immondes[6]. – Eh bien ! dit Yébor en branlant sa tête chauve, il faut empaler Zadig pour avoir mal pensé des griffons, et l'autre pour avoir mal parlé des lapins. » Cador apaisa l'affaire par le moyen d'une fille d'honneur à laquelle il avait fait un enfant, et qui avait beaucoup de crédit dans le collège des mages. Personne ne fut empalé ; de quoi plusieurs docteurs murmurèrent, et en présagèrent la décadence de Babylone. Zadig s'écria : « À quoi tient le bonheur ! Tout me persécute

1. Théurgite : qui pratique la *théurgie*, science magique visant à communiquer avec les esprits.

2. Archimage : le plus grand des mages.

3. Bréviaire : livre de prières.

4. Hérétique : personne qui s'oppose aux conceptions religieuses dominantes.

5. Le pied fendu : allusion à la loi religieuse juive qui interdit de manger des animaux n'ayant pas le pied fendu.

6. Immondes : impurs.

dans ce monde, jusqu'aux êtres qui n'existent pas. » Il maudit les savants, et ne voulut plus vivre qu'en bonne compagnie.

Il rassemblait chez lui les plus honnêtes gens de Babylone, et les dames les plus aimables ; il donnait des soupers délicats, souvent précédés de concerts, et animés par des conversations charmantes dont il avait su bannir l'empressement de montrer de l'esprit, qui est la plus sûre manière de n'en point avoir, et de gâter la société la plus brillante. Ni le choix de ses amis, ni celui des mets, n'étaient faits par la vanité ; car en tout il préférait l'être au paraître, et par là il s'attirait la considération véritable à laquelle il ne prétendait pas.

Vis-à-vis sa maison demeurait Arimaze, personnage dont la méchante âme était peinte sur sa grossière physionomie. Il était rongé de fiel[1] et bouffi d'orgueil, et pour comble, c'était un bel esprit ennuyeux. N'ayant jamais pu réussir dans le monde, il se vengeait par en médire[2]. Tout riche qu'il était, il avait de la peine à rassembler chez lui des flatteurs. Le bruit des chars qui entraient le soir chez Zadig l'importunait, le bruit de ses louanges l'irritait davantage. Il allait quelquefois chez Zadig, et se mettait à table sans être prié : il y corrompait[3] toute la joie de la société, comme on dit que les harpies[4] infectent les viandes qu'elles touchent. Il lui arriva un jour de vouloir donner une fête à une dame qui, au lieu de la recevoir, alla souper chez Zadig. Un autre jour, causant avec lui dans le palais, ils abordèrent un ministre qui pria Zadig à souper, et

1. **Fiel** : amertume.

2. **Par en médire** : en en médisant (médire = dire du mal).

3. **Corrompait** : gâtait, empoisonnait.

4. **Harpies** : divinités de la mythologie grecque. Monstres au corps d'oiseau et à la tête de femme, elles ravissaient les âmes et les enfants.

ne pria point Arimaze. Les plus implacables haines n'ont pas souvent des fondements plus importants. Cet homme, qu'on appelait l'*Envieux* dans Babylone, voulut perdre Zadig, parce qu'on l'appelait l'*Heureux*. L'occasion de faire du mal se trouve cent fois par jour, et celle de faire du bien, une fois dans l'année, comme dit Zoroastre.

L'Envieux alla chez Zadig, qui se promenait dans ses jardins avec deux amis et une dame à laquelle il disait souvent des choses galantes, sans autre intention que celle de les dire. La conversation roulait sur une guerre que le roi venait de terminer heureusement contre le prince d'Hyrcanie[1], son vassal. Zadig, qui avait signalé son courage dans cette courte guerre, louait beaucoup le roi, et encore plus la dame. Il prit ses tablettes[2], et écrivit quatre vers qu'il fit sur-le-champ, et qu'il donna à lire à cette belle personne.

Ses amis le prièrent de leur en faire part : la modestie, ou plutôt un amour-propre bien entendu[3], l'en empêcha. Il savait que des vers impromptus ne sont jamais bons que pour celle en l'honneur de qui ils sont faits : il brisa en deux la feuille des tablettes sur laquelle il venait d'écrire, et jeta les deux moitiés dans un buisson de roses, où on les chercha inutilement. Une petite pluie survint ; on regagna la maison. L'Envieux, qui resta dans le jardin, chercha tant, qu'il trouva un morceau de la feuille. Elle avait été tellement rompue[4] que chaque moitié de vers qui remplissait la ligne faisait un sens, et même un

1. Hyrcanie : région d'Asie située au sud de la mer Caspienne.

2. Tablettes : plaquettes d'argile, de bois ou d'ivoire sur lesquelles on écrivait avec un poinçon.

3. Bien entendu : raisonnable.

4. Rompue : déchirée.

vers d'une plus petite mesure ; mais, par un hasard encore plus étrange, ces petits vers se trouvaient former un sens qui contenait les injures les plus horribles contre le roi ; on y lisait :

Par les plus grands forfaits
Sur le trône affermi,
Dans la publique paix
C'est le seul ennemi.

L'Envieux fut heureux pour la première fois de sa vie. Il avait entre les mains de quoi perdre un homme vertueux et aimable. Plein de cette cruelle joie, il fit parvenir jusqu'au roi cette satire[1] écrite de la main de Zadig : on le fit mettre en prison, lui, ses deux amis, et la dame. Son procès lui fut bientôt fait, sans qu'on daignât l'entendre. Lorsqu'il vint recevoir sa sentence, l'Envieux se trouva sur son passage, et lui dit tout haut que ses vers ne valaient rien. Zadig ne se piquait pas[2] d'être bon poëte ; mais il était au désespoir d'être condamné comme criminel de lèse-majesté[3], et de voir qu'on retînt en prison une belle dame et deux amis pour un crime qu'il n'avait pas fait. On ne lui permit pas de parler, parce que ses tablettes parlaient : telle était la loi de Babylone.

On le fit donc aller au supplice à travers une foule de curieux dont aucun n'osait le plaindre, et qui se précipitaient pour examiner son visage, et pour voir s'il mourrait avec bonne grâce. Ses parents seulement étaient affligés, car ils n'héritaient pas. Les trois quarts de son bien étaient confisqués au profit du roi, et l'autre quart au profit de l'Envieux.

---

1. Satire : texte critique et moqueur.

2. Ne se piquait pas : n'avait pas la prétention.

3. Crime de lèse-majesté : atteinte à la personne ou à l'autorité du roi.

Dans le temps qu'il se préparait à la mort, le perroquet du roi s'envola de son balcon, et s'abattit dans le jardin de Zadig sur un buisson de roses. Une pêche y avait été portée d'un arbre voisin par le vent ; elle était tombée sur un morceau de tablette à écrire auquel elle s'était collée. L'oiseau enleva la pêche et la tablette, et les porta sur les genoux du monarque. Le prince, curieux, y lut des mots qui ne formaient aucun sens, et qui paraissaient des fins de vers. Il aimait la poésie, et il y a toujours de la ressource avec les princes qui aiment les vers : l'aventure de son perroquet le fit rêver[1]. La reine, qui se souvenait de ce qui avait été écrit sur une pièce de la tablette de Zadig, se la fit apporter.

On confronta les deux morceaux, qui s'ajustaient ensemble parfaitement ; on lut alors les vers tels que Zadig les avait faits :

Par les plus grands forfaits j'ai vu troubler la terre.
Sur le trône affermi le roi sait tout dompter.
Dans la publique paix l'amour seul fait la guerre :
C'est le seul ennemi qui soit à redouter.

Le roi ordonna aussitôt qu'on fît venir Zadig devant lui, et qu'on fît sortir de prison ses deux amis et la belle dame. Zadig se jeta le visage contre terre aux pieds du roi et de la reine : il leur demanda très humblement pardon d'avoir fait de mauvais vers ; il parla avec tant de grâce, d'esprit, et de raison, que le roi et la reine voulurent le revoir. Il revint, et plut encore davantage. On lui donna tous les biens de l'Envieux, qui l'avait injustement accusé : mais Zadig les rendit tous ; et l'Envieux ne fut touché que du plaisir de ne pas perdre son

1. **Rêver** : réfléchir.

bien. L'estime du roi s'accrut de jour en jour pour Zadig. Il le mettait de tous ses plaisirs, et le consultait dans toutes ses affaires. La reine le regarda dès lors avec une complaisance qui pouvait devenir dangereuse pour elle, pour le roi son auguste époux, pour Zadig, et pour le royaume. Zadig commençait à croire qu'il n'est pas si difficile d'être heureux.

Chapitre V *Les Généreux*

Le temps arriva où l'on célébrait une grande fête qui revenait tous les cinq ans. C'était la coutume à Babylone de déclarer solennellement, au bout de cinq années, celui des citoyens qui avait fait l'action la plus généreuse[1]. Les grands et les mages étaient les juges. Le premier satrape[2], chargé du soin de la ville, exposait les plus belles actions qui s'étaient passées sous son gouvernement. On allait aux voix[3] : le roi prononçait le jugement. On venait à cette solennité[4] des extrémités de la terre. Le vainqueur recevait des mains du monarque une coupe d'or garnie de pierreries, et le roi lui disait ces paroles : « Recevez ce prix de la générosité, et puissent les dieux me donner beaucoup de sujets qui vous ressemblent ! »

Ce jour mémorable venu, le roi parut sur son trône, environné des grands, des mages, et des députés[5] de toutes les nations, qui venaient à ces jeux où la gloire s'acquérait, non par la légèreté des

1. **Généreuse** : noble, courageuse.
2. **Satrape** : dans l'ancien Empire perse, gouverneur de province.
3. **On allait aux voix** : on allait voter.
4. **Solennité** : fête solennelle.
5. **Députés** : ambassadeurs.

chevaux, non par la force du corps, mais par la vertu. Le premier satrape rapporta à haute voix les actions qui pouvaient mériter à leurs auteurs ce prix inestimable. Il ne parla point de la grandeur d'âme avec laquelle Zadig avait rendu à l'Envieux toute sa fortune : ce n'était pas une action qui méritât de disputer le prix.

Il présenta d'abord un juge qui, ayant fait perdre un procès considérable à un citoyen, par une méprise dont il n'était pas même responsable, lui avait donné tout son bien, qui était la valeur de ce que l'autre avait perdu.

Il produisit ensuite un jeune homme qui, étant éperdument épris d'une fille qu'il allait épouser, l'avait cédée à un ami près d'expirer d'amour pour elle, et qui avait encore payé la dot en cédant la fille.

Ensuite il fit paraître un soldat qui, dans la guerre d'Hyrcanie, avait donné encore un plus grand exemple de générosité. Des soldats ennemis lui enlevaient sa maîtresse, et il la défendait contre eux : on vint lui dire que d'autres Hyrcaniens enlevaient sa mère à quelques pas de là ; il quitta en pleurant sa maîtresse, et courut délivrer sa mère ; il retourna ensuite vers celle qu'il aimait, et la trouva expirante. Il voulut se tuer : sa mère lui remontra qu'elle n'avait que lui pour tout secours, et il eut le courage de souffrir[1] la vie.

Les juges penchaient pour ce soldat. Le roi prit la parole, et dit : « Son action et celles des autres sont belles, mais elles ne m'étonnent point ; hier Zadig en a fait une qui m'a étonné. J'avais disgracié depuis quelques jours mon ministre et mon favori Coreb. Je me plaignais de lui avec violence, et tous mes courtisans m'assuraient que j'étais trop doux ; c'était à qui me

1. Souffrir : supporter.

dirait le plus de mal de Coreb. Je demandai à Zadig ce qu'il en pensait, et il osa en dire du bien. J'avoue que j'ai vu, dans nos histoires, des exemples qu'on a payé de son bien une erreur, qu'on a cédé sa maîtresse, qu'on a préféré une mère à l'objet de son amour ; mais je n'ai jamais lu qu'un courtisan ait parlé avantageusement d'un ministre disgracié contre qui son souverain était en colère. Je donne vingt mille pièces d'or à chacun de ceux dont on vient de réciter les actions généreuses ; mais je donne la coupe à Zadig.

– Sire, lui dit-il, c'est Votre Majesté seule qui mérite la coupe, c'est elle qui a fait l'action la plus inouïe, puisque, étant roi, vous ne vous êtes point fâché contre votre esclave, lorsqu'il contredisait votre passion. »

On admira le roi et Zadig. Le juge qui avait donné son bien, l'amant qui avait marié sa maîtresse à son ami, le soldat qui avait préféré le salut de sa mère à celui de sa maîtresse, reçurent les présents du monarque : ils virent leurs noms écrits dans le livre des Généreux. Zadig eut la coupe. Le roi acquit la réputation d'un bon prince, qu'il ne garda pas longtemps. Ce jour fut consacré par des fêtes plus longues que la loi ne le portait. La mémoire s'en conserve encore dans l'Asie, Zadig disait : « Je suis donc enfin heureux ! » Mais il se trompait.

Chapitre VI *Le Ministre*

Le roi avait perdu son premier ministre. Il choisit Zadig pour remplir cette place. Toutes les belles dames de Babylone applaudirent à ce choix, car depuis la fondation de l'empire il n'y avait jamais eu de ministre si jeune. Tous les courtisans furent fâchés ; l'Envieux en eut un crachement de sang, et le nez lui enfla prodigieusement. Zadig ayant remercié le roi et la reine, alla remercier aussi le perroquet : « Bel oiseau, lui dit-il, c'est vous qui m'avez sauvé la vie, et qui m'avez fait premier ministre : la chienne et le cheval de Leurs Majestés m'avaient fait beaucoup de mal, mais vous m'avez fait du bien. Voilà donc de quoi dépendent les destins des hommes ! Mais, ajouta-t-il, un bonheur si étrange sera peut-être bientôt évanoui. » Le perroquet répondit : « Oui. » Ce mot frappa Zadig. Cependant, comme il était bon physicien[1], et qu'il ne croyait pas que les perroquets fussent prophètes, il se rassura bientôt ; il se mit à exercer son ministère de son mieux.

Il fit sentir à tout le monde le pouvoir sacré des lois, et ne fit sentir à personne le poids de sa dignité. Il ne gêna point les voix du divan[2], et chaque vizir[3] pouvait avoir un avis sans lui déplaire. Quand il jugeait une affaire, ce n'était pas lui qui jugeait, c'était la loi ; mais quand elle était trop sévère, il la tempérait[4] ; et quand on manquait de lois, son équité[5] en faisait qu'on aurait prises pour celles de Zoroastre.

C'est de lui que les nations tiennent ce grand principe, qu'il vaut mieux hasarder de sauver un coupable que de condamner un innocent. Il croyait que les lois étaient faites pour secourir les citoyens autant que pour les intimider. Son principal talent était de démêler la vérité, que tous les hommes cherchent à obscurcir.

---

1. Physicien : celui qui étudie la nature et en consigne les effets.

2. Divan : dans l'Empire ottoman, conseil du sultan, son gouvernement.

3. Vizir : dans l'Empire ottoman, ministre.

4. Tempérait : adoucissait, modérait.

5. Équité : sens de ce qui est juste ou injuste.

Dès les premiers jours de son administration il mit ce grand talent en usage. Un fameux négociant[1] de Babylone était mort aux Indes ; il avait fait ses héritiers ses deux fils par portions égales, après avoir marié leur sœur, et il laissait un présent de trente mille pièces d'or à celui de ses deux fils qui serait jugé l'aimer davantage. L'aîné lui bâtit un tombeau, le second augmenta d'une partie de son héritage la dot de sa sœur ; chacun disait : « C'est l'aîné qui aime le mieux son père, le cadet aime mieux sa sœur ; c'est à l'aîné qu'appartiennent les trente mille pièces. »

Zadig les fit venir tous deux l'un après l'autre. Il dit à l'aîné : « Votre père n'est point mort, il est guéri de sa dernière maladie, il revient à Babylone. – Dieu soit loué, répondit le jeune homme ; mais voilà un tombeau qui m'a coûté bien cher ! » Zadig dit ensuite la même chose au cadet. « Dieu soit loué ! répondit-il ; je vais rendre à mon père tout ce que j'ai ; mais je voudrais qu'il laissât à ma sœur ce que je lui ai donné. – Vous ne rendrez rien, dit Zadig, et vous aurez les trente mille pièces : c'est vous qui aimez le mieux votre père. »

Une fille fort riche avait fait une promesse de mariage à deux mages, et, après avoir reçu quelques mois des instructions de l'un et de l'autre, elle se trouva grosse[2]. Ils voulaient tous deux l'épouser. « Je prendrai pour mon mari, dit-elle, celui des deux qui m'a mise en état de donner un citoyen à l'empire. – C'est moi qui ai fait cette bonne œuvre, dit l'un. – C'est moi qui ai eu cet avantage, dit l'autre. – Eh bien !

1. **Négociant** : commerçant.
2. **Grosse** : enceinte.

répondit-elle, je reconnais pour père de l'enfant celui des deux qui lui pourra donner la meilleure éducation. » Elle accoucha d'un fils. Chacun des mages veut l'élever. La cause est portée devant Zadig. Il fait venir les deux mages. « Qu'enseigneras-tu à ton pupille[1] ? dit-il au premier. – Je lui apprendrai, dit le docteur, les huit parties d'oraison[2], la dialectique[3], l'astrologie, la démonomanie[4]; ce que c'est que la substance et l'accident[5], l'abstrait et le concret, les monades[6] et l'harmonie préétablie[7]. – Moi, dit le second, je tâcherai de le rendre juste et digne d'avoir des amis. » Zadig prononça : *Que tu sois son père ou non, tu épouseras sa mère.*

Chapitre VII *Les Disputes*[8] *et les Audiences*

C'est ainsi que Zadig montrait tous les jours la subtilité de son génie et la bonté de son âme ; on l'admirait, et cependant on l'aimait. Il passait pour le plus fortuné de tous les hommes, tout l'empire était rempli de son nom ; toutes les femmes le

1. **Pupille** : enfant mineur placé sous la protection d'un adulte.
2. **Huit parties d'oraison** : les huit parties du discours distinguées par la rhétorique.
3. **Dialectique** : art de la discussion par questions et réponses.
4. **Démonomanie** : étude des démons et de leur influence supposée.
5. **La substance et l'accident** : la substance désigne la nature permanente d'un être indépendamment de ce qui lui arrive, par opposition à l'accident qui n'est que momentané.
6. **Monades** : terme repris au philosophe allemand Leibniz (1646-1716), chez qui la monade désigne « une substance simple, sans parties, qui entre dans les composés ».
7. **Harmonie préétablie** : accord des monades entre elles selon un plan préétabli par Dieu. Les lignes 62 à 63 sont une allusion directe à la philosophie de Leibniz dont Voltaire raille les thèses.
8. **Disputes** : débats, discussions.

lorgnaient[1] ; tous les citoyens célébraient sa justice ; les savants le regardaient comme leur oracle[2] ; les prêtres même avouaient qu'il en savait plus que le vieux archimage Yébor. On était bien loin alors de lui faire des procès sur les griffons ; on ne croyait que ce qui lui semblait croyable.

Il y avait une grande querelle dans Babylone, qui durait depuis quinze cents années, et qui partageait l'empire en deux sectes opiniâtres[3] : l'une prétendait qu'il ne fallait jamais entrer dans le temple de Mithra[4] que du pied gauche ; l'autre avait cette coutume en abomination et n'entrait jamais que du pied droit. On attendait le jour de la fête solennelle du feu sacré pour savoir quelle secte serait favorisée par Zadig. L'univers avait les yeux sur ses deux pieds, et toute la ville était en agitation et en suspens. Zadig entra dans le temple en sautant à pieds joints, et il prouva ensuite, par un discours éloquent, que le Dieu du ciel et de la terre, qui n'a acception de personne[5], ne fait pas plus de cas de la jambe gauche que de la jambe droite.

L'Envieux et sa femme prétendirent que dans son discours il n'y avait pas assez de figures[6], qu'il n'avait pas fait assez danser les montagnes et les collines[7]. « Il est sec et sans génie, disaient-ils ; on ne voit chez lui ni la mer s'enfuir, ni les étoiles tomber, ni le soleil se fondre comme de la cire : il n'a point le bon style oriental. » Zadig se contentait d'avoir le style de la

---

1. Lorgnaient : regardaient du coin de l'œil.
2. Oracle : personne infaillible qui dit la vérité.
3. Sectes opiniâtres : écoles religieuses obstinées.
4. Mithra : dieu de l'Iran ancien dont l'emblème est le soleil.
5. Qui n'a acception pour personne : qui n'a de préférence pour personne.
6. Figures : figures de style.
7. Qu'il n'avait pas fait assez danser les montagnes et les collines : allusion au style biblique, raillé par Voltaire.

raison. Tout le monde fut pour lui, non pas parce qu'il était dans le bon chemin, non pas parce qu'il était raisonnable, non pas parce qu'il était aimable, mais parce qu'il était premier vizir.

Il termina aussi heureusement le grand procès entre les mages blancs et les mages noirs. Les blancs soutenaient que c'était une impiété[1] de se tourner, en priant Dieu, vers l'orient d'hiver ; les noirs assuraient que Dieu avait en horreur les prières des hommes qui se tournaient vers le couchant d'été. Zadig ordonna qu'on se tournât comme on voudrait.

Il trouva ainsi le secret d'expédier[2] le matin les affaires particulières et les générales ; le reste du jour, il s'occupait des embellissements de Babylone : il faisait représenter des tragédies où l'on pleurait, et des comédies où l'on riait, ce qui était passé de mode depuis longtemps, et ce qu'il fit renaître parce qu'il avait du goût. Il ne prétendait pas en savoir plus que les artistes ; il les récompensait par des bienfaits et des distinctions, et n'était point jaloux en secret de leurs talents. Le soir, il amusait beaucoup le roi, et surtout la reine. Le roi disait : « Le grand ministre ! » la reine disait : « L'aimable ministre ! » et tous deux ajoutaient : « C'eût été grand dommage qu'il eût été pendu. »

Jamais homme en place ne fut obligé de donner tant d'audiences aux dames. La plupart venaient lui parler des affaires qu'elles n'avaient point, pour en avoir une avec lui. La femme de l'Envieux s'y présenta des premières ; elle lui jura par Mithra, par Zend-Avesta[3], et par le feu sacré, qu'elle avait détesté la

1. Impiété : offense envers Dieu et la religion.
2. Expédier : se débarrasser rapidement.
3. Zend-Avesta : livre sacré du zoroastrisme.

conduite de son mari ; elle lui confia ensuite que ce mari était un jaloux, un brutal ; elle lui fit entendre que les dieux le punissaient en lui refusant les précieux effets de ce feu sacré par lequel seul l'homme est semblable aux immortels : elle finit par laisser tomber sa jarretière[1] ; Zadig la ramassa avec sa politesse ordinaire ; mais il ne la rattacha point au genou de la dame ; et cette petite faute, si c'en est une, fut la cause des plus horribles infortunes. Zadig n'y pensa pas, et la femme de l'Envieux y pensa beaucoup.

D'autres dames se présentaient tous les jours. Les annales secrètes de Babylone prétendent qu'il succomba une fois, mais qu'il fut tout étonné de jouir sans volupté, et d'embrasser son amante avec distraction. Celle à qui il donna, sans presque s'en apercevoir, des marques de sa protection, était une femme de chambre de la reine Astarté[2]. Cette tendre Babylonienne se disait à elle-même pour se consoler : « Il faut que cet homme-là ait prodigieusement d'affaires dans la tête, puisqu'il y songe encore même en faisant l'amour. » Il échappa à Zadig, dans les instants où plusieurs personnes ne disent mot, et où d'autres ne prononcent que des paroles sacrées, de s'écrier tout d'un coup : « La reine ! » La Babylonienne crut qu'enfin il était revenu à lui dans un bon moment, et qu'il lui disait : « Ma reine. » Mais Zadig, toujours très distrait, prononça le nom d'Astarté. La dame, qui dans ces heureuses circonstances interprétait tout à son avantage, s'imagina que cela voulait dire : « Vous êtes plus belle que la reine Astarté. » Elle sortit du sérail[3] de Zadig avec de très beaux présents. Elle alla conter son aventure à

1. Jarretière : bande de tissu maintenant les bas.
2. Astarté : nom de la déesse de la fécondité chez les Babyloniens.
3. Sérail : dans l'Empire ottoman, palais.

l'Envieuse, qui était son amie intime ; celle-ci fut cruellement piquée de la préférence. « Il n'a pas daigné seulement, dit-elle, me rattacher cette jarretière que voici, et dont je ne veux plus me servir. – Oh ! oh ! dit la fortunée à l'Envieuse, vous portez les mêmes jarretières que la reine ! Vous les prenez donc chez la même faiseuse ? » L'Envieuse rêva[1] profondément, ne répondit rien, et alla consulter son mari l'Envieux.

Cependant Zadig s'apercevait qu'il avait toujours des distractions quand il donnait des audiences, et quand il jugeait ; il ne savait à quoi les attribuer : c'était là sa seule peine.

Il eut un songe : il lui semblait qu'il était couché d'abord sur des herbes sèches, parmi lesquelles il y en avait quelques-unes de piquantes qui l'incommodaient ; et qu'ensuite il reposait mollement sur un lit de roses, dont il sortait un serpent qui le blessait au cœur de sa langue acérée et envenimée. « Hélas ! disait-il, j'ai été longtemps couché sur ces herbes sèches et piquantes, je suis maintenant sur le lit de roses, mais quel sera le serpent ? »

Chapitre VIII *La Jalousie*

Le malheur de Zadig vint de son bonheur même, et surtout de son mérite. Il avait tous les jours des entretiens avec le roi et avec Astarté, son auguste épouse. Les charmes de sa conversation redoublaient encore par cette envie de plaire qui est à l'esprit ce que la parure est à la beauté ; sa jeunesse et ses grâces firent insensiblement sur Astarté une impression dont

1. **Rêva** : réfléchit.

elle ne s'aperçut pas d'abord. Sa passion croissait dans le sein de l'innocence. Astarté se livrait sans scrupule et sans crainte au plaisir de voir et d'entendre un homme cher à son époux et à l'État ; elle ne cessait de le vanter au roi ; elle en parlait à ses femmes, qui enchérissaient[1] encore sur ses louanges ; tout servait à enfoncer dans son cœur le trait[2] qu'elle ne sentait pas. Elle faisait des présents à Zadig, dans lesquels il entrait plus de galanterie qu'elle ne pensait ; elle croyait ne lui parler qu'en reine contente de ses services, et quelquefois ses expressions étaient d'une femme sensible.

Astarté était beaucoup plus belle que cette Sémire qui haïssait tant les borgnes, et que cette autre femme qui avait voulu couper le nez à son époux. La familiarité d'Astarté, ses discours tendres, dont elle commençait à rougir, ses regards, qu'elle voulait détourner, et qui se fixaient sur les siens, allumèrent dans le cœur de Zadig un feu[3] dont il s'étonna. Il combattit ; il appela à son secours la philosophie, qui l'avait toujours secouru ; il n'en tira que des lumières, et n'en reçut aucun soulagement. Le devoir, la reconnaissance, la majesté souveraine violée, se présentaient à ses yeux comme des dieux vengeurs ; il combattait, il triomphait ; mais cette victoire, qu'il fallait remporter à tout moment, lui coûtait des gémissements et des larmes. Il n'osait plus parler à la reine avec cette douce liberté qui avait eu tant de charmes pour tous deux : ses yeux se couvraient d'un nuage ; ses discours étaient contraints et sans suite : il baissait la vue, et quand, malgré lui, ses regards se tournaient vers Astarté, ils rencontraient ceux de la reine mouillés de pleurs, dont il

1. Enchérissaient : renchérissaient.

2. Trait : flèche (décochée par Éros, le dieu de l'amour).

3. Feu : passion amoureuse.

partait des traits de flamme ; ils semblaient se dire l'un à l'autre : « Nous nous adorons, et nous craignons de nous aimer ; nous brûlons tous deux d'un feu que nous condamnons. »

Zadig sortait d'auprès d'elle égaré, éperdu, le cœur surchargé d'un fardeau qu'il ne pouvait plus porter : dans la violence de ses agitations, il laissa pénétrer[1] son secret à son ami Cador, comme un homme qui, ayant soutenu longtemps les atteintes d'une vive douleur, fait enfin connaître son mal par un cri qu'un redoublement aigu lui arrache, et par la sueur froide qui coule sur son front.

Cador lui dit : « J'ai déjà démêlé les sentiments que vous vouliez vous cacher à vous-même ; les passions ont des signes auxquels on ne peut se méprendre. Jugez, mon cher Zadig, puisque j'ai lu dans votre cœur, si le roi n'y découvrira pas un sentiment qui l'offense. Il n'a d'autre défaut que celui d'être le plus jaloux des hommes. Vous résistez à votre passion avec plus de force que la reine ne combat la sienne, parce que vous êtes philosophe, et parce que vous êtes Zadig. Astarté est femme ; elle laisse parler ses regards avec d'autant plus d'imprudence qu'elle ne se croit pas encore coupable. Malheureusement rassurée sur son innocence, elle néglige des dehors nécessaires[2]. Je tremblerai pour elle tant qu'elle n'aura rien à se reprocher. Si vous étiez d'accord l'un et l'autre, vous sauriez tromper tous les yeux : une passion naissante et combattue éclate ; un amour satisfait sait se cacher. » Zadig frémit à la proposition de trahir le roi, son bienfaiteur ; et jamais il ne fut plus fidèle à son prince que quand il fut coupable envers lui d'un crime involontaire. Cependant

1. Pénétrer : deviner.

2. Elle néglige des dehors nécessaires : elle oublie le respect des apparences auquel la contraint son statut d'épouse et de reine.

la reine prononçait si souvent le nom de Zadig, son front se couvrait de tant de rougeur en le prononçant, elle était tantôt si animée, tantôt si interdite[1], quand elle lui parlait en présence du roi ; une rêverie si profonde s'emparait d'elle quand il était sorti, que le roi fut troublé. Il crut tout ce qu'il voyait, et imagina tout ce qu'il ne voyait point. Il remarqua surtout que les babouches[2] de sa femme étaient bleues, et que les babouches de Zadig étaient bleues, que les rubans de sa femme étaient jaunes, et que le bonnet de Zadig était jaune ; c'étaient là de terribles indices pour un prince délicat[3]. Les soupçons se tournèrent en certitude dans son esprit aigri.

Tous les esclaves des rois et des reines sont autant d'espions de leurs cœurs. On pénétra bientôt qu'Astarté était tendre, et que Moabdar était jaloux. L'Envieux engagea l'Envieuse à envoyer au roi sa jarretière, qui ressemblait à celle de la reine. Pour surcroît de malheur, cette jarretière était bleue. Le monarque ne songea plus qu'à la manière de se venger. Il résolut une nuit d'empoisonner la reine, et de faire mourir Zadig par le cordeau[4] au point du jour. L'ordre en fut donné à un impitoyable eunuque, exécuteur de ses vengeances. Il y avait alors dans la chambre du roi un petit nain qui était muet, mais qui n'était pas sourd. On le souffrait[5] toujours : il était témoin de ce qui se passait de plus secret, comme un animal domestique. Ce petit muet était très attaché à la reine et à Zadig. Il entendit, avec autant de surprise que d'horreur, donner l'ordre de leur mort. Mais comment faire

---

1. **Interdite** : muette.
2. **Babouches** : pantoufles de cuir plates et laissant le talon découvert, portées en Orient.
3. **Délicat** : susceptible.
4. **Cordeau** : corde.
5. **Souffrait** : tolérait.

pour prévenir[1] cet ordre effroyable, qui allait s'exécuter dans peu d'heures ? Il ne savait pas écrire ; mais il avait appris à peindre, et savait surtout faire ressembler. Il passa une partie de la nuit à crayonner ce qu'il voulait faire entendre à la reine. Son dessin représentait le roi agité de fureur, dans un coin du tableau, donnant des ordres à son eunuque ; un cordeau bleu et un vase sur une table, avec des jarretières bleues et des rubans jaunes ; la reine, dans le milieu du tableau, expirante entre les bras de ses femmes ; et Zadig étranglé à ses pieds. L'horizon représentait un soleil levant pour marquer que cette horrible exécution devait se faire aux premiers rayons de l'aurore. Dès qu'il eut fini cet ouvrage, il courut chez une femme d'Astarté, la réveilla, et lui fit entendre qu'il fallait dans l'instant même porter ce tableau à la reine.

Cependant, au milieu de la nuit, on vient frapper à la porte de Zadig ; on le réveille ; on lui donne un billet de la reine ; il doute si c'est un songe ; il ouvre la lettre d'une main tremblante. Quelle fut sa surprise, et qui pourrait exprimer la consternation et le désespoir dont il fut accablé quand il lut ces paroles : « Fuyez, dans l'instant même, ou l'on va vous arracher la vie ! Fuyez, Zadig ; je vous l'ordonne au nom de notre amour et de mes rubans jaunes. Je n'étais point coupable ; mais je sens que je vais mourir criminelle. »

Zadig eut à peine la force de parler. Il ordonna qu'on fît venir Cador ; et, sans lui rien dire, il lui donna ce billet. Cador le força d'obéir, et de prendre sur-le-champ la route de Memphis. « Si vous osez aller trouver la reine, lui dit-il, vous hâtez sa mort ; si vous parlez au roi, vous la perdez encore. Je

1. **Prévenir** : empêcher.

me charge de sa destinée ; suivez la vôtre. Je répandrai le bruit que vous avez pris la route des Indes. Je viendrai bientôt vous trouver, et je vous apprendrai ce qui se sera passé à Babylone. »

Cador, dans le moment même, fit placer deux dromadaires des plus légers à la course vers une porte secrète du palais ; il y fit monter Zadig, qu'il fallut porter, et qui était près de rendre l'âme. Un seul domestique l'accompagna ; et bientôt Cador, plongé dans l'étonnement[1] et dans la douleur, perdit son ami de vue.

Cet illustre fugitif, arrivé sur le bord d'une colline dont on voyait Babylone, tourna la vue sur le palais de la reine, et s'évanouit ; il ne reprit ses sens que pour verser des larmes, et pour souhaiter la mort. Enfin, après s'être occupé de la destinée déplorable de la plus aimable des femmes et de la première reine du monde, il fit un moment de retour sur lui-même[2], et s'écria : « Qu'est-ce donc que la vie humaine ? Ô vertu ! à quoi m'avez-vous servi ? Deux femmes m'ont indignement trompé ; la troisième, qui n'est point coupable, et qui est plus belle que les autres, va mourir ! Tout ce que j'ai fait de bien a toujours été pour moi une source de malédictions, et je n'ai été élevé au comble de la grandeur que pour tomber dans le plus horrible précipice de l'infortune. Si j'eusse été méchant comme tant d'autres, je serais heureux comme eux. » Accablé de ces réflexions funestes[3], les yeux chargés du voile de la douleur, la pâleur de la mort sur le visage, et l'âme abîmée[4] dans l'excès d'un sombre désespoir, il continuait son voyage vers l'Égypte.

1. **Étonnement** : au sens fort de « frappé de stupeur ».
2. **Il fit un moment de retour sur lui-même** : il se mit à réfléchir sur sa vie passée.
3. **Funestes** : malheureuses.
4. **Abîmée** : plongée.

Chapitre IX *La Femme battue*

Zadig dirigeait sa route sur les étoiles. La constellation d'Orion et le brillant astre de Sirius le guidaient vers le pôle de Canope[1]. Il admirait ces vastes globes de lumière qui ne paraissent que de faibles étincelles à nos yeux, tandis que la Terre, qui n'est en effet[2] qu'un point imperceptible dans la nature, paraît à notre cupidité[3] quelque chose de si grand et de si noble. Il se figurait alors les hommes tels qu'ils sont en effet, des insectes se dévorant les uns les autres sur un petit atome de boue. Cette image vraie semblait anéantir ses malheurs, en lui retraçant le néant[4] de son être et celui de Babylone. Son âme s'élançait jusque dans l'infini, et contemplait, détachée de ses sens, l'ordre immuable[5] de l'univers. Mais lorsque ensuite, rendu à lui-même et rentrant dans son cœur, il pensait qu'Astarté était peut-être morte pour lui, l'univers disparaissait à ses yeux, et il ne voyait dans la nature entière qu'Astarté mourante et Zadig infortuné.

Comme il se livrait à ce flux et à ce reflux de philosophie sublime et de douleur accablante, il avançait vers les frontières de l'Égypte ; et déjà son domestique fidèle était dans la première bourgade, où il lui cherchait un logement. Zadig cependant se promenait vers les jardins qui bordaient ce village. Il vit, non loin du grand chemin, une femme éplorée[6] qui appelait le ciel et la

1. Sirius : étoile la plus brillante du ciel ; **Canope** : autre étoile, elle aussi très brillante.

2. En effet : en réalité.

3. Cupidité : avidité.

4. Néant : faiblesse.

5. Immuable : qui ne peut être changé.

6. Éplorée : tout en pleurs, triste.

terre à son secours, et un homme furieux qui la suivait. Elle était déjà atteinte par lui, elle embrassait[1] ses genoux. Cet homme l'accablait de coups et de reproches. Il jugea, à la violence de l'Égyptien et aux pardons réitérés que lui demandait la dame, que l'un était un jaloux, et l'autre une infidèle ; mais quand il eut considéré cette femme, qui était d'une beauté touchante, et qui même ressemblait un peu à la malheureuse Astarté, il se sentit pénétré de compassion pour elle, et d'horreur pour l'Égyptien. « Secourez-moi, s'écria-t-elle à Zadig avec des sanglots : tirez-moi des mains du plus barbare des hommes, sauvez-moi la vie ! »

À ces cris, Zadig courut se jeter entre elle et ce barbare. Il avait quelque connaissance de la langue égyptienne. Il lui dit en cette langue : « Si vous avez quelque humanité, je vous conjure de respecter la beauté et la faiblesse. Pouvez-vous outrager ainsi un chef-d'œuvre de la nature, qui est à vos pieds, et qui n'a pour sa défense que des larmes ? – Ah ! ah ! lui dit cet emporté, tu l'aimes donc aussi ! et c'est de toi qu'il faut que je me venge. » En disant ces paroles, il laisse la dame, qu'il tenait d'une main par les cheveux, et, prenant sa lance, il veut en percer l'étranger. Celui-ci, qui était de sang-froid[2], évita aisément le coup d'un furieux. Il se saisit de la lance près du fer dont elle est armée. L'un veut la retirer, l'autre l'arracher. Elle se brise entre leurs mains. L'Égyptien tire son épée ; Zadig s'arme de la sienne. Ils s'attaquent l'un l'autre. Celui-là porte cent coups précipités ; celui-ci les pare[3] avec adresse. La dame, assise sur un gazon, rajuste sa coiffure, et les regarde. L'Égyptien était plus robuste que son adversaire, Zadig était plus adroit.

1. **Embrassait** : entourait de ses bras.
2. **De sang-froid** : maître de lui.
3. **Pare** : évite.

Celui-ci se battait en homme dont la tête conduisait le bras, et celui-là comme un emporté dont une colère aveugle guidait les mouvements au hasard. Zadig passe à lui[1], et le désarme ; et tandis que l'Égyptien, devenu plus furieux, veut se jeter sur lui, il le saisit, le presse, le fait tomber en lui tenant l'épée sur la poitrine ; il lui offre de lui donner la vie[2]. L'Égyptien hors de lui tire son poignard ; il en blesse Zadig dans le temps même que le vainqueur lui pardonnait. Zadig, indigné, lui plonge son épée dans le sein. L'Égyptien jette un cri horrible, et meurt en se débattant.

Zadig alors s'avança vers la dame, et lui dit d'une voix soumise : « Il m'a forcé de le tuer : je vous ai vengée ; vous êtes délivrée de l'homme le plus violent que j'aie jamais vu. Que voulez-vous maintenant de moi, madame ? – Que tu meures, scélérat[3], lui répondit-elle ; que tu meures ! tu as tué mon amant ; je voudrais pouvoir déchirer ton cœur. – En vérité, madame, vous aviez là un étrange homme pour amant, lui répondit Zadig ; il vous battait de toutes ses forces, et il voulait m'arracher la vie parce que vous m'avez conjuré[4] de vous secourir. – Je voudrais qu'il me battît encore, reprit la dame en poussant des cris. Je le méritais bien, je lui avais donné de la jalousie. Plût au ciel qu'il me battît, et que tu fusses à sa place ! » Zadig, plus surpris et plus en colère qu'il ne l'avait été de sa vie, lui dit : « Madame, toute belle que vous êtes, vous mériteriez que je vous battisse à mon tour, tant vous êtes extravagante ; mais je n'en prendrai pas la peine. » Là-dessus il

1. **Passe à lui** : s'avance vers lui (terme d'escrime).
2. **Donner la vie** : laisser la vie sauve.
3. **Scélérat** : criminel.
4. **Conjuré** : supplié.

remonta sur son chameau, et avança vers le bourg. À peine avait-il fait quelques pas qu'il se retourne au bruit que faisaient quatre courriers[1] de Babylone. Ils venaient à toute bride. L'un d'eux, en voyant cette femme, s'écria : « C'est elle-même ! elle ressemble au portrait qu'on nous en a fait. » Ils ne s'embarrassèrent pas du mort, et se saisirent incontinent[2] de la dame. Elle ne cessait de crier à Zadig : « Secourez-moi encore une fois, étranger généreux ! je vous demande pardon de m'être plainte de vous : secourez-moi, et je suis à vous jusqu'au tombeau ! » L'envie avait passé à Zadig de se battre désormais pour elle. « À d'autres ! répond-il ; vous ne m'y attraperez plus. »

D'ailleurs il était blessé, son sang coulait, il avait besoin de secours ; et la vue des quatre Babyloniens, probablement envoyés par le roi Moabdar, le remplissait d'inquiétude. Il s'avance en hâte vers le village, n'imaginant pas pourquoi quatre courriers de Babylone venaient prendre cette Égyptienne, mais encore plus étonné du caractère de cette dame.

Chapitre X *L'Esclavage*

Comme il entrait dans la bourgade égyptienne, il se vit entouré par le peuple. Chacun criait : « Voilà celui qui a enlevé la belle Missouf, et qui vient d'assassiner Clétofis ! – Messieurs, dit-il, Dieu me préserve d'enlever jamais votre belle Missouf ! elle est trop capricieuse ; et, à l'égard de Clétofis, je ne l'ai point assassiné ; je me suis défendu seulement contre lui. Il voulait me tuer, parce que je lui avais demandé très humblement grâce

1. **Courriers** : messagers.
2. **Incontinent** : immédiatement.

pour la belle Missouf, qu'il battait impitoyablement. Je suis un étranger qui vient chercher un asile dans l'Égypte ; et il n'y a pas d'apparence qu'en[1] venant demander votre protection j'aie commencé par enlever une femme, et par assassiner un homme. »

Les Égyptiens étaient alors justes et humains. Le peuple conduisit Zadig à la maison de ville. On commença par le faire panser[2] de sa blessure, et ensuite on l'interrogea, lui et son domestique séparément, pour savoir la vérité. On reconnut que Zadig n'était point un assassin ; mais il était coupable du sang d'un homme : la loi le condamnait à être esclave. On vendit au profit de la bourgade ses deux chameaux ; on distribua aux habitants tout l'or qu'il avait apporté ; sa personne fut exposée en vente dans la place publique, ainsi que celle de son compagnon de voyage. Un marchand arabe, nommé Sétoc, y mit l'enchère ; mais le valet, plus propre à la fatigue[3], fut vendu bien plus chèrement que le maître. On ne faisait pas de comparaison entre ces deux hommes. Zadig fut donc esclave subordonné à son valet : on les attacha ensemble avec une chaîne qu'on leur passa aux pieds, et en cet état ils suivirent le marchand arabe dans sa maison. Zadig, en chemin, consolait son domestique, et l'exhortait à la patience ; mais, selon sa coutume, il faisait des réflexions sur la vie humaine. « Je vois, lui disait-il, que les malheurs de ma destinée se répandent sur la tienne. Tout m'a tourné[4] jusqu'ici d'une façon bien étrange. J'ai été condamné à l'amende pour avoir vu passer une

1. **Il n'y a pas d'apparence que** : il n'y a pas de raison logique pour que.
2. **Panser** : soigner.
3. **Plus propre à la fatigue** : plus propre à supporter la fatigue.
4. **Tout m'a tourné** : tout a tourné pour moi.

chienne ; j'ai pensé[1] être empalé pour un griffon ; j'ai été envoyé au supplice parce que j'avais fait des vers à la louange du roi ; j'ai été sur le point d'être étranglé parce que la reine avait des rubans jaunes, et me voici esclave avec toi parce qu'un brutal a battu sa maîtresse. Allons, ne perdons point courage ; tout ceci finira peut-être ; il faut bien que les marchands arabes aient des esclaves ; et pourquoi ne le serais-je pas comme un autre, puisque je suis homme comme un autre ? Ce marchand ne sera pas impitoyable ; il faut qu'il traite bien ses esclaves, s'il en veut tirer des services. » Il parlait ainsi, et dans le fond de son cœur il était occupé du sort de la reine de Babylone.

Sétoc, le marchand, partit deux jours après pour l'Arabie déserte[2] avec ses esclaves et ses chameaux. Sa tribu habitait vers le désert d'Horeb[3]. Le chemin fut long et pénible. Sétoc, dans la route, faisait bien plus de cas du valet que du maître, parce que le premier chargeait bien mieux les chameaux ; et toutes les petites distinctions furent pour lui.

Un chameau mourut à deux journées d'Horeb : on répartit sa charge sur le dos de chacun des serviteurs ; Zadig en eut sa part. Sétoc se mit à rire en voyant tous ses esclaves marcher courbés. Zadig prit la liberté de lui en expliquer la raison, et lui apprit les lois de l'équilibre. Le marchand, étonné, commença à le regarder d'un autre œil. Zadig, voyant qu'il avait excité sa curiosité, la redoubla en lui apprenant beaucoup de choses qui n'étaient point étrangères à son commerce ; les pesanteurs spécifiques des métaux et des denrées sous un volume égal ; les

1. **J'ai pensé** : j'ai failli.
2. **Arabie déserte** : désert de Syrie.
3. **Désert d'Horeb** : lieu que la Bible associe au mont Sinaï, là où Moïse aurait reçu les Dix Commandements.

propriétés de plusieurs animaux utiles ; le moyen de rendre tels ceux qui ne l'étaient pas ; enfin il lui parut un sage. Sétoc lui donna la préférence sur son camarade, qu'il avait tant estimé. Il le traita bien, et n'eut pas sujet de s'en repentir.

Arrivé dans sa tribu, Sétoc commença par redemander cinq cents onces[1] d'argent à un Hébreu auquel il les avait prêtées en présence de deux témoins ; mais ces deux témoins étaient morts, et l'Hébreu, ne pouvant être convaincu, s'appropriait l'argent du marchand, en remerciant Dieu de ce qu'il lui avait donné le moyen de tromper un Arabe. Sétoc confia sa peine à Zadig, qui était devenu son conseil[2]. « En quel endroit, demanda Zadig, prêtâtes-vous vos cinq cents onces à cet infidèle ? – Sur une large pierre, répondit le marchand, qui est auprès du mont Horeb. Quel est le caractère de votre débiteur[3] ? dit Zadig. – Celui d'un fripon, reprit Sétoc. – Mais je vous demande si c'est un homme vif ou flegmatique[4], avisé ou imprudent. – C'est de tous les mauvais payeurs, dit Sétoc, le plus vif que je connaisse. – Eh bien ! insista Zadig, permettez que je plaide votre cause devant le juge. » En effet il cita l'Hébreu au tribunal, et il parla ainsi au juge : « Oreiller du trône d'équité, je viens redemander à cet homme, au nom de mon maître, cinq cents onces d'argent qu'il ne veut pas rendre. – Avez-vous des témoins ? dit le juge. – Non, ils sont morts ; mais il reste une large pierre sur laquelle l'argent fut compté, et s'il plaît à votre grandeur d'ordonner qu'on aille chercher la pierre, j'espère qu'elle portera témoignage ; nous resterons ici, l'Hébreu et moi, en attendant que la

1. Cinq cents onces : 16 kg (une once = environ 32 g).
2. Conseil : conseiller.
3. Débiteur : personne qui doit quelque chose, en particulier de l'argent.
4. Flegmatique : impassible.

pierre vienne ; je l'enverrai chercher aux dépens[1] de Sétoc, mon maître. – Très volontiers, répondit le juge ». Et il se mit à expédier d'autres affaires.

À la fin de l'audience : « Eh bien ! dit-il à Zadig, votre pierre n'est pas encore venue ? » L'Hébreu, en riant, répondit : « Votre Grandeur resterait ici jusqu'à demain que la pierre ne serait pas encore arrivée ; elle est à plus de six milles[2] d'ici, et il faudrait quinze hommes pour la remuer. – Eh bien ! s'écria Zadig, je vous avais bien dit que la pierre porterait témoignage ; puisque cet homme sait où elle est, il avoue donc que c'est sur elle que l'argent fut compté. » L'Hébreu, déconcerté, fut bientôt contraint de tout avouer. Le juge ordonna qu'il serait lié à la pierre, sans boire ni manger, jusqu'à ce qu'il eût rendu les cinq cents onces, qui furent bientôt payées.

L'esclave Zadig et la pierre furent en grande recommandation[3] dans l'Arabie.

Chapitre XI *Le Bûcher*

Sétoc, enchanté, fit de son esclave son ami intime. Il ne pouvait pas plus se passer de lui qu'avait fait le roi de Babylone ; et Zadig fut heureux que Sétoc n'eût point de femme. Il découvrait dans son maître un naturel porté au bien, beaucoup de droiture et de bon sens. Il fut fâché de voir qu'il adorait l'armée céleste[4], c'est-à-dire le soleil, la lune, et les étoiles, selon l'ancien

1. Aux dépens de : aux frais de.

2. Six milles : 10,8 km (un mille équivaut à environ 1 800 m).

3. Recommandation : estime.

4. Armée céleste : religion des astres, appelée sabisme, pratiquée en Arabie avant Mahomet.

usage d'Arabie. Il lui en parlait quelquefois avec beaucoup de discrétion. Enfin il lui dit que c'étaient des corps comme les autres, qui ne méritaient pas plus son hommage qu'un arbre ou un rocher. « Mais, disait Sétoc, ce sont des êtres éternels dont nous tirons tous nos avantages ; ils animent la nature ; ils règlent les saisons ; ils sont d'ailleurs si loin de nous qu'on ne peut pas s'empêcher de les révérer. – Vous recevez plus d'avantages, répondit Zadig, des eaux de la mer Rouge, qui porte vos marchandises aux Indes. Pourquoi ne serait-elle pas aussi ancienne que les étoiles ? Et si vous adorez ce qui est éloigné de vous, vous devez adorer la terre des Gangarides[1], qui est aux extrémités du monde. – Non, disait Sétoc, les étoiles sont trop brillantes pour que je ne les adore pas. » Le soir venu, Zadig alluma un grand nombre de flambeaux dans la tente où il devait souper avec Sétoc ; et dès que son patron parut, il se jeta à genoux devant ces cires allumées, et leur dit : « Éternelles et brillantes clartés, soyez-moi toujours propices[2] ! » Ayant proféré ces paroles, il se mit à table sans regarder Sétoc. « Que faites-vous donc ? lui dit Sétoc étonné. – Je fais comme vous, répondit Zadig ; j'adore ces chandelles, et je néglige leur maître et le mien. » Sétoc comprit le sens profond de cet apologue[3]. La sagesse de son esclave entra dans son âme ; il ne prodigua plus son encens aux créatures, et adora l'Être éternel qui les a faites.

Il y avait alors dans l'Arabie une coutume affreuse, venue originairement de Scythie[4], et qui, s'étant établie dans les

1. Gangarides : peuple habitant sur la rive orientale du Gange.
2. Propices : favorables.
3. Apologue : petit récit visant à illustrer une leçon de morale.
4. Scythie : territoire situé au nord de la mer Noire.

Indes par le crédit[1] des brahmanes[2], menaçait d'envahir tout l'Orient. Lorsqu'un homme marié était mort, et que sa femme bien-aimée voulait être sainte, elle se brûlait en public sur le corps de son mari. C'était une fête solennelle qui s'appelait *le bûcher du veuvage*. La tribu dans laquelle il y avait eu le plus de femmes brûlées était la plus considérée. Un Arabe de la tribu de Sétoc étant mort, sa veuve, nommée *Almona,* qui était fort dévote[3], fit savoir le jour et l'heure où elle se jetterait dans le feu au son des tambours et des trompettes. Zadig remontra[4] à Sétoc combien cette horrible coutume était contraire au bien du genre humain ; qu'on laissait brûler tous les jours de jeunes veuves qui pouvaient donner des enfants à l'État, ou du moins élever les leurs ; et il le fit convenir qu'il fallait, si on pouvait, abolir un usage si barbare. Sétoc répondit : « Il y a plus de mille ans que les femmes sont en possession de[5] se brûler. Qui de nous osera changer une loi que le temps a consacrée ? Y a-t-il rien de plus respectable qu'un ancien abus ? – La raison est plus ancienne, reprit Zadig. Parlez aux chefs des tribus, et je vais trouver la jeune veuve. »

Il se fit présenter à elle ; et après s'être insinué dans son esprit[6] par des louanges sur sa beauté, après lui avoir dit combien c'était dommage de mettre au feu tant de charmes, il la loua encore sur sa constance et sur son courage. « Vous aimiez donc prodigieusement votre mari ? lui dit-il. – Moi ? point du tout, répondit la

1. Crédit : influence, pouvoir.

2. Brahmanes : membres de la caste sacerdotale, la première des quatre grandes castes de l'Inde.

3. Fort dévote : très pieuse.

4. Remontra : démontra.

5. Sont en possession de : ont l'habitude de.

6. Après s'être insinué dans son esprit : après l'avoir mise en confiance.

dame arabe. C'était un brutal, un jaloux, un homme insupportable ; mais je suis fermement résolue de me jeter sur son bûcher. – Il faut, dit Zadig, qu'il y ait apparemment un plaisir bien délicieux à être brûlée vive. – Ah ! cela fait frémir la nature, dit la dame ; mais il faut en passer par là. Je suis dévote ; je serais perdue de réputation, et tout le monde se moquerait de moi si je ne me brûlais pas. » Zadig, l'ayant fait convenir qu'elle se brûlait pour les autres et par vanité, lui parla longtemps d'une manière à lui faire aimer un peu la vie, et parvint même à lui inspirer quelque bienveillance pour celui qui lui parlait. « Que feriez-vous enfin, lui dit-il, si la vanité de vous brûler ne vous tenait pas ? – Hélas ! dit la dame, je crois que je vous prierais de m'épouser. »

Zadig était trop rempli de l'idée d'Astarté pour ne pas éluder[1] cette déclaration ; mais il alla dans l'instant trouver les chefs des tribus, leur dit ce qui s'était passé, et leur conseilla de faire une loi par laquelle il ne serait permis à une veuve de se brûler qu'après avoir entretenu un jeune homme tête à tête pendant une heure entière. Depuis ce temps, aucune dame ne se brûla en Arabie. On eut au seul Zadig l'obligation d'avoir détruit en un jour une coutume si cruelle, qui durait depuis tant de siècles. Il était donc le bienfaiteur de l'Arabie.

Chapitre XII *Le Souper*

Sétoc, qui ne pouvait se séparer de cet homme en qui habitait la sagesse, le mena à la grande foire de Balzora[2], où devaient se rendre les plus grands négociants de la terre habitable. Ce fut

1. Éluder : contourner.
2. Balzora : Bassorah, port d'Irak sur le golfe Persique.

pour Zadig une consolation sensible de voir tant d'hommes de diverses contrées réunis dans la même place. Il lui paraissait que l'univers était une grande famille qui se rassemblait à Balzora. Il se trouva à table, dès le second jour, avec un Égyptien, un Indien gangaride, un habitant du Cathay[1], un Grec, un Celte, et plusieurs autres étrangers qui, dans leurs fréquents voyages vers le golfe Arabique, avaient appris assez d'arabe pour se faire entendre. L'Égyptien paraissait fort en colère. « Quel abominable pays que Balzora ! disait-il ; on m'y refuse mille onces d'or sur le meilleur effet[2] du monde. – Comment donc, dit Sétoc ; sur quel effet vous a-t-on refusé cette somme ? – Sur le corps de ma tante, répondit l'Égyptien ; c'était la plus brave femme d'Égypte. Elle m'accompagnait toujours ; elle est morte en chemin : j'en ai fait une des plus belles momies que nous ayons ; et je trouverais dans mon pays tout ce que je voudrais en la mettant en gage[3]. Il est bien étrange qu'on ne veuille pas seulement me donner ici mille onces d'or sur un effet si solide. » Tout en se courrouçant[4], il était prêt de manger d'une excellente poule bouillie, quand l'Indien, le prenant par la main, s'écria avec douleur : « Ah ! qu'allez-vous faire ? – Manger de cette poule, dit l'homme à la momie. – Gardez-vous-en bien, dit le Gangaride ; il se pourrait faire que l'âme de la défunte fût passée dans le corps de cette poule, et vous ne voudriez pas vous exposer à manger votre tante. Faire cuire des poules, c'est outrager[5]

1. Un habitant de Cathay : un habitant de la Chine.

2. Effet : effet de commerce, valeur négociable.

3. En la mettant en gage : selon la loi égyptienne, tout emprunteur devait laisser en gage de sa dette la momie d'un parent. S'il ne s'acquittait pas de sa dette, il était privé de sépulture.

4. Se courrouçant : se mettant en colère (de *courroux*, « colère »).

5. Outrager : offenser.

manifestement la nature. – Que voulez-vous dire avec votre nature et vos poules ? reprit le colérique Égyptien ; nous adorons un bœuf[1], et nous en mangeons bien. – Vous adorez un bœuf ! est-il possible ? dit l'homme du Gange. – Il n'y a rien de si possible, repartit l'autre ; il y a cent trente-cinq mille ans que nous en usons ainsi, et personne parmi nous n'y trouve à redire. – Ah ! cent trente-cinq mille ans ! dit l'Indien, ce compte est un peu exagéré ; il n'y en a que quatre-vingt mille que l'Inde est peuplée, et assurément nous sommes vos anciens ; et Brahma[2] nous avait défendu de manger des bœufs avant que vous vous fussiez avisés de les mettre sur les autels et à la broche. – Voilà un plaisant animal que votre Brahma, pour le comparer à Apis ! dit l'Égyptien ; qu'a donc fait votre Brahma de si beau ? » Le bramin[3] répondit : « C'est lui qui a appris aux hommes à lire et à écrire, et à qui toute la terre doit le jeu des échecs. – Vous vous trompez, dit un Chaldéen qui était auprès de lui ; c'est le poisson Oannès[4] à qui on doit de si grands bienfaits, et il est juste de ne rendre qu'à lui ses hommages. Tout le monde vous dira que c'était un être divin, qu'il avait la queue dorée, avec une belle tête d'homme, et qu'il sortait de l'eau pour venir prêcher à terre trois heures par jour. Il eut plusieurs enfants qui furent tous rois, comme chacun sait. J'ai son portrait chez moi, que je révère comme je le dois. On peut manger du bœuf tant qu'on veut ; mais c'est assurément une très grande impiété de faire cuire du poisson ; d'ailleurs vous êtes tous deux d'une origine trop peu

1. Un bœuf : il s'agit du taureau Apis (nommé l. 39), divinité de l'ancienne Égypte.

2. Brahma : divinité hindoue.

3. Bramin : synonyme de brahmane.

4. Oannès : divinité chaldéenne. Mi-poisson, mi-homme, il serait sorti de la mer pour enseigner aux Babyloniens l'écriture, les sciences et les principaux arts.

noble et trop récente pour me rien disputer[1]. La nation égyptienne ne compte que cent trente-cinq mille ans, et les Indiens ne se vantent que de quatre-vingt mille, tandis que nous avons des almanachs[2] de quatre mille siècles. Croyez-moi, renoncez à vos folies, et je vous donnerai à chacun un beau portrait d'Oannès. »

L'homme de Cambalu[3], prenant la parole, dit : « Je respecte fort les Égyptiens, les Chaldéens, les Grecs, les Celtes, Brahma, le bœuf Apis, le beau poisson Oannès ; mais peut-être que le Li ou le Tien[4], comme on voudra l'appeler, vaut bien les bœufs et les poissons. Je ne dirai rien de mon pays ; il est aussi grand que la terre d'Égypte, la Chaldée, et les Indes ensemble. Je ne dispute pas d'antiquité[5], parce qu'il suffit d'être heureux, et que c'est fort peu de chose d'être ancien ; mais, s'il fallait parler d'almanachs, je dirais que toute l'Asie prend les nôtres, et que nous en avions de fort bons avant qu'on sût l'arithmétique en Chaldée.

– Vous êtes de grands ignorants tous tant que vous êtes ! s'écria le Grec : est-ce que vous ne savez pas que le Chaos[6] est le père de tout, et que la forme et la matière ont mis le monde dans l'état où il est ? »

Ce Grec parla longtemps ; mais il fut enfin interrompu par le Celte, qui, ayant beaucoup bu pendant qu'on disputait, se

1. Pour me rien disputer : pour prétendre rivaliser avec moi.

2. Almanachs : calendriers.

3. Cambalu : Pékin.

4. Le Li ou le Tien : « Mots chinois qui signifient proprement : *Li*, la lumière naturelle, la raison, et *Tien*, le ciel, et qui signifient aussi Dieu » (note de Voltaire).

5. Je ne dispute pas d'antiquité : je ne discute pas du passé.

6. Chaos : le vide, ce qui est avant tout commencement, et que la mythologie grecque a progressivement personnifié en divinité.

crut alors plus savant que tous les autres, et dit en jurant qu'il n'y avait que Teutath[1] et le gui de chêne[2] qui valussent la peine qu'on en parlât ; que, pour lui, il avait toujours du gui dans sa poche ; que les Scythes, ses ancêtres, étaient les seules gens de bien qui eussent jamais été au monde ; qu'ils avaient, à la vérité, quelquefois mangé des hommes, mais que cela n'empêchait pas qu'on ne dût avoir beaucoup de respect pour sa nation ; et qu'enfin, si quelqu'un parlait mal de Teutath, il lui apprendrait à vivre. La querelle s'échauffa pour lors, et Sétoc vit le moment où la table allait être ensanglantée. Zadig, qui avait gardé le silence pendant toute la dispute, se leva enfin : il s'adressa d'abord au Celte, comme au plus furieux ; il lui dit qu'il avait raison, et lui demanda du gui ; il loua le Grec sur son éloquence[3], et adoucit tous les esprits échauffés. Il ne dit que très peu de chose à l'homme du Cathay, parce qu'il avait été le plus raisonnable de tous. Ensuite il leur dit : « Mes amis, vous alliez vous quereller pour rien, car vous êtes tous du même avis. » À ce mot, ils se récrièrent tous. « N'est-il pas vrai, dit-il au Celte, que vous n'adorez pas ce gui, mais celui qui a fait le gui et le chêne ? – Assurément, répondit le Celte. – Et vous, monsieur l'Égyptien, vous révérez apparemment dans un certain bœuf celui qui vous a donné les bœufs ? – Oui, dit l'Égyptien. – Le poisson Oannès, continua-t-il, doit céder à celui qui a fait la mer et les poissons. – D'accord, dit le Chaldéen. – L'Indien, ajouta-t-il, et le Cathayen reconnaissent comme vous un premier principe ; je n'ai pas trop bien compris

1. Teutath : dieu de la religion druidique pratiquée par les Celtes, à qui on offrait des sacrifices humains ; assimilé à Mercure par les Romains.
2. Gui de chêne : plante sacrée de la religion druidique.
3. Éloquence : art de bien parler.

les choses admirables que le Grec a dites, mais je suis sûr qu'il admet aussi un Être supérieur, de qui la forme et la matière dépendent. » Le Grec, qu'on admirait, dit que Zadig avait très bien pris sa pensée. « Vous êtes donc tous de même avis, répliqua Zadig, et il n'y a pas là de quoi se quereller. » Tout le monde l'embrassa. Sétoc, après avoir vendu fort cher ses denrées, reconduisit son ami Zadig dans sa tribu. Zadig apprit en arrivant qu'on lui avait fait son procès en son absence, et qu'il allait être brûlé à petit feu.

Chapitre XIII *Les Rendez-vous*

Pendant son voyage à Balzora, les prêtres des étoiles[1] avaient résolu de le punir. Les pierreries et les ornements des jeunes veuves qu'ils envoyaient au bûcher leur appartenaient de droit ; c'était bien le moins qu'ils fissent brûler Zadig pour le mauvais tour qu'il leur avait joué. Ils accusèrent donc Zadig d'avoir des sentiments erronés sur l'armée céleste[2] ; ils déposèrent[3] contre lui, et jurèrent qu'ils lui avaient entendu dire que les étoiles ne se couchaient pas dans la mer. Ce blasphème[4] effroyable fit frémir les juges ; ils furent prêts de déchirer leurs vêtements quand ils ouïrent[5] ces paroles impies[6], et ils l'auraient fait, sans doute, si Zadig avait eu de

1. Prêtres des étoiles : prêtres de « l'armée céleste ».

2. Armée céleste : religion des astres, appelée sabisme, pratiquée en Arabie avant Mahomet.

3. Déposèrent : témoignèrent.

4. Blasphème : parole qui insulte la religion.

5. Ouïrent : entendirent.

6. Impies : blasphématoires.

quoi les payer ; mais, dans l'excès de leur douleur, ils se contentèrent de le condamner à être brûlé à petit feu. Sétoc, désespéré, employa en vain son crédit pour sauver son ami ; il fut bientôt obligé de se taire. La jeune veuve Almona, qui avait pris beaucoup de goût à la vie, et qui en avait obligation à Zadig, résolut de le tirer du bûcher, dont il lui avait fait connaître l'abus. Elle roula son dessein dans sa tête[1], sans en parler à personne. Zadig devait être exécuté le lendemain ; elle n'avait que la nuit pour le sauver : voici comme elle s'y prit en femme charitable et prudente.

Elle se parfuma ; elle releva sa beauté par l'ajustement le plus riche et le plus galant, et alla demander une audience secrète au chef des prêtres des étoiles. Quand elle fut devant ce vieillard vénérable, elle lui parla en ces termes : « Fils aîné de la grande Ourse, frère du Taureau, cousin du grand Chien (c'étaient les titres de ce pontife[2]), je viens vous confier mes scrupules. J'ai bien peur d'avoir commis un péché énorme, en ne me brûlant pas dans le bûcher de mon cher mari. En effet qu'avais-je à conserver ? une chair périssable, et qui est déjà toute flétrie. » En disant ces paroles, elle tira de ses longues manches de soie ses bras nus, d'une forme admirable et d'une blancheur éblouissante. « Vous voyez, dit-elle, le peu que cela vaut. » Le pontife trouva dans son cœur que cela valait beaucoup. Ses yeux le dirent, et sa bouche le confirma : il jura qu'il n'avait vu de sa vie de si beaux bras. « Hélas ! lui dit la veuve, les bras peuvent être un peu moins mal que le reste ; mais vous m'avouerez que la gorge n'était pas digne de mes attentions. »

1. Elle roula son dessein dans sa tête : elle réfléchit à ses intentions.

2. Pontife : dans l'Église catholique, titre porté par les grands prélats et par le pape ; ici, prêtre.

Alors elle laissa voir le sein le plus charmant que la nature eût jamais formé. Un bouton de rose sur une pomme d'ivoire n'eût paru auprès que de la garance[1] sur du buis, et les agneaux sortant du lavoir auraient semblé d'un jaune brun. Cette gorge, ses grands yeux noirs qui languissaient en brillant doucement d'un feu tendre, ses joues animées de la plus belle pourpre mêlée au blanc de lait le plus pur, son nez, qui n'était pas comme la tour du mont Liban[2], ses lèvres, qui étaient comme deux bordures de corail renfermant les plus belles perles de la mer d'Arabie, tout cela ensemble fit croire au vieillard qu'il avait vingt ans. Il fit en bégayant une déclaration tendre. Almona, le voyant enflammé, lui demanda la grâce de Zadig. « Hélas ! dit-il, ma belle dame, quand je vous accorderais sa grâce, mon indulgence ne servirait de rien ; il faut qu'elle soit signée de trois autres de mes confrères. – Signez toujours, dit Almona. – Volontiers, dit le prêtre, à condition que vos faveurs seront le prix de ma facilité. – Vous me faites trop d'honneur, dit Almona ; ayez seulement pour agréable de venir dans ma chambre après que le soleil sera couché, et dès que la brillante étoile Sheat[3] sera sur l'horizon, vous me trouverez sur un sofa couleur de rose, et vous en userez comme vous pourrez avec votre servante. » Elle sortit alors, emportant avec elle la signature, et laissa le vieillard plein d'amour et de défiance de ses forces. Il employa le reste du jour à se baigner ; il but une liqueur composée de la cannelle de Ceylan, et des précieuses épices de Tidor et de

1. Garance : plante dont la racine fournit une teinture rouge.

2. La tour du mont Liban : Voltaire parodie ici un passage du Cantique des cantiques (Bible) : « Ton nez, la tour du Liban, sentinelle tournée vers Damas ».

3. Sheat : étoile de la constellation de Pégase.

Ternate[1], et attendit avec impatience que l'étoile Sheat vînt à paraître.

Cependant la belle Almona alla trouver le second pontife. Celui-ci l'assura que le soleil, la lune, et tous les feux du firmament n'étaient que des feux follets[2] en comparaison de ses charmes. Elle lui demanda la même grâce, et on lui proposa d'en donner le prix. Elle se laissa vaincre, et donna rendez-vous au second pontife au lever de l'étoile Algénib[3]. De là elle passa chez le troisième et chez le quatrième prêtre, prenant toujours une signature, et donnant un rendez-vous d'étoile en étoile. Alors elle fit avertir les juges de venir chez elle pour une affaire importante. Ils s'y rendirent : elle leur montra les quatre noms, et leur dit à quel prix les prêtres avaient vendu la grâce de Zadig. Chacun d'eux arriva à l'heure prescrite ; chacun fut bien étonné d'y trouver ses confrères, et plus encore d'y trouver les juges, devant qui leur honte fut manifestée. Zadig fut sauvé. Sétoc fut si charmé de l'habileté d'Almona, qu'il en fit sa femme. Zadig partit après s'être jeté aux pieds de sa belle libératrice. Sétoc et lui se quittèrent en pleurant, en se jurant une amitié éternelle et en se promettant que le premier des deux qui ferait une grande fortune en ferait part à[4] l'autre.

Zadig marcha du côté de la Syrie, toujours pensant à la malheureuse Astarté, et toujours réfléchissant sur le sort qui s'obstinait à se jouer de lui et à le persécuter. « Quoi ! disait-il, quatre cents onces d'or pour avoir vu passer une chienne !

1. **Tidor et Ternate** : îles indonésiennes réputées pour leurs épices.
2. **Feux follets** : petites flammes dansantes produites par la combustion d'un gaz dans la nature.
3. **Algénib** : autre étoile de la constellation de Pégase.
4. **En ferait part à** : en donnerait une part à.

condamné à être décapité pour quatre mauvais vers à la louange du roi ! prêt à être étranglé parce que la reine avait des babouches de la couleur de mon bonnet ! réduit en esclavage pour avoir secouru une femme qu'on battait ! et sur le point d'être brûlé pour avoir sauvé la vie à toutes les jeunes veuves arabes ! »

Chapitre XIV *Le Brigand*

En arrivant aux frontières qui séparent l'Arabie Pétrée[1] de la Syrie, comme il passait près d'un château assez fort[2], des Arabes armés en sortirent. Il se vit entouré ; on lui criait : « Tout ce que vous avez nous appartient, et votre personne appartient à notre maître. » Zadig pour réponse tira son épée ; son valet, qui avait du courage, en fit autant. Ils renversèrent morts les premiers Arabes qui mirent la main sur eux ; le nombre redoubla ; ils ne s'étonnèrent point, et résolurent de périr en combattant. On voyait deux hommes se défendre contre une multitude ; un tel combat ne pouvait durer longtemps. Le maître du château, nommé Arbogad, ayant vu d'une fenêtre les prodiges de valeur que faisait Zadig, conçut de l'estime pour lui. Il descendit en hâte, et vint lui-même écarter ses gens et délivrer les deux voyageurs. « Tout ce qui passe sur mes terres est à moi, dit-il, aussi bien que ce que je trouve sur les terres des autres ; mais vous me paraissez un si brave homme que je vous exempte de la loi commune[3]. »

1. **Arabie Pétrée** : Arabie « couverte de pierres ».
2. **Assez fort** : bien fortifié.
3. **Je vous exempte de la loi commune** : je vous dispense de la loi habituelle.

Il le fit entrer dans son château, ordonnant à ses gens de le bien traiter ; et, le soir, Arbogad voulut souper avec Zadig.

Le seigneur du château était un de ces Arabes qu'on appelle *voleurs ;* mais il faisait quelquefois de bonnes actions parmi une foule de mauvaises ; il volait avec une rapacité furieuse, et donnait libéralement[1] ; intrépide dans l'action, assez doux dans le commerce[2], débauché à table, gai dans la débauche, et surtout plein de franchise. Zadig lui plut beaucoup ; sa conversation, qui s'anima, fit durer le repas ; enfin Arbogad lui dit : « Je vous conseille de vous enrôler sous moi[3], vous ne sauriez mieux faire ; ce métier-ci n'est pas mauvais ; vous pourrez un jour devenir ce que je suis. – Puis-je vous demander, dit Zadig, depuis quel temps vous exercez cette noble profession ? Dès ma plus tendre jeunesse, reprit le seigneur. J'étais valet d'un Arabe assez habile ; ma situation m'était insupportable. J'étais au désespoir de voir que, dans toute la terre qui appartient également aux hommes, la destinée ne m'eût pas réservé ma portion. Je confiai mes peines à un vieil Arabe qui me dit : "Mon fils, ne désespérez pas ; il y avait autrefois un grain de sable qui se lamentait d'être un atome ignoré dans les déserts ; au bout de quelques années il devint diamant, et il est à présent le plus bel ornement de la couronne du roi des Indes." Ce discours me fit impression ; j'étais le grain de sable, je résolus de devenir diamant. Je commençai par voler deux chevaux ; je m'associai des camarades ; je me mis en état de voler de petites caravanes ; ainsi je fis cesser peu à peu la disproportion qui était d'abord entre les hommes et moi. J'eus ma

1. Avec rapacité : avec avidité ; **libéralement** : avec générosité.

2. Dans le commerce : dans l'échange.

3. Vous enrôler sous moi : vous battre pour moi.

part aux biens de ce monde, et je fus même dédommagé avec usure[1] : on me considéra beaucoup ; je devins seigneur brigand, j'acquis ce château par voie de fait[2]. Le satrape[3] de Syrie voulut m'en déposséder ; mais j'étais déjà trop riche pour avoir rien à craindre : je donnai de l'argent au satrape, moyennant quoi je conservai ce château, et j'agrandis mes domaines ; il me nomma même trésorier des tributs[4] que l'Arabie Pétrée payait au roi des rois[5]. Je fis ma charge de receveur[6], et point du tout celle de payeur.

« Le grand desterham[7] de Babylone envoya ici, au nom du roi Moabdar, un petit satrape, pour me faire étrangler. Cet homme arriva avec son ordre : j'étais instruit de tout ; je fis étrangler en sa présence les quatre personnes qu'il avait amenées avec lui pour serrer le lacet[8] ; après quoi je lui demandai ce que pouvait lui valoir[9] la commission de m'étrangler. Il me répondit que ses honoraires pouvaient aller à trois cents pièces d'or. Je lui fis voir clair qu'il y aurait plus à gagner avec moi. Je le fis sous-brigand ; il est aujourd'hui un de mes meilleurs officiers, et des plus riches. Si vous m'en croyez, vous réussirez comme lui. Jamais la saison de voler n'a été meilleure, depuis que Moabdar est tué, et que tout est en confusion dans Babylone.

---

1. Avec usure : avec un intérêt excessif.

2. Par voie de fait : par la force.

3. Satrape : dans l'ancien Empire perse, gouverneur de province.

4. Tributs : impôts.

5. Roi des rois : désigne le roi de Perse chez les Grecs.

6. Receveur : percepteur des impôts.

7. Desterham : altération de *defterdar*, « celui qui tient les rôles de la milice et des finances chez les Persans et chez les Turcs ».

8. Serrer le lacet : étrangler.

9. Valoir : rapporter.

– Moabdar est tué ! dit Zadig ; et qu'est devenue la reine Astarté ? – Je n'en sais rien, reprit Arbogad ; tout ce que je sais, c'est que Moabdar est devenu fou, qu'il a été tué, que Babylone est un grand coupe-gorge[1], que tout l'empire est désolé, qu'il y a de beaux coups à faire encore, et que pour ma part j'en ai fait d'admirables. – Mais la reine ? dit Zadig ; de grâce, ne savez-vous rien de la destinée de la reine ? – On m'a parlé d'un prince d'Hyrcanie[2], reprit-il ; elle est probablement parmi ses concubines[3], si elle n'a pas été tuée dans le tumulte ; mais je suis plus curieux de butin que de nouvelles. J'ai pris plusieurs femmes dans mes courses[4] ; je n'en garde aucune ; je les vends cher quand elles sont belles, sans m'informer de ce qu'elles sont. On n'achète point le rang ; une reine qui serait laide ne trouverait pas marchand : peut-être ai-je vendu la reine Astarté, peut-être est-elle morte ; mais peu m'importe, et je pense que vous ne devez pas vous en soucier plus que moi. » En parlant ainsi il buvait avec tant de courage, il confondait tellement toutes les idées, que Zadig n'en put tirer aucun éclaircissement.

Il restait interdit[5], accablé, immobile. Arbogad buvait toujours, faisait des contes[6], répétait sans cesse qu'il était le plus heureux de tous les hommes, exhortant Zadig à se rendre aussi heureux que lui. Enfin doucement assoupi par les fumées du vin, il alla dormir d'un sommeil tranquille. Zadig passa la nuit dans l'agitation la plus violente. « Quoi, disait-il, le

1. Coupe-gorge : lieu dangereux, où l'on risque de se faire attaquer.
2. Hyrcanie : région située au sud de la mer Caspienne.
3. Concubines : femmes avec lesquelles on vit sans être marié.
4. Dans mes courses : lors de mes expéditions de pillage.
5. Interdit : stupéfait.
6. Faisait des contes : racontait des histoires incroyables, extraordinaires.

roi est devenu fou ! il est tué ! Je ne puis m'empêcher de le plaindre. L'empire est déchiré, et ce brigand est heureux. Ô fortune ! ô destinée ! un voleur est heureux, et ce que la nature a fait de plus aimable a péri peut-être d'une manière affreuse, ou vit dans un état pire que la mort. Ô Astarté ! qu'êtes-vous devenue ? »

Dès le point du jour, il interrogea tous ceux qu'il rencontrait dans le château ; mais tout le monde était occupé, personne ne lui répondit : on avait fait pendant la nuit de nouvelles conquêtes, on partageait les dépouilles[1]. Tout ce qu'il put obtenir dans cette confusion tumultueuse, ce fut la permission de partir. Il en profita sans tarder, plus abîmé[2] que jamais dans ses réflexions douloureuses.

Zadig marchait inquiet, agité, l'esprit tout occupé de la malheureuse Astarté, du roi de Babylone, de son fidèle Cador, de l'heureux brigand Arbogad, de cette femme si capricieuse que des Babyloniens avaient enlevée sur les confins de l'Égypte, enfin de tous les contretemps et de toutes les infortunes qu'il avait éprouvées.

Chapitre XV *Le Pêcheur*

À quelques lieues du château d'Arbogad, il se trouva sur le bord d'une petite rivière, toujours déplorant sa destinée, et se regardant comme le modèle du malheur. Il vit un pêcheur couché sur la rive, tenant à peine[3] d'une main languissante

1. Dépouilles : ce qui reste après la bataille.
2. Abîmé : plongé.
3. À peine : avec peine.

son filet, qu'il semblait abandonner, et levant les yeux vers le ciel.

« Je suis certainement le plus malheureux de tous les hommes, disait le pêcheur. J'ai été, de l'aveu de tout le monde, le plus célèbre marchand de fromages à la crème dans Babylone, et j'ai été ruiné. J'avais la plus jolie femme qu'homme de ma sorte pût posséder, et j'en ai été trahi. Il me restait une chétive[1] maison, je l'ai vue pillée et détruite. Réfugié dans une cabane, je n'ai de ressource que ma pêche, et je ne prends pas un poisson. Ô mon filet ! je ne te jetterai plus dans l'eau, c'est à moi de m'y jeter. » En disant ces mots il se lève, et s'avance dans l'attitude d'un homme qui allait se précipiter et finir sa vie.

« Eh quoi ! se dit Zadig à lui-même, il y a donc des hommes aussi malheureux que moi ! » L'ardeur de sauver la vie au pêcheur fut aussi prompte que cette réflexion. Il court à lui, il l'arrête, il l'interroge d'un air attendri et consolant. On prétend qu'on en est moins malheureux quand on ne l'est pas seul ; mais, selon Zoroastre, ce n'est pas par malignité[2], c'est par besoin. On se sent alors entraîné vers un infortuné comme vers son semblable. La joie d'un homme heureux serait une insulte ; mais deux malheureux sont comme deux arbrisseaux faibles qui, s'appuyant l'un sur l'autre, se fortifient contre l'orage.

« Pourquoi succombez-vous à vos malheurs ? dit Zadig au pêcheur. – C'est, répondit-il, parce que je n'y vois pas de ressource. J'ai été le plus considéré du village de Derlback auprès de Babylone, et je faisais, avec l'aide de ma femme, les

1. Chétive : pauvre.
2. Malignité : perversité.

meilleurs fromages à la crème de l'empire. La reine Astarté et le fameux ministre Zadig les aimaient passionnément. J'avais fourni à leur maison six cents fromages. J'allai un jour à la ville pour être payé ; j'appris, en arrivant dans Babylone, que la reine et Zadig avaient disparu. Je courus chez le seigneur Zadig, que je n'avais jamais vu ; je trouvai les archers du grand desterham, qui, munis d'un papier royal, pillaient sa maison loyalement et avec ordre. Je volai aux cuisines de la reine ; quelques-uns des seigneurs de la bouche[1] me dirent qu'elle était morte ; d'autres dirent qu'elle était en prison ; d'autres prétendirent qu'elle avait pris la fuite ; mais tous m'assurèrent qu'on ne me paierait point mes fromages. J'allai avec ma femme chez le seigneur Orcan, qui était une de mes pratiques[2] : nous lui demandâmes sa protection dans notre disgrâce. Il l'accorda à ma femme, et me la refusa. Elle était plus blanche que ces fromages à la crème, qui commencèrent mon malheur ; et l'éclat de la pourpre de Tyr[3] n'était pas plus brillant que l'incarnat[4] qui animait cette blancheur. C'est ce qui fit qu'Orcan la retint, et me chassa de sa maison. J'écrivis à ma chère femme la lettre d'un désespéré. Elle dit au porteur : "Ah, ah ! oui ! je sais quel est l'homme qui m'écrit, j'en ai entendu parler : on dit qu'il fait des fromages à la crème excellents ; qu'on m'en apporte, et qu'on les lui paye."

« Dans mon malheur, je voulus m'adresser à la justice. Il me restait six onces d'or : il fallut en donner deux onces à

1. Seigneurs de la bouche : préposés à la table royale.

2. Pratiques : clients.

3. Pourpre de Tyr : une partie de la prospérité de la cité phénicienne de Tyr (Liban actuel), dans l'Antiquité, reposait sur la fabrication de la pourpre, matière colorante rouge foncé tirée d'un mollusque, le murex.

4. Incarnat : rouge vif et clair.

l'homme de loi que je consultai, deux au procureur qui entreprit mon affaire, deux au secrétaire du premier juge. Quand tout cela fut fait, mon procès n'était pas encore commencé, et j'avais déjà dépensé plus d'argent que mes fromages et ma femme ne valaient. Je retournai à mon village dans l'intention de vendre ma maison pour avoir ma femme.

« Ma maison valait bien soixante onces d'or ; mais on me voyait pauvre et pressé de vendre. Le premier à qui je m'adressai m'en offrit trente onces ; le second vingt ; et le troisième dix. J'étais prêt enfin de conclure, tant j'étais aveuglé, lorsqu'un prince d'Hyrcanie vint à Babylone, et ravagea tout sur son passage. Ma maison fut d'abord saccagée, et ensuite brûlée.

« Ayant ainsi perdu mon argent, ma femme et ma maison, je me suis retiré dans ce pays où vous me voyez. J'ai tâché de subsister du métier de pêcheur ; les poissons se moquent de moi comme les hommes. Je ne prends rien, je meurs de faim ; et sans vous, auguste consolateur, j'allais mourir dans la rivière. »

Le pêcheur ne fit point ce récit tout de suite[1] ; car à tout moment Zadig, ému et transporté, lui disait : « Quoi ! vous ne savez rien de la destinée de la reine ? – Non, seigneur, répondait le pêcheur ; mais je sais que la reine et Zadig ne m'ont point payé mes fromages à la crème, qu'on a pris ma femme, et que je suis au désespoir. – Je me flatte, dit Zadig, que vous ne perdrez pas tout votre argent. J'ai entendu parler de ce Zadig ; il est honnête homme ; et s'il retourne à Babylone, comme il l'espère, il vous donnera plus qu'il ne vous doit ; mais pour votre femme, qui n'est pas si honnête, je vous conseille de ne pas chercher à la reprendre. Croyez-moi, allez

1. **Tout de suite** : d'une seule traite, sans s'interrompre.

à Babylone ; j'y serai avant vous, parce que je suis à cheval et que vous êtes à pied. Adressez-vous à l'illustre Cador ; dites-lui que vous avez rencontré son ami ; attendez-moi chez lui. Allez ; peut-être ne serez-vous pas toujours malheureux. Ô puissant Orosmade[1] ! continua-t-il, vous vous servez de moi pour consoler cet homme ; de qui vous servirez-vous pour me consoler ? » En parlant ainsi il donnait au pêcheur la moitié de tout l'argent qu'il avait apporté d'Arabie, et le pêcheur, confondu et ravi, baisait les pieds de l'ami de Cador, et disait : « Vous êtes un ange sauveur. »

Cependant Zadig demandait toujours des nouvelles, et versait des larmes. « Quoi ! seigneur, s'écria le pêcheur, vous seriez donc aussi malheureux, vous qui faites du bien ? – Plus malheureux que toi cent fois, répondait Zadig. – Mais comment se peut-il faire, disait le bonhomme, que celui qui donne soit plus à plaindre que celui qui reçoit ? – C'est que ton plus grand malheur, reprit Zadig, était le besoin, et que je suis infortuné par le cœur. – Orcan vous aurait-il pris votre femme ? » dit le pêcheur. Ce mot rappela dans l'esprit de Zadig toutes ses aventures ; il répétait la liste de ses infortunes[2], à commencer depuis la chienne de la reine jusqu'à son arrivée chez le brigand Arbogad. « Ah ! dit-il au pêcheur, Orcan mérite d'être puni. Mais d'ordinaire ce sont ces gens-là qui sont les favoris de la destinée. Quoi qu'il en soit, va chez le seigneur Cador, et attends-moi. » Ils se séparèrent : le pêcheur marcha en remerciant son destin, et Zadig courut en accusant toujours le sien.

1. **Orosmade** : principe du bien dans la religion de Zoroastre.
2. **Infortunes** : malheurs.

Chapitre XVI *Le Basilic*[1]

Arrivé dans une belle prairie, il y vit plusieurs femmes qui cherchaient quelque chose avec beaucoup d'application. Il prit la liberté de s'approcher de l'une d'elles, et de lui demander s'il pouvait avoir l'honneur de les aider dans leurs recherches. « Gardez-vous-en bien, répondit la Syrienne ; ce que nous cherchons ne peut être touché que par des femmes. – Voilà qui est bien étrange, dit Zadig ; oserai-je vous prier de m'apprendre ce que c'est qu'il n'est permis qu'aux femmes de toucher ? – C'est un basilic, dit-elle. – Un basilic, madame ? et pour quelle raison, s'il vous plaît, cherchez-vous un basilic ? – C'est pour notre seigneur et maître Ogul[2], dont vous voyez le château sur le bord de cette rivière, au bout de la prairie. Nous sommes ses très humbles esclaves ; le seigneur Ogul est malade ; son médecin lui a ordonné de manger un basilic cuit dans l'eau rose[3] ; et comme c'est un animal fort rare, et qui ne se laisse jamais prendre que par des femmes, le seigneur Ogul a promis de choisir pour sa femme bien-aimée celle de nous qui lui apporterait un basilic : laissez-moi chercher, s'il vous plaît, car vous voyez ce qu'il m'en coûterait si j'étais prévenue[4] par mes compagnes. »

Zadig laissa cette Syrienne et les autres chercher leur basilic, et continua de marcher dans la prairie. Quand il fut au bord d'un petit ruisseau, il y trouva une autre dame couchée sur le

1. Basilic : serpent fabuleux dont le regard était mortel pour les êtres vivants, sauf pour les femmes.

2. Ogul : anagramme du mot latin *gulo* qui signifie « glouton ».

3. Eau rose : eau de rose.

4. Prévenue : devancée.

gazon, et qui ne cherchait rien. Sa taille paraissait majestueuse, mais son visage était couvert d'un voile. Elle était penchée vers le ruisseau ; de profonds soupirs sortaient de sa bouche. Elle tenait en main une petite baguette, avec laquelle elle traçait des caractères sur un sable fin qui se trouvait entre le gazon et le ruisseau. Zadig eut la curiosité de voir ce que cette femme écrivait ; il s'approcha, il vit la lettre Z, puis un A ; il fut étonné ; puis parut un D ; il tressaillit. Jamais surprise ne fut égale à la sienne quand il vit les deux dernières lettres de son nom. Il demeura quelque temps immobile ; enfin, rompant le silence d'une voix entrecoupée : « Ô généreuse[1] dame ! pardonnez à un étranger, à un infortuné, d'oser vous demander par quelle aventure étonnante je trouve ici le nom de ZADIG tracé de votre main divine ? » À cette voix, à ces paroles, la dame releva son voile d'une main tremblante, regarda Zadig, jeta un cri d'attendrissement, de surprise et de joie, et, succombant sous tous les mouvements divers qui assaillaient à la fois son âme, elle tomba évanouie entre ses bras. C'était Astarté elle-même, c'était la reine de Babylone, c'était celle que Zadig adorait, et qu'il se reprochait d'adorer ; c'était celle dont il avait tant pleuré et tant craint la destinée. Il fut un moment privé de l'usage de ses sens ; et quand il eut attaché ses regards sur les yeux d'Astarté, qui se rouvraient avec une langueur[2] mêlée de confusion et de tendresse : « Ô puissances immortelles ! s'écria-t-il, qui présidez aux destins des faibles humains, me rendez-vous Astarté ? En quel temps, en quels lieux, en quel état la revois-je ? » Il se jeta à genoux devant Astarté, et il attacha son

---

1. **Généreuse** : noble.
2. **Langueur** : mélancolie douce et rêveuse.

front à la poussière de ses pieds. La reine de Babylone le relève, et le fait asseoir auprès d'elle sur le bord de ce ruisseau ; elle essuyait à plusieurs reprises ses yeux dont les larmes recommençaient toujours à couler. Elle reprenait vingt fois des discours que ses gémissements interrompaient ; elle l'interrogeait sur le hasard qui les rassemblait, et prévenait[1] soudain ses réponses par d'autres questions. Elle entamait le récit de ses malheurs, et voulait savoir ceux de Zadig. Enfin tous deux ayant un peu apaisé le tumulte de leurs âmes, Zadig lui conta en peu de mots par quelle aventure il se trouvait dans cette prairie. « Mais, ô malheureuse et respectable reine ! comment vous retrouvé-je en ce lieu écarté, vêtue en esclave, et accompagnée d'autres femmes esclaves qui cherchent un basilic pour le faire cuire dans de l'eau rose par ordonnance du médecin.

– Pendant qu'elles cherchent leur basilic, dit la belle Astarté, je vais vous apprendre tout ce que j'ai souffert, et tout ce que je pardonne au ciel depuis que je vous revois. Vous savez que le roi mon mari trouva mauvais que vous fussiez le plus aimable de tous les hommes ; et ce fut pour cette raison qu'il prit une nuit la résolution de vous faire étrangler et de m'empoisonner. Vous savez comme le ciel permit que mon petit muet m'avertît de l'ordre de Sa Sublime Majesté. À peine le fidèle Cador vous eut-il forcé de m'obéir et de partir qu'il osa entrer chez moi au milieu de la nuit par une issue secrète. Il m'enleva, et me conduisit dans le temple d'Orosmade, où le mage, son frère, m'enferma dans une statue colossale dont la base touche aux fondements du temple, et dont la tête atteint la voûte. Je fus là comme ensevelie, mais servie par le mage, et ne

1. **Prévenait** : devançait.

manquant d'aucune chose nécessaire. Cependant, au point du jour, l'apothicaire[1] de Sa Majesté entra dans ma chambre avec une potion mêlée de jusquiame, d'opium, de ciguë, d'ellébore noir et d'aconit[2] ; et un autre officier alla chez vous avec un lacet de soie bleue. On ne trouva personne. Cador, pour mieux tromper le roi, feignit de venir nous accuser tous deux. Il dit que vous aviez pris la route des Indes, et moi celle de Memphis : on envoya des satellites[3] après vous et après moi.

« Les courriers[4] qui me cherchaient ne me connaissaient pas. Je n'avais presque jamais montré mon visage qu'à vous seul, en présence et par ordre de mon époux. Ils coururent à ma poursuite, sur le portrait qu'on leur faisait de ma personne : une femme de la même taille que moi, et qui peut-être avait plus de charmes, s'offrit à leurs regards sur les frontières de l'Égypte. Elle était éplorée, errante. Ils ne doutèrent pas que cette femme ne fût la reine de Babylone ; ils la menèrent à Moabdar. Leur méprise[5] fit entrer d'abord le roi dans une violente colère ; mais bientôt, ayant considéré de plus près cette femme, il la trouva très belle, et fut consolé. On l'appelait Missouf. On m'a dit depuis que ce nom signifie en langue égyptienne *la belle capricieuse*. Elle l'était en effet ; mais elle avait autant d'art que de caprice. Elle plut à Moabdar. Elle le subjugua au point de se faire déclarer sa femme. Alors son caractère se développa tout entier ; elle se livra sans crainte à toutes les folies de son imagination. Elle voulut obliger le chef

---

1. **Apothicaire** : pharmacien.
2. **Jusquiame, opium, ciguë, ellébore noir et aconit** : plantes vénéneuses.
3. **Satellites** : hommes de main.
4. **Courriers** : messagers.
5. **Méprise** : erreur.

des mages, qui était vieux et goutteux[1], de danser devant elle ; et, sur le refus du mage, elle le persécuta violemment. Elle ordonna à son grand écuyer de lui faire une tourte de confitures. Le grand écuyer eut beau lui représenter[2] qu'il n'était point pâtissier, il fallut qu'il fît la tourte ; et on le chassa, parce qu'elle était trop brûlée. Elle donna la charge de grand écuyer à son nain, et la place de chancelier à un page. C'est ainsi qu'elle gouverna Babylone. Tout le monde me regrettait. Le roi, qui avait été assez honnête homme jusqu'au moment où il avait voulu m'empoisonner et vous faire étrangler, semblait avoir noyé ses vertus dans l'amour prodigieux qu'il avait pour la belle capricieuse. Il vint au temple le grand jour du feu sacré. Je le vis implorer les dieux pour Missouf aux pieds de la statue où j'étais renfermée. J'élevai la voix ; je lui criai : *Les dieux refusent les vœux d'un roi devenu tyran, qui a voulu faire mourir une femme raisonnable pour épouser une extravagante.* Moabdar fut confondu de[3] ces paroles au point que sa tête se troubla. L'oracle[4] que j'avais rendu et la tyrannie de Missouf suffisaient pour lui faire perdre le jugement. Il devint fou en peu de jours.

« Sa folie, qui parut un châtiment du ciel, fut le signal de la révolte. On se souleva, on courut aux armes. Babylone, si longtemps plongée dans une mollesse oisive, devint le théâtre d'une guerre civile affreuse. On me tira du creux de ma statue, et on me mit à la tête d'un parti. Cador courut à Memphis pour vous ramener à Babylone. Le prince d'Hyrcanie, apprenant ces funestes nouvelles, revint avec son armée faire un troisième

1. **Goutteux** : atteint de la *goutte*, maladie des articulations.
2. **Représenter** : expliquer.
3. **Confondu de** : déstabilisé par.
4. **Oracle** : réponse donnée par une divinité à ceux qui la consultent.

parti dans la Chaldée. Il attaqua le roi, qui courut au-devant de lui avec son extravagante Égyptienne. Moabdar mourut percé de coups. Missouf tomba aux mains du vainqueur. Mon malheur voulut que je fusse prise moi-même par un parti hyrcanien, et qu'on me menât devant le prince précisément dans le temps qu'on lui amenait Missouf. Vous serez flatté, sans doute, en apprenant que le prince me trouva plus belle que l'Égyptienne ; mais vous serez fâché d'apprendre qu'il me destina à son sérail[1]. Il me dit fort résolument que, dès qu'il aurait fini une expédition militaire qu'il allait exécuter, il viendrait à moi. Jugez de ma douleur. Mes liens avec Moabdar étaient rompus, je pouvais être à Zadig ; et je tombais dans les chaînes d'un barbare. Je lui répondis avec toute la fierté que me donnaient mon rang et mes sentiments. J'avais toujours entendu dire que le ciel attachait aux personnes de ma sorte un caractère de grandeur qui, d'un mot et d'un coup d'œil, faisait rentrer dans l'abaissement du plus profond respect les téméraires qui osaient s'en écarter. Je parlai en reine ; mais je fus traitée en demoiselle suivante. L'Hyrcanien, sans daigner seulement m'adresser la parole, dit à son eunuque noir que j'étais une impertinente, mais qu'il me trouvait jolie. Il lui ordonna d'avoir soin de moi, et de me mettre au régime des favorites, afin de me rafraîchir le teint et de me rendre plus digne de ses faveurs pour le jour où il aurait la commodité de m'en honorer. Je lui dis que je me tuerais ; il répliqua en riant qu'on ne se tuait point, qu'il était fait à ces façons-là[2], et me quitta comme un homme qui vient de mettre un perroquet

1. Sérail : ici, harem, partie du palais réservée aux femmes et aux concubines.
2. Ces façons-là : ces manières-là.

dans sa ménagerie. Quel état pour la première reine de l'univers, et, je dirai plus, pour un cœur qui était à Zadig ! »

À ces paroles il se jeta à ses genoux, et les baigna de larmes. Astarté le releva tendrement, et elle continua ainsi : « Je me voyais au pouvoir d'un barbare, et rivale d'une folle avec qui j'étais renfermée. Elle me raconta son aventure d'Égypte. Je jugeai par les traits dont elle vous peignait, par le temps, par le dromadaire sur lequel vous étiez monté, par toutes les circonstances, que c'était Zadig qui avait combattu pour elle. Je ne doutai pas que vous ne fussiez à Memphis ; je pris la résolution de m'y retirer. "Belle Missouf, lui dis-je, vous êtes beaucoup plus plaisante que moi, vous divertirez bien mieux que moi le prince d'Hyrcanie. Facilitez-moi les moyens de me sauver ; vous régnerez seule ; vous me rendrez heureuse, en vous débarrassant d'une rivale." Missouf concerta avec moi les moyens de ma fuite. Je partis donc secrètement avec une esclave égyptienne.

« J'étais déjà près de l'Arabie, lorsqu'un fameux voleur, nommé Arbogad, m'enleva, et me vendit à des marchands qui m'ont amenée dans ce château, où demeure le seigneur Ogul. Il m'a achetée sans savoir qui j'étais. C'est un homme voluptueux qui ne cherche qu'à faire grande chère [1], et qui croit que Dieu l'a mis au monde pour tenir table. Il est d'un embonpoint excessif, qui est toujours prêt à le suffoquer. Son médecin, qui n'a que peu de crédit auprès de lui quand il digère bien, le gouverne despotiquement quand il a trop mangé. Il lui a persuadé qu'il le guérirait avec un basilic cuit dans de l'eau rose. Le seigneur Ogul a promis sa main à celle de ses esclaves

1. Faire grande chère : faire de bons repas.

qui lui apporterait un basilic. Vous voyez que je les laisse s'empresser à mériter cet honneur, et je n'ai jamais eu moins d'envie de trouver ce basilic que depuis que le ciel a permis que je vous revisse. »

Alors Astarté et Zadig se dirent tout ce que des sentiments longtemps retenus, tout ce que leurs malheurs et leurs amours pouvaient inspirer aux cœurs les plus nobles et les plus passionnés ; et les génies qui présidaient à l'amour portèrent leurs paroles jusqu'à la sphère de Vénus.

Les femmes rentrèrent chez Ogul sans avoir rien trouvé. Zadig se fit présenter à lui, et lui parla en ces termes : « Que la santé immortelle descende du ciel pour avoir soin de tous vos jours ! Je suis médecin ; j'ai accouru vers vous sur le bruit de votre maladie, et je vous ai apporté un basilic cuit dans de l'eau rose. Ce n'est pas que je prétende vous épouser. Je ne vous demande que la liberté d'une jeune esclave de Babylone que vous avez depuis quelques jours ; et je consens de rester en esclavage à sa place si je n'ai pas le bonheur de guérir le magnifique seigneur Ogul. »

La proposition fut acceptée. Astarté partit pour Babylone avec le domestique de Zadig, en lui promettant de lui envoyer incessamment[1] un courrier[2] pour l'instruire de tout ce qui se serait passé. Leurs adieux furent aussi tendres que l'avait été leur reconnaissance[3]. Le moment où l'on se retrouve et celui où l'on se sépare sont les deux plus grandes époques de la vie, comme dit le grand livre du *Zend*[4]. Zadig aimait la reine

1. **Incessamment** : rapidement.
2. **Courrier** : messager.
3. **Leur reconnaissance** : leurs retrouvailles.
4. ***Zend*** : commentaire de l'Avesta, livre sacré de la religion de Zoroastre.

autant qu'il le jurait, et la reine aimait Zadig plus qu'elle ne le lui disait.

Cependant Zadig parla ainsi à Ogul : « Seigneur, on ne mange point mon basilic, toute sa vertu doit entrer chez vous par les pores. Je l'ai mis dans une petite outre bien enflée et couverte d'une peau fine : il faut que vous poussiez cette outre de toute votre force, et que je vous la renvoie à plusieurs reprises ; et en peu de jours de régime vous verrez ce que peut mon art. » Ogul, dès le premier jour fut tout essoufflé, et crut qu'il mourrait de fatigue. Le second il fut moins fatigué, et dormit mieux. En huit jours il recouvra toute la force, la santé, la légèreté, et la gaieté de ses plus brillantes années. « Vous avez joué au ballon, et vous avez été sobre, lui dit Zadig : apprenez qu'il n'y a point de basilic dans la nature, qu'on se porte toujours bien avec de la sobriété et de l'exercice, et que l'art de faire subsister ensemble l'intempérance[1] et la santé est un art aussi chimérique que la pierre philosophale[2], l'astrologie judiciaire et la théologie des mages. »

Le premier médecin d'Ogul, sentant combien cet homme était dangereux pour la médecine, s'unit avec l'apothicaire du corps[3] pour envoyer Zadig chercher des basilics dans l'autre monde[4]. Ainsi, après avoir été toujours puni pour avoir bien fait, il était près de périr pour avoir guéri un seigneur gourmand. On l'invita à un excellent dîner. Il devait être empoisonné au second service ; mais il reçut un courrier de la belle Astarté au premier. Il quitta la table, et partit. Quand on est

1. Intempérance : excès.

2. Pierre philosophale : pierre recherchée par les alchimistes, à laquelle ils attribuaient la propriété de transformer les métaux en or ou celle d'allonger la vie.

3. Du corps : du corps des officiers.

4. Envoyer Zadig chercher des basilics dans l'autre monde : le tuer.

aimé d'une belle femme, dit le grand Zoroastre, on se tire toujours d'affaire dans ce monde. »

Chapitre XVII *Les Combats*

La reine avait été reçue à Babylone avec les transports[1] qu'on a toujours pour une belle princesse qui a été malheureuse. Babylone alors paraissait être plus tranquille. Le prince d'Hyrcanie avait été tué dans un combat. Les Babyloniens, vainqueurs, déclarèrent qu'Astarté épouserait celui qu'on choisirait pour souverain. On ne voulut point que la première place du monde, qui serait celle de mari d'Astarté et de roi de Babylone, dépendît des intrigues et des cabales[2]. On jura de reconnaître pour roi le plus vaillant et le plus sage. Une grande lice[3], bordée d'amphithéâtres magnifiquement ornés, fut formée à quelques lieues de la ville. Les combattants devaient s'y rendre armés de toutes pièces. Chacun d'eux avait derrière les amphithéâtres[4] un appartement séparé, où il ne devait être vu ni connu de personne. Il fallait courir quatre lances[5]. Ceux qui seraient assez heureux pour vaincre quatre chevaliers devaient combattre ensuite les uns contre les autres ; de façon que celui qui resterait le dernier maître du champ[6] serait proclamé le vainqueur des jeux. Il devait revenir quatre jours après avec les mêmes armes, et expliquer les énigmes proposées par les mages. S'il n'expliquait point les énigmes, il

1. Transports : manifestations d'enthousiasme.
2. Cabales : complots.
3. Lice : lieu où se déroule le combat, arène.
4. Amphithéâtres : ici, gradins où prennent place les spectateurs.
5. Courir quatre lances : se battre contre quatre adversaires à la suite.
6. Du champ : de l'arène.

n'était point roi, et il fallait recommencer à courir des lances, jusqu'à ce qu'on trouvât un homme qui fût vainqueur dans ces deux combats; car on voulait absolument pour roi le plus vaillant et le plus sage. La reine, pendant tout ce temps, devait être étroitement gardée: on lui permettait seulement d'assister aux jeux, couverte d'un voile; mais on ne souffrait pas qu'elle parlât à aucun des prétendants, afin qu'il n'y eût ni faveur ni injustice.

Voilà ce qu'Astarté faisait savoir à son amant[1], espérant qu'il montrerait pour elle plus de valeur et d'esprit que personne. Il partit, et pria Vénus[2] de fortifier son courage et d'éclairer son esprit. Il arriva sur le rivage de l'Euphrate la veille de ce grand jour. Il fit inscrire sa devise[3] parmi celles des combattants, en cachant son visage et son nom, comme la loi l'ordonnait, et alla se reposer dans l'appartement qui lui échut par le sort. Son ami Cador, qui était revenu à Babylone après l'avoir inutilement cherché en Égypte, fit porter dans sa loge une armure complète que la reine lui envoyait. Il lui fit amener aussi de sa part le plus beau cheval de Perse. Zadig reconnut Astarté à ces présents: son courage et son amour en prirent de nouvelles forces et de nouvelles espérances.

Le lendemain, la reine étant venue se placer sous un dais[4] de pierreries, et les amphithéâtres étant remplis de toutes les dames et de tous les ordres[5] de Babylone, les combattants parurent dans le cirque[6]. Chacun d'eux vint mettre sa devise aux pieds du grand mage. On tira au sort les devises; celle de

1. **Amant**: celui qui aime et est aimé (sens classique).
2. **Vénus**: déesse de l'amour chez les Romains.
3. **Devise**: emblème associant une figure symbolique et une sentence.
4. **Dais**: tenture.
5. **Ordres**: classes sociales.
6. **Cirque**: arène.

Zadig fut la dernière. Le premier qui s'avança était un seigneur très riche, nommé Itobad, fort vain[1], peu courageux, très maladroit, et sans esprit. Ses domestiques l'avaient persuadé qu'un homme comme lui devait être roi ; il leur avait répondu : « Un homme comme moi doit régner. » Ainsi on l'avait armé de pied en cap. Il portait une armure d'or émaillée de vert, un panache vert, une lance ornée de rubans verts. On s'aperçut d'abord, à la manière dont Itobad gouvernait son cheval, que ce n'était pas un homme comme lui à qui le ciel réservait le sceptre de Babylone. Le premier chevalier qui courut contre lui le désarçonna ; le second le renversa sur la croupe de son cheval, les deux jambes en l'air et les bras étendus. Itobad se remit, mais de si mauvaise grâce que tout l'amphithéâtre se mit à rire. Un troisième ne daigna pas se servir de sa lance ; mais, en lui faisant une passe, il le prit par la jambe droite, et lui faisant faire un demi-tour, il le fit tomber sur le sable ; les écuyers des jeux accoururent à lui en riant, et le remirent en selle. Le quatrième combattant le prend par la jambe gauche, et le fait tomber de l'autre côté. On le conduisit avec des huées à sa loge, où il devait passer la nuit selon la loi ; et il disait en marchant à peine[2] : « Quelle aventure pour un homme comme moi ! »

Les autres chevaliers s'acquittèrent mieux de leur devoir. Il y en eut qui vainquirent deux combattants de suite ; quelques-uns allèrent jusqu'à trois. Il n'y eut que le prince Otame qui en vainquit quatre. Enfin Zadig combattit à son tour : il désarçonna quatre cavaliers de suite avec toute la grâce possible. Il fallut donc voir qui serait vainqueur d'Otame ou de Zadig. Le premier

1. **Vain** : vaniteux.
2. **À peine** : avec peine.

portait des armes bleues et or, avec un panache de même ; celles de Zadig étaient blanches. Tous les vœux se partageaient entre le chevalier bleu et le chevalier blanc. La reine, à qui le cœur palpitait, faisait des prières au ciel pour la couleur blanche.

Les deux champions firent des passes et des voltes[1] avec tant d'agilité, ils se donnèrent de si beaux coups de lance, ils étaient si fermes sur leurs arçons que tout le monde, hors[2] la reine, souhaitait qu'il y eût deux rois dans Babylone. Enfin, leurs chevaux étant lassés et leurs lances rompues, Zadig usa de cette adresse : il passe derrière le prince bleu, s'élance sur la croupe de son cheval, le prend par le milieu du corps, le jette à terre, se met en selle à sa place, et caracole[3] autour d'Otame étendu sur la place. Tout l'amphithéâtre crie : « Victoire au chevalier blanc ! » Otame, indigné, se relève, tire son épée ; Zadig saute de cheval, le sabre à la main. Les voilà tous deux sur l'arène, livrant un nouveau combat où la force et l'agilité triomphent tour à tour. Les plumes de leur casque, les clous de leurs brassards, les mailles de leur armure sautent au loin sous mille coups précipités. Ils frappent de pointe et de taille[4], à droite, à gauche, sur la tête, sur la poitrine ; ils reculent, ils avancent, ils se mesurent, ils se rejoignent, ils se saisissent, ils se replient comme des serpents, ils s'attaquent comme des lions ; le feu jaillit à tout moment des coups qu'ils se portent. Enfin Zadig, ayant un moment repris ses esprits, s'arrête, fait une feinte, passe sur Otame, le fait tomber, le désarme, et Otame s'écrie : « Ô chevalier blanc ! c'est vous qui

1. Voltes : mouvements circulaires que l'on fait faire à un cheval.
2. Hors : hormis.
3. Caracole : fait faire des voltes à son cheval.
4. De pointe et de taille : de la pointe de l'épée, puis avec son tranchant (termes d'escrime).

devez régner sur Babylone. » La reine était au comble de la joie. On reconduisit le chevalier bleu et le chevalier blanc chacun à leur loge, ainsi que tous les autres, selon ce qui était porté par la loi. Des muets vinrent les servir et leur apporter à manger. On peut juger si le petit muet de la reine ne fut pas celui qui servit Zadig. Ensuite on les laissa dormir seuls jusqu'au lendemain matin, temps où le vainqueur devait apporter sa devise au grand mage, pour la confronter et se faire reconnaître.

Zadig dormit, quoique amoureux, tant il était fatigué. Itobad, qui était couché auprès de lui, ne dormit point. Il se leva pendant la nuit, entra dans sa loge, prit les armes blanches de Zadig avec sa devise, et mit son armure verte à la place. Le point du jour étant venu, il alla fièrement au grand mage, déclarer qu'un homme comme lui était vainqueur. On ne s'y attendait pas ; mais il fut proclamé pendant que Zadig dormait encore. Astarté, surprise et le désespoir dans le cœur, s'en retourna dans Babylone. Tout l'amphithéâtre était déjà presque vide lorsque Zadig s'éveilla ; il chercha ses armes, et ne trouva que cette armure verte. Il était obligé de s'en couvrir, n'ayant rien autre chose auprès de lui. Étonné et indigné, il les endosse avec fureur, il avance dans cet équipage.

Tout ce qui était encore sur l'amphithéâtre et dans le cirque le reçut avec des huées. On l'entourait ; on lui insultait[1] en face. Jamais homme n'essuya des mortifications[2] si humiliantes. La patience lui échappa ; il écarta à coups de sabre la populace qui osait l'outrager ; mais il ne savait quel parti prendre. Il ne pouvait voir la reine ; il ne pouvait réclamer l'armure blanche

1. On lui insultait : on l'insultait.
2. Mortifications : humiliations.

qu'elle lui avait envoyée : c'eût été la compromettre ; ainsi, tandis qu'elle était plongée dans la douleur, il était pénétré de fureur et d'inquiétude. Il se promenait sur les bords de l'Euphrate, persuadé que son étoile le destinait à être malheureux sans ressource, repassant dans son esprit toutes ses disgrâces, depuis l'aventure de la femme qui haïssait les borgnes, jusqu'à celle de son armure. « Voilà ce que c'est, disait-il, de m'être éveillé trop tard ; si j'avais moins dormi, je serais roi de Babylone, je posséderais Astarté. Les sciences, les mœurs, le courage, n'ont donc jamais servi qu'à mon infortune. » Il lui échappa enfin de murmurer contre la Providence[1], et il fut tenté de croire que tout était gouverné par une destinée cruelle qui opprimait les bons et qui faisait prospérer les chevaliers verts. Un de ses chagrins était de porter cette armure verte qui lui avait attiré tant de huées. Un marchand passa, il la lui vendit à vil prix[2], et prit du marchand une robe et un bonnet long. Dans cet équipage, il côtoyait l'Euphrate, rempli de désespoir et accusant en secret la Providence, qui le persécutait toujours.

Chapitre XVIII *L'Ermite*

Il rencontra en marchant un ermite[3], dont la barbe blanche et vénérable lui descendait jusqu'à la ceinture. Il tenait en main un livre qu'il lisait attentivement. Zadig s'arrêta, et lui fit une profonde inclination[4]. L'ermite le salua d'un air si noble et si

1. Providence : sagesse par laquelle Dieu conduit les affaires du monde.
2. Vil prix : très bon marché.
3. Ermite : religieux vivant dans la solitude et à l'écart du monde.
4. Inclination : révérence.

doux que Zadig eut la curiosité de l'entretenir. Il lui demanda quel livre il lisait. « C'est le livre des destinées, dit l'ermite ; voulez-vous en lire quelque chose ? » Il mit le livre dans les mains de Zadig, qui, tout instruit qu'il était dans plusieurs langues, ne put déchiffrer un seul caractère du livre. Cela redoubla encore sa curiosité. « Vous me paraissez bien chagrin, lui dit ce bon père. – Hélas ! que j'en ai sujet ! dit Zadig. – Si vous permettez que je vous accompagne, repartit le vieillard, peut-être vous serai-je utile : j'ai quelquefois répandu des sentiments de consolation dans l'âme des malheureux. » Zadig se sentit du respect pour l'air, pour la barbe, et pour le livre de l'ermite. Il lui trouva dans la conversation des lumières supérieures. L'ermite parlait de la destinée, de la justice, de la morale, du souverain bien[1], de la faiblesse humaine, des vertus et des vices, avec une éloquence si vive et si touchante que Zadig se sentit entraîné vers lui par un charme invincible. Il le pria avec instance de ne le point quitter, jusqu'à ce qu'ils fussent de retour à Babylone. « Je vous demande moi-même cette grâce, lui dit le vieillard ; jurez-moi par Orosmade[2] que vous ne vous séparerez point de moi d'ici à quelques jours, quelque chose que je fasse. » Zadig jura et ils partirent ensemble.

Les deux voyageurs arrivèrent le soir à un château superbe. L'ermite demanda l'hospitalité pour lui et pour le jeune homme qui l'accompagnait. Le portier, qu'on aurait pris pour un grand seigneur, les introduisit avec une espèce de bonté dédaigneuse. On les présenta à un principal domestique, qui leur fit voir les appartements magnifiques du maître. Ils furent admis à sa

1. Souverain bien : bien suprême, supérieur à tous les autres.
2. Orosmade : principe du bien dans la religion de Zoroastre.

table, au bas bout[1], sans que le seigneur du château les honorât d'un regard; mais ils furent servis comme les autres avec délicatesse et profusion. On leur donna ensuite à laver[2] dans un bassin d'or garni d'émeraudes et de rubis. On les mena coucher dans un bel appartement, et le lendemain matin un domestique leur apporta à chacun une pièce d'or, après quoi on les congédia.

« Le maître de la maison, dit Zadig en chemin, me paraît être un homme généreux, quoique un peu fier; il exerce noblement l'hospitalité. » En disant ces paroles, il aperçut qu'une espèce de poche très large que portait l'ermite paraissait tendue et enflée: il y vit le bassin d'or garni de pierreries, que celui-ci avait volé. Il n'osa d'abord en rien témoigner; mais il était dans une étrange surprise.

Vers le midi, l'ermite se présenta à la porte d'une maison très petite où logeait un riche avare; il y demanda l'hospitalité pour quelques heures. Un vieux valet mal habillé le reçut d'un ton rude, et fit entrer l'ermite et Zadig dans l'écurie, où on leur donna quelques olives pourries, de mauvais pain, et de la bière gâtée. L'ermite but et mangea d'un air aussi content que la veille; puis, s'adressant à ce vieux valet qui les observait tous deux pour voir s'ils ne volaient rien et qui les pressait de partir, il lui donna les deux pièces d'or qu'il avait reçues le matin, et le remercia de toutes ses attentions. « Je vous prie, ajouta-t-il, faites-moi parler à votre maître. » Le valet, étonné, introduisit les deux voyageurs. « Magnifique seigneur, dit l'ermite, je ne puis que vous rendre de très humbles grâces de la manière noble dont vous nous avez reçus: daignez accepter ce bassin d'or comme un faible gage de

1. Au bas bout : au bout de la table, place la moins honorable occupée par les personnes de condition inférieure.
2. À laver : de quoi se laver.

ma reconnaissance. » L'avare fut près de tomber à la renverse. L'ermite ne lui donna pas le temps de revenir de son saisissement ; il partit au plus vite avec son jeune voyageur. « Mon père, lui dit Zadig, qu'est-ce que tout ce que je vois ? Vous ne me paraissez ressembler en rien aux autres hommes : vous volez un bassin d'or garni de pierreries à un seigneur qui vous reçoit magnifiquement, et vous le donnez à un avare qui vous traite avec indignité. – Mon fils, répondit le vieillard, cet homme magnifique, qui ne reçoit les étrangers que par vanité et pour faire admirer ses richesses, deviendra plus sage ; l'avare apprendra à exercer l'hospitalité : ne vous étonnez de rien, et suivez-moi. » Zadig ne savait encore s'il avait affaire au plus fou ou au plus sage de tous les hommes ; mais l'ermite parlait avec tant d'ascendant[1] que Zadig, lié d'ailleurs par son serment, ne put s'empêcher de le suivre.

Ils arrivèrent le soir à une maison agréablement bâtie, mais simple, où rien ne sentait ni la prodigalité[2] ni l'avarice. Le maître était un philosophe retiré du monde, qui cultivait en paix la sagesse et la vertu, et qui cependant ne s'ennuyait pas. Il s'était plu à bâtir cette retraite dans laquelle il recevait les étrangers avec une noblesse qui n'avait rien de l'ostentation[3]. Il alla lui-même au-devant des deux voyageurs, qu'il fit reposer d'abord dans un appartement commode. Quelque temps après, il les vint prendre lui-même pour les inviter à un repas propre et bien entendu, pendant lequel il parla avec discrétion des dernières révolutions de Babylone. Il parut sincèrement attaché à la reine, et souhaita que Zadig eût paru dans la lice pour disputer la couronne. « Mais les hommes, ajouta-t-il, ne méritent

1. **Ascendant** : autorité.
2. **Prodigalité** : générosité.
3. **Ostentation** : étalage d'un avantage ou d'une qualité.

pas d'avoir un roi comme Zadig. » Celui-ci rougissait, et sentait redoubler ses douleurs. On convint dans la conversation que les choses de ce monde n'allaient pas toujours au gré des plus sages[1]. L'ermite soutint toujours qu'on ne connaissait pas les voies de la Providence, et que les hommes avaient tort de juger d'un tout dont ils n'apercevaient que la plus petite partie.

On parla des passions. « Ah ! qu'elles sont funestes[2] ! disait Zadig. – Ce sont les vents qui enflent les voiles du vaisseau, repartit l'ermite : elles le submergent quelquefois ; mais sans elles il ne pourrait voguer. La bile[3] rend colère et malade ; mais sans la bile l'homme ne saurait vivre. Tout est dangereux ici-bas, et tout est nécessaire. »

On parla de plaisir, et l'ermite prouva que c'est un présent de la Divinité : « Car, dit-il, l'homme ne peut se donner ni sensations ni idées, il reçoit tout ; la peine et le plaisir lui viennent d'ailleurs comme son être. »

Zadig admirait comment un homme qui avait fait des choses si extravagantes pouvait raisonner si bien. Enfin, après un entretien aussi instructif qu'agréable, l'hôte reconduisit ses deux voyageurs dans leur appartement, en bénissant le ciel qui lui avait envoyé deux hommes si sages et si vertueux. Il leur offrit de l'argent d'une manière aisée et noble qui ne pouvait déplaire. L'ermite le refusa, et lui dit qu'il prenait congé de lui, comptant partir pour Babylone avant le jour. Leur séparation fut tendre ; Zadig surtout se sentait plein d'estime et d'inclination[4] pour un homme si aimable.

1. **Au gré des plus sages** : selon le désir des plus sages.
2. **Funestes** : qui apportent le malheur, la mort.
3. **Bile** : anxiété, tourment.
4. **Inclination** : penchant.

Quand l'ermite et lui furent dans leur appartement, ils firent longtemps l'éloge de leur hôte. Le vieillard au point du jour éveilla son camarade. « Il faut partir, dit-il ; mais tandis que tout le monde dort encore, je veux laisser à cet homme un témoignage de mon estime et de mon affection. » En disant ces mots, il prit un flambeau, et mit le feu à la maison. Zadig, épouvanté, jeta des cris, et voulut l'empêcher de commettre une action si affreuse. L'ermite l'entraînait par une force supérieure ; la maison était enflammée. L'ermite, qui était déjà assez loin avec son compagnon, la regardait brûler tranquillement. « Dieu merci ! dit-il, voilà la maison de mon cher hôte détruite de fond en comble ! L'heureux homme ! » À ces mots Zadig fut tenté à la fois d'éclater de rire, de dire des injures au révérend père, de le battre, et de s'enfuir ; mais il ne fit rien de tout cela, et, toujours subjugué par l'ascendant de l'ermite, il le suivit malgré lui à la dernière couchée[1].

Ce fut chez une veuve charitable et vertueuse qui avait un neveu de quatorze ans, plein d'agréments[2] et son unique espérance. Elle fit du mieux qu'elle put les honneurs de sa maison. Le lendemain, elle ordonna à son neveu d'accompagner les voyageurs jusqu'à un pont qui, étant rompu depuis peu, était devenu un passage dangereux. Le jeune homme, empressé, marche au devant d'eux. Quand ils furent sur le pont : « Venez, dit l'ermite au jeune homme, il faut que je marque ma reconnaissance à votre tante. » Il le prend alors par les cheveux, et le jette dans la rivière. L'enfant tombe, reparaît un moment sur l'eau, et est engouffré dans le torrent. « Ô monstre ! ô le plus scélérat de tous les hommes !

---

1. Couchée : étape.
2. Agréments : qualités.

s'écria Zadig. – Vous m'aviez promis plus de patience, lui dit l'ermite en l'interrompant : apprenez que, sous les ruines de cette maison où la Providence a mis le feu, le maître a trouvé un trésor immense ; apprenez que ce jeune homme, dont la Providence a tordu le cou, aurait assassiné sa tante dans un an, et vous dans deux. – Qui te l'a dit, barbare ? cria Zadig ; et quand tu aurais lu cet événement dans ton livre des destinées, t'est-il permis de noyer un enfant qui ne t'a point fait de mal ? »

Tandis que le Babylonien parlait, il aperçut que le vieillard n'avait plus de barbe, que son visage prenait les traits de la jeunesse. Son habit d'ermite disparut ; quatre belles ailes couvraient un corps majestueux et resplendissant de lumière. « Ô envoyé du ciel ! ô ange divin ! s'écria Zadig en se prosternant, tu es donc descendu de l'empyrée[1] pour apprendre à un faible mortel à se soumettre aux ordres éternels ? – Les hommes, dit l'ange Jesrad, jugent de tout sans rien connaître : tu étais celui de tous les hommes qui méritait le plus d'être éclairé. » Zadig lui demanda la permission de parler. « Je me défie de moi-même, dit-il ; mais oserai-je te prier de m'éclaircir un doute : ne vaudrait-il pas mieux avoir corrigé cet enfant, et l'avoir rendu vertueux, que de le noyer ? » Jesrad reprit : « S'il avait été vertueux, et s'il eût vécu, son destin était d'être assassiné lui-même avec la femme qu'il devait épouser, et le fils qui en devait naître. – Mais quoi ! dit Zadig, il est donc nécessaire qu'il y ait des crimes et des malheurs ? et les malheurs tombent sur les gens de bien ! – Les méchants, répondit Jesrad, sont toujours malheureux : ils servent à éprouver[2] un petit nombre

1. Empyrée : partie la plus élevée du ciel, là où résident les dieux.
2. Éprouver : tester.

de justes répandus sur la terre, et il n'y a point de mal dont il ne naisse un bien. – Mais, dit Zadig, s'il n'y avait que du bien, et point de mal ? – Alors, reprit Jesrad, cette terre serait une autre terre ; l'enchaînement des événements serait un autre ordre de sagesse ; et cet ordre, qui serait parfait, ne peut être que dans la demeure éternelle de l'Être suprême, de qui le mal ne peut approcher. Il a créé des millions de mondes dont aucun ne peut ressembler à l'autre. Cette immense variété est un attribut de sa puissance immense. Il n'y a ni deux feuilles d'arbre sur la terre, ni deux globes dans les champs infinis du ciel, qui soient semblables ; et tout ce que tu vois sur le petit atome où tu es né devait être dans sa place et dans son temps fixe, selon les ordres immuables[1] de celui qui embrasse tout. Les hommes pensent que cet enfant qui vient de périr est tombé dans l'eau par hasard, que c'est par un même hasard que cette maison est brûlée : mais il n'y a point de hasard ; tout est épreuve, ou punition, ou récompense, ou prévoyance. Souviens-toi de ce pêcheur qui se croyait le plus malheureux de tous les hommes. Orosmade t'a envoyé pour changer sa destinée. Faible mortel ! cesse de disputer[2] contre ce qu'il faut adorer. – Mais, dit Zadig… » Comme il disait *mais,* l'ange prenait déjà son vol vers la dixième sphère[3]. Zadig, à genoux, adora la Providence, et se soumit. L'ange lui cria du haut des airs : « Prends ton chemin vers Babylone. »

---

1. Immuables : qui ne peuvent subir de changements.

2. Disputer : discuter.

3. Dixième sphère : selon le système de l'astronome grec Ptolémée (IIe siècle apr. J.-C.), dernière sphère de l'univers, celle qui supporte les étoiles.

Chapitre XIX *Les Énigmes*

Zadig, hors de lui-même et comme un homme auprès de qui est tombé le tonnerre, marchait au hasard. Il entra dans Babylone le jour où ceux qui avaient combattu dans la lice[1] étaient déjà assemblés dans le grand vestibule du palais pour expliquer les énigmes, et pour répondre aux questions du grand mage. Tous les chevaliers étaient arrivés, excepté l'armure verte. Dès que Zadig parut dans la ville, le peuple s'assembla autour de lui ; les yeux ne se rassasiaient point de le voir, les bouches de le bénir, les cœurs de lui souhaiter l'empire. L'Envieux le vit passer, frémit, et se détourna ; le peuple le porta jusqu'au lieu de l'assemblée. La reine, à qui on apprit son arrivée, fut en proie à l'agitation de la crainte et de l'espérance ; l'inquiétude la dévorait : elle ne pouvait comprendre ni pourquoi Zadig était sans armes, ni comment Itobad portait l'armure blanche. Un murmure confus s'éleva à la vue de Zadig. On était surpris et charmé de le revoir ; mais il n'était permis qu'aux chevaliers qui avaient combattu de paraître dans l'assemblée.

« J'ai combattu comme un autre, dit-il ; mais un autre porte ici mes armes ; et, en attendant que j'aie l'honneur de le prouver, je demande la permission de me présenter pour expliquer les énigmes. » On alla aux voix[2] : sa réputation de probité[3] était encore si fortement imprimée dans les esprits qu'on ne balança[4] pas à l'admettre.

1. **Lice** : lieu où se déroule le combat, arène.
2. **On alla aux voix** : on alla voter.
3. **Probité** : honnêteté.
4. **Qu'on ne balança pas** : qu'on n'hésita pas.

Le grand mage proposa d'abord cette question : « Quelle est de toutes les choses du monde la plus longue et la plus courte, la plus prompte et la plus lente, la plus divisible et la plus étendue, la plus négligée et la plus regrettée, sans qui rien ne se peut faire, qui dévore tout ce qui est petit, et qui vivifie tout ce qui est grand ? »

C'était à Itobad à parler. Il répondit qu'un homme comme lui n'entendait rien aux énigmes, et qu'il lui suffisait d'avoir vaincu à grands coups de lance. Les uns dirent que le mot de l'énigme était la fortune, d'autres la terre, d'autres la lumière. Zadig dit que c'était le temps : « Rien n'est plus long, ajouta-t-il, puisqu'il est la mesure de l'éternité ; rien n'est plus court, puisqu'il manque à tous nos projets ; rien n'est plus lent pour qui attend ; rien de plus rapide pour qui jouit ; il s'étend jusqu'à l'infini en grand ; il se divise jusque dans l'infini en petit ; tous les hommes le négligent, tous en regrettent la perte ; rien ne se fait sans lui ; il fait oublier tout ce qui est indigne de la postérité et il immortalise les grandes choses. » L'assemblée convint que Zadig avait raison.

On demanda ensuite : « Quelle est la chose qu'on reçoit sans remercier, dont on jouit sans savoir comment, qu'on donne aux autres quand on ne sait où l'on en est, et qu'on perd sans s'en apercevoir ? »

Chacun dit son mot. Zadig devina seul que c'était la vie. Il expliqua toutes les autres énigmes avec la même facilité. Itobad disait toujours que rien n'était plus aisé, et qu'il en serait venu à bout tout aussi facilement s'il avait voulu s'en donner la peine. On proposa des questions sur la justice, sur le souverain bien[1], sur l'art de régner. Les réponses de Zadig

1. **Souverain bien** : bien suprême, supérieur à tous les autres.

furent jugées les plus solides. « C'est bien dommage, disait-on, qu'un si bon esprit soit un si mauvais cavalier. »

« Illustres seigneurs, dit Zadig, j'ai eu l'honneur de vaincre dans la lice. C'est à moi qu'appartient l'armure blanche. Le seigneur Itobad s'en empara pendant mon sommeil : il jugea apparemment qu'elle lui siérait mieux[1] que la verte. Je suis prêt de[2] lui prouver d'abord devant vous, avec ma robe et mon épée, contre toute cette belle armure blanche qu'il m'a prise, que c'est moi qui ai eu l'honneur de vaincre le brave Otame. »

Itobad accepta le défi avec la plus grande confiance. Il ne doutait pas qu'étant casqué, cuirassé, brassardé, il ne vînt aisément à bout d'un champion en bonnet de nuit et en robe de chambre. Zadig tira son épée, en saluant la reine qui le regardait, pénétrée de joie et de crainte. Itobad tira la sienne, en ne saluant personne. Il s'avança sur Zadig comme un homme qui n'avait rien à craindre. Il était prêt à lui fendre la tête. Zadig sut parer le coup, en opposant ce qu'on appelle le fort de l'épée au faible[3] de son adversaire, de façon que l'épée d'Itobad se rompit. Alors Zadig, saisissant son ennemi au corps, le renversa par terre ; et, lui portant la pointe de son épée au défaut de la cuirasse : « Laissez-vous désarmer, dit-il, ou je vous tue. » Itobad, toujours surpris des disgrâces qui arrivaient à un homme comme lui, laissa faire Zadig, qui lui ôta paisiblement son magnifique casque, sa superbe cuirasse, ses beaux brassards, ses brillants cuissards, s'en revêtit, et courut dans cet

1. Qu'elle lui siérait mieux : qu'elle lui irait mieux.

2. Prêt de : prêt à.

3. Fort, faible de l'épée : le **fort** est le premier tiers de la lame à partir de la garde ; le **faible** est le tiers de la lame du côté de la pointe.

équipage[1] se jeter aux genoux d'Astarté. Cador prouva aisément que l'armure appartenait à Zadig. Il fut reconnu roi d'un consentement unanime, et surtout de celui d'Astarté, qui goûtait, après tant d'adversités[2], la douceur de voir son amant[3] digne aux yeux de l'univers d'être son époux. Itobad alla se faire appeler monseigneur dans sa maison. Zadig fut roi, et fut heureux. Il avait présent à l'esprit ce que lui avait dit l'ange Jesrad. Il se souvenait même du grain de sable devenu diamant. La reine et lui adorèrent la Providence. Zadig laissa la belle capricieuse Missouf courir le monde. Il envoya chercher le brigand Arbogad, auquel il donna un grade honorable dans son armée, avec promesse de l'avancer aux premières dignités s'il se comportait en vrai guerrier, et de le faire pendre s'il faisait le métier de brigand.

Sétoc fut appelé du fond de l'Arabie, avec la belle Almona, pour être à la tête du commerce de Babylone. Cador fut placé et chéri selon ses services ; il fut l'ami du roi, et le roi fut alors le seul monarque de la terre qui eût un ami. Le petit muet ne fut pas oublié. On donna une belle maison au pêcheur. Orcan fut condamné à lui payer une grosse somme et à lui rendre sa femme ; mais le pêcheur, devenu sage, ne prit que l'argent.

Ni la belle Sémire ne se consolait d'avoir cru que Zadig serait borgne, ni Azora ne cessait de pleurer d'avoir voulu lui couper le nez. Il adoucit leurs douleurs par des présents. L'Envieux mourut de rage et de honte. L'empire jouit de la paix, de la gloire, et de l'abondance ; ce fut le plus beau siècle

1. **Équipage** : tenue.
2. **Adversités** : malheurs.
3. **Amant** : celui qu'elle aime et dont elle est aimée (sens classique).

de la terre : elle était gouvernée par la justice et par l'amour. On bénissait Zadig, et Zadig bénissait le ciel.

Appendice[1]

La Danse

Sétoc devait aller, pour les affaires de son commerce, dans l'île de Serendib[2] ; mais le premier mois de son mariage, qui est, comme on sait, la lune du miel, ne lui permettait ni de quitter sa femme, ni de croire qu'il pût jamais la quitter : il pria son ami Zadig de faire pour lui le voyage. « Hélas ! disait Zadig, faut-il que je mette encore un plus vaste espace entre la belle Astarté et moi ? mais il faut servir mes bienfaiteurs. » Il dit, il pleura, et il partit.

Il ne fut pas longtemps dans l'île de Serendib sans y être regardé comme un homme extraordinaire. Il devint l'arbitre de tous les différends entre les négociants, l'ami des sages, le conseil[3] du petit nombre de gens qui prennent conseil. Le roi voulut le voir et l'entendre. Il connut bientôt tout ce que valait Zadig ; il eut confiance en sa sagesse, et en fit son ami. La familiarité et l'estime du roi firent trembler Zadig. Il était nuit et jour pénétré du malheur que lui avaient attiré les bontés de Moabdar. « Je plais au roi, disait-il ; ne serai-je pas

1. Appendice : les deux chapitres qui suivent, rédigés par Voltaire entre 1752 et 1756, ne figurent pas dans l'édition de septembre 1748. Ils ne paraîtront que dans une édition posthume.

2. Serendib : Ceylan (aujourd'hui Sri-Lanka).

3. Conseil : conseiller.

perdu ? » Cependant il ne pouvait se dérober aux caresses de Sa Majesté : car il faut avouer que Nabussan, roi de Serendib, fils de Nussanab, fils de Nabassun, fils de Sanbusna, était un des meilleurs princes de l'Asie ; et quand on lui parlait il était difficile de ne le pas aimer.

Ce bon prince était toujours loué, trompé, et volé : c'était à qui pillerait ses trésors. Le receveur général de l'île de Serendib donnait toujours cet exemple, fidèlement suivi par les autres. Le roi le savait : il avait changé de trésorier plusieurs fois ; mais il n'avait pu changer la mode établie de partager les revenus du roi en deux moitiés inégales, dont la plus petite revenait toujours à Sa Majesté, et la plus grosse aux administrateurs.

Le roi Nabussan confia sa peine au sage Zadig. « Vous qui savez tant de belles choses, lui dit-il, ne sauriez-vous pas le moyen de me faire trouver un trésorier qui ne me vole point ? – Assurément, répondit Zadig, je sais une façon infaillible de vous donner un homme qui ait les mains nettes. » Le roi, charmé, lui demanda en l'embrassant[1] comment il fallait s'y prendre. « Il n'y a, dit Zadig, qu'à faire danser tous ceux qui se présenteront pour la dignité de trésorier, et celui qui dansera avec le plus de légèreté sera infailliblement le plus honnête homme. – Vous vous moquez, dit le roi ; voilà une plaisante façon de choisir un receveur de mes finances. Quoi ! vous prétendez que celui qui fera le mieux un entrechat[2] sera le financier le plus intègre et le plus habile ? – Je ne vous réponds[3] pas qu'il sera le plus habile, repartit Zadig ; mais

1. **En l'embrassant** : en le prenant dans ses bras.
2. **Entrechat** : saut au cours duquel les pieds du danseur se croisent rapidement en passant alternativement l'un devant l'autre.
3. **Réponds** : garantis.

je vous assure que ce sera indubitablement le plus honnête homme. » Zadig parlait avec tant de confiance, que le roi crut qu'il avait quelque secret surnaturel pour connaître les financiers. « Je n'aime pas le surnaturel, dit Zadig ; les gens et les livres à prodiges m'ont toujours déplu : si Votre Majesté veut me laisser faire l'épreuve que je lui propose, elle sera bien convaincue que mon secret est la chose la plus simple et la plus aisée. » Nabussan, roi de Serendib, fut bien plus étonné d'entendre que ce secret était simple, que si on le lui avait donné pour un miracle. « Or bien, dit-il, faites comme vous l'entendrez. – Laissez-moi faire, dit Zadig, vous gagnerez à cette épreuve plus que vous ne pensez. » Le jour même il fit publier, au nom du roi, que tous ceux qui prétendaient à l'emploi de haut receveur des deniers de Sa Gracieuse Majesté Nabussan, fils de Nussanab, eussent à se rendre, en habits de soie légère, le premier de la lune du crocodile, dans l'antichambre du roi. Ils s'y rendirent au nombre de soixante et quatre. On avait fait venir des violons dans un salon voisin ; tout était préparé pour le bal ; mais la porte de ce salon était fermée, et il fallait, pour y entrer, passer par une petite galerie assez obscure. Un huissier[1] vint chercher et introduire chaque candidat, l'un après l'autre, par ce passage dans lequel on le laissait seul quelques minutes. Le roi, qui avait le mot[2], avait étalé tous ses trésors dans cette galerie. Lorsque tous les prétendants furent arrivés dans le salon, Sa Majesté ordonna qu'on les fît danser. Jamais on ne dansa plus pesamment et avec moins de grâce ; ils avaient tous la tête baissée, les reins

1. Huissier : employé chargé d'annoncer et d'introduire les visiteurs.
2. Qui avait le mot : qui était dans le secret.

courbés, les mains collées à leurs côtés. « Quels fripons ! » disait tout bas Zadig. Un seul d'entre eux formait des pas avec agilité, la tête haute, le regard assuré, les bras étendus, le corps droit, le jarret[1] ferme. « Ah ! l'honnête homme ! le brave homme ! » disait Zadig. Le roi embrassa ce bon danseur, le déclara trésorier, et tous les autres furent punis et taxés avec la plus grande justice du monde : car chacun, dans le temps qu'il avait été dans la galerie, avait rempli ses poches, et pouvait à peine marcher. Le roi fut fâché pour la nature humaine que de ces soixante et quatre danseurs il y eût soixante et trois filous. La galerie obscure fut appelée *le corridor de la tentation*. On aurait, en Perse, empalé ces soixante et trois seigneurs ; en d'autres pays, on eût fait une chambre de justice[2] qui eût consommé en frais le triple de l'argent volé, et qui n'eût rien remis dans les coffres du souverain ; dans un autre royaume, ils se seraient pleinement justifiés, et auraient fait disgracier ce danseur si léger : à Serendib, ils ne furent condamnés qu'à augmenter le trésor public, car Nabussan était fort indulgent.

Il était aussi fort reconnaissant ; il donna à Zadig une somme d'argent plus considérable qu'aucun trésorier n'en avait jamais volé au roi son maître. Zadig s'en servit pour envoyer des exprès[3] à Babylone, qui devaient l'informer de la destinée d'Astarté. Sa voix trembla en donnant cet ordre, son sang reflua vers son cœur, ses yeux se couvrirent de ténèbres, son âme fut prête à l'abandonner. Le courrier partit, Zadig le vit embarquer ; il rentra chez le roi, ne voyant personne, croyant être dans sa chambre, et prononçant le nom d'amour.

---

1. Jarret : mollet.
2. On eût fait une chambre de justice : on aurait réuni un tribunal.
3. Exprès : messagers.

« Ah ! l'amour, dit le roi ; c'est précisément ce dont il s'agit ; vous avez deviné ce qui fait ma peine. Que vous êtes un grand homme ! J'espère que vous m'apprendrez à connaître une femme à toute épreuve, comme vous m'avez fait trouver un trésorier désintéressé. » Zadig, ayant repris ses sens, lui promit de le servir en amour comme en finance, quoique la chose parût plus difficile encore.

Les Yeux bleus

« Le corps et le cœur », dit le roi à Zadig… À ces mots le Babylonien ne put s'empêcher d'interrompre Sa Majesté. « Que je vous sais bon gré, dit-il, de n'avoir point dit *l'esprit et le cœur !* car on n'entend que ces mots dans les conversations de Babylone ; on ne voit que des livres où il est question du cœur et de l'esprit, composés par des gens qui n'ont ni de l'un ni de l'autre ; mais, de grâce, Sire, poursuivez. » Nabussan continua ainsi : « Le corps et le cœur sont chez moi destinés à aimer ; la première de ces deux puissances a tout lieu d'être satisfaite. J'ai ici cent femmes à mon service, toutes belles, complaisantes, prévenantes, voluptueuses même, ou feignant de l'être avec moi. Mon cœur n'est pas à beaucoup près si heureux. Je n'ai que trop éprouvé[1] qu'on caresse[2] beaucoup le roi de Serendib, et qu'on se soucie fort peu de Nabussan. Ce n'est pas que je croie mes femmes infidèles ; mais je voudrais trouver une âme qui fût à moi ; je donnerais pour un pareil trésor les cent beautés dont je possède les charmes : voyez si,

1. Éprouvé : expérimenté.
2. Caresse : flatte.

sur ces cent sultanes, vous pouvez m'en trouver une dont je sois sûr d'être aimé. »

Zadig lui répondit comme il avait fait sur l'article[1] des financiers : « Sire, laissez-moi faire ; mais permettez d'abord que je dispose de ce que vous aviez étalé dans la galerie de la tentation ; je vous en rendrai bon compte, et vous n'y perdrez rien. » Le roi le laissa le maître absolu. Il choisit dans Serendib trente-trois petits bossus des plus vilains qu'il put trouver, trente-trois pages des plus beaux, et trente-trois bonzes[2] des plus éloquents et des plus robustes. Il leur laissa à tous la liberté d'entrer dans les cellules[3] des sultanes ; chaque petit bossu eut quatre mille pièces d'or à donner ; et dès le premier jour tous les bossus furent heureux. Les pages, qui n'avaient rien à donner qu'eux-mêmes, ne triomphèrent qu'au bout de deux ou trois jours. Les bonzes eurent un peu plus de peine ; mais enfin trente-trois dévotes se rendirent à eux. Le roi, par des jalousies[4] qui avaient vue sur toutes les cellules, vit toutes ces épreuves, et fut émerveillé. De ses cent femmes, quatre-vingt-dix-neuf succombèrent à ses yeux.

Il en restait une toute jeune, toute neuve, de qui Sa Majesté n'avait jamais approché. On lui détacha un, deux, trois bossus, qui lui offrirent jusqu'à vingt mille pièces ; elle fut incorruptible, et ne put s'empêcher de rire de l'idée qu'avaient ces bossus de croire que de l'argent les rendrait mieux faits. On lui présenta les deux plus beaux pages ; elle dit qu'elle trouvait le roi encore plus beau. On lui lâcha le plus éloquent des bonzes,

1. Sur l'article : sur le sujet.
2. Bonzes : religieux bouddhistes.
3. Cellules : chambres.
4. Jalousies : treillis de bois au travers desquels on peut voir sans être vu.

et ensuite le plus intrépide[1] ; elle trouva le premier un bavard, et ne daigna pas même soupçonner le mérite du second. « Le cœur fait tout, disait-elle ; je ne céderai jamais ni à l'or d'un bossu, ni aux grâces d'un jeune homme, ni aux séductions d'un bonze : j'aimerai uniquement Nabussan, fils de Nussanab, et j'attendrai qu'il daigne m'aimer. » Le roi fut transporté de joie, d'étonnement, et de tendresse. Il reprit tout l'argent qui avait fait réussir les bossus, et en fit présent à la belle Falide ; c'était le nom de cette jeune personne. Il lui donna son cœur : elle le méritait bien. Jamais la fleur de la jeunesse ne fut si brillante ; jamais les charmes de la beauté ne furent si enchanteurs. La vérité de l'histoire ne permet pas de taire qu'elle faisait mal la révérence ; mais elle dansait comme les fées, chantait comme les sirènes[2], et parlait comme les Grâces[3] : elle était pleine de talents et de vertus.

Nabussan, aimé, l'adora ; mais elle avait les yeux bleus, et ce fut la source des plus grands malheurs. Il y avait une ancienne loi qui défendait aux rois d'aimer une de ces femmes que les Grecs ont appelées depuis βοῶπις[4]. Le chef des bonzes avait établi cette loi il y avait plus de cinq mille ans ; c'était pour s'approprier la maîtresse du premier roi de l'île de Serendib que ce premier bonze avait fait passer l'anathème[5] des yeux bleus en constitution fondamentale d'État. Tous

1. Intrépide : brave.

2. Dans la mythologie grecque, les **Sirènes** sont des monstres marins à la tête et au buste de femme avec un corps d'oiseau. Postées sur les rochers d'une île de la Méditerranée, elles attiraient, par leur voix enchanteresse, les navires dont elles dévoraient l'équipage. Voir l'*Odyssée* d'Homère.

3. Les Grâces : dans la mythologie gréco-romaine, les Grâces sont trois jeunes déesses qui symbolisent le charme et la beauté.

4. βοῶπις : *boopies*, adjectif grec signifiant « aux grands yeux ».

5. Anathème : condamnation publique et solennelle.

les ordres[1] de l'empire vinrent faire à Nabussan des remontrances. On disait publiquement que les derniers jours du royaume étaient arrivés, que l'abomination était à son comble, que toute la nature était menacée d'un événement sinistre ; qu'en un mot Nabussan, fils de Nussanab, aimait deux grands yeux bleus. Les bossus, les financiers, les bonzes, et les brunes, remplirent le royaume de leurs plaintes.

Les peuples sauvages qui habitent le nord de Serendib profitèrent de ce mécontentement général. Ils firent une irruption dans les États du bon Nabussan. Il demanda des subsides[2] à ses sujets ; les bonzes, qui possédaient la moitié des revenus de l'État, se contentèrent de lever les mains au ciel, et refusèrent de les mettre dans leurs coffres pour aider le roi. Ils firent de belles prières en musique, et laissèrent l'État en proie aux barbares.

« Ô mon cher Zadig, me tireras-tu encore de cet horrible embarras ? s'écria douloureusement Nabussan. – Très volontiers, répondit Zadig ; vous aurez de l'argent des bonzes tant que vous en voudrez. Laissez à l'abandon les terres où sont situés leurs châteaux, et défendez seulement les vôtres. » Nabussan n'y manqua pas : les bonzes vinrent se jeter aux pieds du roi, et implorer son assistance. Le roi leur répondit par une belle musique dont les paroles étaient des prières au ciel pour la conservation de leurs terres. Les bonzes enfin donnèrent de l'argent, et le roi finit heureusement la guerre. Ainsi Zadig, par ses conseils sages et heureux, et par les plus grands services, s'était attiré l'irréconciliable inimitié[3] des hommes les plus

1. **Ordres** : classes sociales.
2. **Subsides** : sommes d'argent versées à titre de secours.
3. **Inimitié** : hostilité.

puissants de l'État : les bonzes et les brunes jurèrent sa perte ; les financiers et les bossus ne l'épargnèrent pas ; on le rendit suspect au bon Nabussan. Les services rendus restent souvent dans l'antichambre, et les soupçons entrent dans le cabinet, selon la sentence de Zoroastre : c'était tous les jours de nouvelles accusations ; la première est repoussée, la seconde effleure, la troisième blesse, la quatrième tue.

Zadig, intimidé, qui avait bien fait les affaires de son ami Sétoc, et qui lui avait fait tenir son argent, ne songea plus qu'à partir de l'île, et résolut d'aller lui-même chercher des nouvelles d'Astarté. « Car, disait-il, si je reste dans Serendib, les bonzes me feront empaler ; mais où aller ? Je serai esclave en Égypte, brûlé selon toutes les apparences en Arabie, étranglé à Babylone. Cependant il faut savoir ce qu'Astarté est devenue : partons, et voyons à quoi me réserve ma triste destinée. »

C'est ici que finit le manuscrit qu'on a retrouvé de l'histoire de Zadig. Ces deux chapitres doivent être certainement placés après le douzième, et avant l'arrivée de Zadig en Syrie. On sait qu'il a essuyé bien d'autres aventures qui ont été fidèlement écrites. On prie messieurs les interprètes des langues orientales de les communiquer, si elles parviennent jusqu'à eux.

L'INGÉNU

Histoire véritable
tirée des manuscrits
du P. Quesnel[1]

1. Quesnel : théologien janséniste dont l'ouvrage *Réflexions morales sur le Nouveau Testament* (1699) fut condamné par le pape dans la bulle *Unigenitus* (1713). Cette attribution est bien évidemmemnt ironique.

Chapitre I

Comment le prieur[1] de Notre-Dame de la Montagne et Mlle sa sœur rencontrèrent un Huron[2]

Un jour saint Dunstan[3], Irlandais de nation et saint de profession, partit d'Irlande sur une petite montagne qui vogua vers les côtes de France, et arriva par cette voiture[4] à la baie de Saint-Malo. Quand il fut à bord[5], il donna la bénédiction à sa montagne, qui lui fit de profondes révérences et s'en retourna en Irlande par le même chemin qu'elle était venue.

Dunstan fonda un petit prieuré dans ces quartiers-là[6], et lui donna le nom de *prieuré de la Montagne*, qu'il porte encore, comme un chacun sait.

En l'année 1689, le 15 juillet au soir, l'abbé de Kerkabon, prieur de Notre-Dame de la Montagne, se promenait sur le bord de la mer avec Mlle de Kerkabon, sa sœur, pour prendre le frais. Le prieur, déjà un peu sur l'âge[7], était un très bon ecclésiastique, aimé de ses voisins, après l'avoir été autrefois de ses voisines. Ce qui lui avait donné surtout une

---

1. Prieur : supérieur d'une communauté de religieux dépendant d'une abbaye (appelée *prieuré*).

2. Huron : Indien vivant au nord du lac Huron, au Canada.

3. Saint Dunstan (Xe siècle) : évêque de Worcester puis de Canterbury. Anglais de naissance mais élevé par des moines irlandais, il réforma les ordres monastiques anglais.

4. Cette voiture : c'est-à-dire la « petite montagne ».

5. À bord : à terre.

6. Ces quartiers-là : les environs.

7. Sur l'âge : âgé.

grande considération, c'est qu'il était le seul bénéficier[1] du pays qu'on ne fût pas obligé de porter dans son lit quand il avait soupé avec ses confrères. Il savait assez honnêtement de théologie[2]; et quand il était las de lire saint Augustin, il s'amusait avec Rabelais[3] : aussi tout le monde disait du bien de lui.

Mlle de Kerkabon, qui n'avait jamais été mariée, quoiqu'elle eût grande envie de l'être, conservait de la fraîcheur à l'âge de quarante-cinq ans; son caractère était bon et sensible; elle aimait le plaisir et était dévote[4].

Le prieur disait à sa sœur, en regardant la mer : « Hélas ! c'est ici que s'embarqua notre pauvre frère avec notre chère belle-sœur Mme de Kerkabon, sa femme, sur la frégate[5] *L'Hirondelle*, en 1669, pour aller servir en Canada. S'il n'avait pas été tué, nous pourrions espérer de le revoir encore.

– Croyez-vous, disait Mlle de Kerkabon, que notre belle-sœur ait été mangée par les Iroquois[6], comme on nous l'a dit ? Il est certain que si elle n'avait pas été mangée, elle serait revenue au pays. Je la pleurerai toute ma vie : c'était une femme

1. Bénéficier : qui touche un *bénéfice*, c'est-à-dire un revenu ecclésiastique.

2. Théologie : littéralement, « science de Dieu ». Étude des textes sacrés et des questions liées à la foi.

3. Saint Augustin (354-430) : évêque africain, père de l'*augustinisme*, doctrine religieuse dont se réclament les jansénistes et selon laquelle l'homme, corrompu par le péché originel, est incapable de faire son salut par lui-même et doit s'en remettre à la grâce divine. **Rabelais** (vers 1495-1553) : auteur de *Pantagruel* et de *Gargantua*, deux géants confrontés, à travers des aventures cocasses, à des questions d'ordre pédagogique, politique, religieux, social, toutes représentatives de la pensée humaniste.

4. Dévote : très pieuse.

5. Frégate : petit bâtiment de guerre.

6. Iroquois : Indiens d'Amérique du Nord, rivaux des Hurons. Redoutables guerriers, les Iroquois pratiquent l'anthropophagie et tuent les missionnaires.

charmante ; et notre frère, qui avait beaucoup d'esprit[1], aurait fait assurément une grande fortune[2]. »

Comme ils s'attendrissaient l'un et l'autre à ce souvenir, ils virent entrer dans la baie de Rance[3] un petit bâtiment qui arrivait avec la marée : c'étaient des Anglais qui venaient vendre quelques denrées de leur pays. Ils sautèrent à terre, sans regarder monsieur le prieur ni Mlle sa sœur, qui fut très choquée du peu d'attention qu'on avait pour elle.

Il n'en fut pas de même d'un jeune homme très bien fait qui s'élança d'un saut par-dessus la tête de ses compagnons, et se trouva vis-à-vis mademoiselle. Il lui fit un signe de tête, n'étant pas dans l'usage[4] de faire la révérence. Sa figure et son ajustement attirèrent les regards du frère et de la sœur. Il était nu-tête et nu-jambes, les pieds chaussés de petites sandales, le chef[5] orné de longs cheveux en tresses, un petit pourpoint[6] qui serrait une taille fine et dégagée ; l'air martial[7] et doux. Il tenait dans sa main une petite bouteille d'eau des Barbades[8], et dans l'autre une espèce de bourse dans laquelle était un gobelet et de très bon biscuit de mer. Il parlait français fort intelligiblement. Il présenta de son eau des Barbades à Mlle de Kerkabon et à monsieur son frère ; il en but avec eux ; il leur en fit reboire encore, et tout cela d'un air si simple et si naturel que le frère et la sœur en furent charmés. Ils lui offrirent leurs services, en

1. Esprit : intelligence.
2. Faire une grande fortune : avoir un grand destin.
3. Rance : fleuve de Bretagne, qui se jette dans la Manche en un long estuaire.
4. N'étant pas dans l'usage : n'ayant pas l'habitude.
5. Le chef : la tête.
6. Pourpoint : vêtement d'homme couvrant le torse.
7. Martial (de *Mars*, nom du dieu romain de la guerre) : guerrier.
8. Eau des Barbades : rhum de la Barbade, île des Antilles.

lui demandant qui il était et où il allait. Le jeune homme leur répondit qu'il n'en savait rien, qu'il était curieux, qu'il avait voulu voir comment les côtes de France étaient faites, qu'il était venu, et allait s'en retourner.

Monsieur le prieur, jugeant à son accent qu'il n'était pas anglais, prit la liberté de lui demander de quel pays il était. « Je suis huron », lui répondit le jeune homme.

Mlle de Kerkabon, étonnée et enchantée de voir un Huron qui lui avait fait des politesses, pria le jeune homme à souper ; il ne se fit pas prier deux fois, et tous trois allèrent de compagnie[1] au prieuré[2] de Notre-Dame de la Montagne.

La courte et ronde demoiselle le regardait de tous ses petits yeux, et disait de temps en temps au prieur : « Ce grand garçon-là a un teint de lis et de rose ! qu'il a une belle peau pour un Huron ! – Vous avez raison, ma sœur, disait le prieur. » Elle faisait cent questions coup sur coup, et le voyageur répondait toujours fort juste.

Le bruit se répandit bientôt qu'il y avait un Huron au prieuré. La bonne compagnie du canton s'empressa d'y venir souper. L'abbé de Saint-Yves y vint avec Mlle sa sœur, jeune Basse-Brette[3], fort jolie et très bien élevée. Le bailli, le receveur des tailles[4], et leurs femmes furent du souper. On plaça l'étranger entre Mlle de Kerkabon et Mlle de Saint-Yves. Tout le monde le regardait avec admiration ; tout le monde lui parlait et l'interrogeait à la fois ; le Huron ne s'en émouvait

1. **De compagnie** : ensemble.
2. **Prieuré** : communauté religieuse dirigée par un *prieur*.
3. **Basse-brette** : originaire de Basse-Bretagne.
4. **Bailli** : officier chargé de rendre la justice au nom du roi ; **receveur des tailles** : collecteur des impôts.

pas. Il semblait qu'il eût pris pour sa devise celle de milord Bolingbroke[1] : *Nihil admirari*[2]. Mais à la fin, excédé de tant de bruit, il leur dit avec assez de douceur, mais avec un peu de fermeté : « Messieurs, dans mon pays on parle l'un après l'autre ; comment voulez-vous que je vous réponde quand vous m'empêchez de vous entendre ? » La raison fait toujours rentrer les hommes en eux-mêmes pour quelques moments : il se fit un grand silence. Monsieur le bailli, qui s'emparait toujours des étrangers dans quelque maison qu'il se trouvât et qui était le plus grand questionneur de la province, lui dit en ouvrant la bouche d'un demi-pied[3] : « Monsieur, comment vous nommez-vous ? – On m'a toujours appelé *l'Ingénu*[4], reprit le Huron, et on m'a confirmé ce nom en Angleterre, parce que je dis toujours naïvement ce que je pense, comme je fais tout ce que je veux.

– Comment, étant né huron, avez-vous pu, monsieur, venir en Angleterre ? – C'est qu'on m'y a mené ; j'ai été fait, dans un combat, prisonnier par les Anglais, après m'être assez bien défendu ; et les Anglais, qui aiment la bravoure, parce qu'ils sont braves et qu'ils sont aussi honnêtes que nous, m'ayant proposé de me rendre à mes parents ou de venir en Angleterre, j'acceptai le dernier parti, parce que de mon naturel j'aime passionnément à voir du pays.

– Mais, monsieur, dit le bailli avec son ton imposant, comment avez-vous pu abandonner ainsi père et mère ? – C'est

1. **Milord Bolingbroke** (1678-1751) : homme politique et écrivain anglais, ami de Voltaire.

2. ***Nihil admirari*** : formule empruntée au poète latin Horace et signifiant « ne s'étonner de rien ».

3. **Un demi-pied** : environ 17 cm.

4. **Ingénu** : qui fait preuve d'une sincérité innocente et naïve.

que je n'ai jamais connu ni père ni mère », dit l'étranger. La compagnie s'attendrit, et tout le monde répétait : *Ni père, ni mère !* « Nous lui en servirons, dit la maîtresse de la maison à son frère le prieur ; que ce monsieur le Huron est intéressant ! » L'Ingénu la remercia avec une cordialité noble et fière, et lui fit comprendre qu'il n'avait besoin de rien.

« Je m'aperçois, monsieur l'Ingénu, dit le grave bailli, que vous parlez mieux français qu'il n'appartient à un Huron. – Un Français, dit-il, que nous avions pris dans ma grande jeunesse en Huronie, et pour qui je conçus beaucoup d'amitié, m'enseigna sa langue ; j'apprends très vite ce que je veux apprendre. J'ai trouvé en arrivant à Plymouth[1] un de vos Français réfugiés que vous appelez *huguenots*[2], je ne sais pourquoi ; il m'a fait faire quelques progrès dans la connaissance de votre langue ; et dès que j'ai pu m'exprimer intelligiblement, je suis venu voir votre pays, parce que j'aime assez les Français quand ils ne font pas trop de questions. »

L'abbé de Saint-Yves, malgré ce petit avertissement, lui demanda laquelle des trois langues lui plaisait davantage, la huronne, l'anglaise, ou la française. « La huronne, sans contredit, répondit l'Ingénu. – Est-il possible ? s'écria Mlle de Kerkabon ; j'avais toujours cru que le français était la plus belle de toutes les langues après le bas-breton. »

Alors ce fut à qui demanderait à l'Ingénu comment on disait en huron du tabac, et il répondait *taya ;* comment on disait manger, et il répondait *essenten*. Mlle de Kerkabon voulut absolument savoir comment on disait faire l'amour[3] ;

---

1. Plymouth : port de commerce du sud-ouest de l'Angleterre.
2. Huguenots : protestants.
3. Faire l'amour : à l'époque, faire la cour.

il lui répondit *trovander*[1], et soutint, non sans apparence de raison, que ces mots-là valaient bien les mots français et anglais qui leur correspondaient. *Trovander* parut très joli à tous les convives.

Monsieur le prieur, qui avait dans sa bibliothèque la grammaire huronne dont le révérend Père Sagar Théodat, récollet, fameux missionnaire[2], lui avait fait présent, sortit de table un moment pour l'aller consulter. Il revint tout haletant de tendresse et de joie ; il reconnut l'Ingénu pour un vrai Huron. On disputa un peu sur la multiplicité des langues, et on convint que, sans l'aventure de la tour de Babel[3], toute la terre aurait parlé français.

L'interrogant[4] bailli, qui jusque-là s'était défié un peu du personnage, conçut pour lui un profond respect ; il lui parla avec plus de civilité qu'auparavant, de quoi l'Ingénu ne s'aperçut pas.

Mlle de Saint-Yves était fort curieuse de savoir comment on faisait l'amour au pays des Hurons. « En faisant de belles actions, répondit-il, pour plaire aux personnes qui vous ressemblent. » Tous les convives applaudirent avec étonnement. Mlle de Saint-Yves rougit et fut fort aise. Mlle de Kerkabon rougit aussi, mais elle n'était pas si aise : elle fut un peu piquée que la galanterie ne s'adressât pas à elle ; mais elle était si bonne personne que

1. ***Taya, essenten, trovander*** : « Tous ces noms sont en effet hurons » (note de Voltaire).

2. Sagard Théodat : auteur du *Grand Voyage au pays des Hurons avec un dictionnaire de la langue huronne* (1642), d'où sont tirés les trois mots cités par Voltaire ; **récollet** : moine de l'ordre des franciscains ; **missionnaire** : religieux ayant pour mission d'évangéliser les peuples non chrétiens.

3. Tour de Babel : la Bible (Genèse) raconte que les hommes, pour se rapprocher du ciel, construisirent une très haute tour. Pour les punir de leur orgueil, Dieu les divisa par la multiplicité des langues et les dispersa.

4. Interrogant : mot créé par Voltaire.

son affection pour le Huron n'en fut point du tout altérée. Elle lui demanda, avec beaucoup de bonté, combien il avait eu de maîtresses[1] en Huronie. « Je n'en ai jamais eu qu'une, dit l'Ingénu ; c'était Mlle Abacaba, la bonne amie de ma chère nourrice ; les joncs ne sont pas plus droits, l'hermine n'est pas plus blanche, les moutons sont moins doux, les aigles moins fiers, et les cerfs ne sont pas si légers que l'était Abacaba. Elle poursuivait un jour un lièvre dans notre voisinage, environ à cinquante lieues de notre habitation ; un Algonquin[2] mal élevé, qui habitait cent lieues[3] plus loin, vint lui prendre son lièvre ; je le sus, j'y courus, je terrassai l'Algonquin d'un coup de massue, je l'amenai aux pieds de ma maîtresse, pieds et poings liés. Les parents d'Abacaba voulurent le manger ; mais je n'eus jamais de goût pour ces sortes de festins ; je lui rendis sa liberté, j'en fis un ami. Abacaba fut si touchée de mon procédé qu'elle me préféra à tous ses amants. Elle m'aimerait encore si elle n'avait pas été mangée par un ours : j'ai puni l'ours, j'ai porté longtemps sa peau ; mais cela ne m'a pas consolé. »

Mlle de Saint-Yves, à ce récit, sentait un plaisir secret d'apprendre que l'Ingénu n'avait eu qu'une maîtresse, et qu'Abacaba n'était plus ; mais elle ne démêlait pas la cause de son plaisir. Tout le monde fixait les yeux sur l'Ingénu ; on le louait beaucoup d'avoir empêché ses camarades de manger un Algonquin.

L'impitoyable bailli, qui ne pouvait réprimer sa fureur de questionner, poussa enfin la curiosité jusqu'à s'informer de quelle religion était monsieur le Huron ; s'il avait choisi la

1. Maîtresse : femme que l'on aime et dont on est aimé (sens classique).
2. Algonquins : tribu indienne du Canada plus guerrière que les Hurons, alliée aux Français contre les Anglais et les Iroquois.
3. Lieue : unité de distance valant 4 km.

religion anglicane, ou la gallicane, ou la huguenote[1]. « Je suis de ma religion, dit-il, comme vous de la vôtre. – Hélas ! s'écria la Kerkabon, je vois bien que ces malheureux Anglais n'ont pas seulement songé à le baptiser. – Eh ! mon Dieu, disait Mlle de Saint-Yves, comment se peut-il que les Hurons ne soient pas catholiques ? Est-ce que les RR. PP. jésuites[2] ne les ont pas tous convertis ? » L'Ingénu l'assura que dans son pays on ne convertissait personne ; que jamais un vrai Huron n'avait changé d'opinion, et que même il n'y avait point dans sa langue de terme qui signifiât *inconstance*. Ces derniers mots plurent extrêmement à Mlle de Saint-Yves.

« Nous le baptiserons, nous le baptiserons, disait la Kerkabon à monsieur le prieur ; vous en aurez l'honneur, mon cher frère ; je veux absolument être sa marraine ; M. l'abbé de Saint-Yves le présentera sur les fonts[3] : ce sera une cérémonie bien brillante ; il en sera parlé dans toute la Basse-Bretagne, et cela nous fera un honneur infini. » Toute la compagnie seconda la maîtresse de la maison ; tous les convives criaient : « Nous le baptiserons ! » L'Ingénu répondit qu'en Angleterre on laissait vivre les gens à leur fantaisie. Il témoigna que la proposition ne lui plaisait point du tout, et que la loi des Hurons valait pour le moins la loi des Bas-Bretons ; enfin il dit qu'il repartait le lendemain. On acheva de vider sa bouteille d'eau des Barbades, et chacun s'alla coucher.

1. **Anglicane** : religion de l'Angleterre ; **gallicane** : religion de l'Église catholique de France, qui prêche une certaine indépendance à l'égard du pape ; **huguenote** : religion protestante en France.

2. **RR. PP.** : abréviation pour révérends pères ; **jésuites** : ordre religieux de la Compagnie de Jésus (fondée en 1540). Société missionnaire à l'origine, les jésuites se sont très vite tournés vers l'enseignement. Au XVIIe siècle et au début du XVIIIe siècle, de très vives polémiques les ont opposés aux jansénistes.

3. **Fonts** (baptismaux) : bassin, généralement placé sur un socle, contenant l'eau du baptême.

Quand on eut reconduit l'Ingénu dans sa chambre, Mlle de Kerkabon et son amie Mlle de Saint-Yves ne purent se tenir de regarder par le trou d'une large serrure pour voir comment dormait un Huron. Elles virent qu'il avait étendu la couverture du lit sur le plancher, et qu'il reposait dans la plus belle attitude du monde.

Chapitre II
Le Huron, nommé l'Ingénu, reconnu de ses parents

L'Ingénu, selon sa coutume, s'éveilla avec le soleil, au chant du coq, qu'on appelle en Angleterre et en Huronie la *trompette du jour*[1]. Il n'était pas comme la bonne compagnie qui languit dans son lit oiseux[2] jusqu'à ce que le soleil ait fait la moitié de son tour, qui ne peut ni dormir ni se lever, qui perd tant d'heures précieuses dans cet état mitoyen entre la vie et la mort, et qui se plaint encore que la vie est trop courte.

Il avait déjà fait deux ou trois lieues[3], il avait tué trente pièces de gibier à balle seule, lorsqu'en rentrant il trouva monsieur le prieur de Notre-Dame de la Montagne et sa discrète sœur, se promenant en bonnet de nuit dans leur petit jardin. Il leur présenta toute sa chasse, et en tirant de sa chemise une espèce de petit talisman[4] qu'il portait toujours à son cou, il les pria de l'accepter en reconnaissance de leur bonne réception. « C'est ce que j'ai de plus précieux, leur dit-il ; on m'a

1. Trompette du jour : expression empruntée à Shakespeare (*Hamlet*, I, 1).

2. Oiseux : qui ne fait rien, oisif.

3. Deux ou trois lieues : entre 8 et 12 km (1 lieue = 4 km).

4. Talisman : objet sur lequel sont gravés des signes consacrés qui lui confèrent des vertus magiques de pouvoir ou de protection.

assuré que je serais toujours heureux tant que je porterais ce petit brimborion[1] sur moi, et je vous le donne afin que vous soyez toujours heureux. »

Le prieur et Mlle sourirent avec attendrissement de la naïveté de l'Ingénu. Ce présent consistait en deux petits portraits assez mal faits, attachés ensemble avec une courroie fort grasse.

Mlle de Kerkabon lui demanda s'il y avait des peintres en Huronie. « Non, dit l'Ingénu ; cette rareté me vient de ma nourrice ; son mari l'avait eue par conquête, en dépouillant quelques Français du Canada qui nous avaient fait la guerre ; c'est tout ce que j'en ai su. »

Le prieur regardait attentivement ces portraits ; il changea de couleur, il s'émut, ses mains tremblèrent. « Par Notre-Dame de la Montagne, s'écria-t-il, je crois que voilà le visage de mon frère le capitaine et de sa femme ! » Mademoiselle, après les avoir considérés avec la même émotion, en jugea de même. Tous deux étaient saisis d'étonnement et d'une joie mêlée de douleur ; tous deux s'attendrissaient ; tous deux pleuraient ; leur cœur palpitait ; ils poussaient des cris ; ils s'arrachaient les portraits ; chacun d'eux les prenait et les rendait vingt fois en une seconde ; ils dévoraient des yeux les portraits et le Huron ; ils lui demandaient l'un après l'autre, et tous deux à la fois, en quel lieu, en quel temps, comment ces miniatures étaient tombées entre les mains de sa nourrice ; ils rapprochaient, ils comptaient les temps depuis le départ du capitaine ; ils se souvenaient d'avoir eu nouvelle qu'il avait été jusqu'au pays des Hurons, et que depuis ce temps ils n'en avaient jamais entendu parler.

1. **Brimborion** : petit objet de peu de valeur.

L'Ingénu leur avait dit qu'il n'avait connu ni père ni mère. Le prieur, qui était homme de sens, remarqua que l'Ingénu avait un peu de barbe ; il savait très bien que les Hurons n'en ont point. « Son menton est cotonné, il est donc fils d'un homme d'Europe ; mon frère et ma belle-sœur ne parurent plus après l'expédition contre les Hurons, en 1669 ; mon neveu devait alors être à la mamelle ; la nourrice huronne lui a sauvé la vie et lui a servi de mère. » Enfin, après cent questions et cent réponses, le prieur et sa sœur conclurent que le Huron était leur propre neveu. Ils l'embrassaient en versant des larmes ; et l'Ingénu riait, ne pouvant s'imaginer qu'un Huron fût neveu d'un prieur bas-breton.

Toute la compagnie descendit ; M. de Saint-Yves, qui était grand physionomiste, compara les deux portraits avec le visage de l'Ingénu ; il fit très habilement remarquer qu'il avait les yeux de sa mère, le front et le nez de feu monsieur le capitaine de Kerkabon, et des joues qui tenaient de l'un et de l'autre.

Mlle de Saint-Yves, qui n'avait jamais vu le père ni la mère, assura que l'Ingénu leur ressemblait parfaitement. Ils admiraient tous la Providence[1] et l'enchaînement des événements de ce monde. Enfin on était si persuadé, si convaincu de la naissance de l'Ingénu, qu'il consentit lui-même à être neveu de monsieur le prieur, en disant qu'il aimait autant l'avoir pour son oncle qu'un autre.

On alla rendre grâce à Dieu dans l'église de Notre-Dame de la Montagne, tandis que le Huron, d'un air indifférent, s'amusait à boire dans la maison.

1. **Providence** : sagesse par laquelle Dieu conduit les affaires du monde et des hommes. Elle s'oppose au hasard.

Les Anglais qui l'avaient amené, et qui étaient prêts à mettre à la voile[1], vinrent lui dire qu'il était temps de partir. « Apparemment, leur dit-il, que vous n'avez pas retrouvé vos oncles et vos tantes : je reste ici ; retournez à Plymouth, je vous donne toutes mes hardes[2], je n'ai plus besoin de rien au monde puisque je suis le neveu d'un prieur. » Les Anglais mirent à la voile, en se souciant fort peu que l'Ingénu eût des parents ou non en Basse-Bretagne.

Après que l'oncle, la tante et la compagnie eurent chanté le *Te Deum*[3] ; après que le bailli eut encore accablé l'Ingénu de questions ; après qu'on eut épuisé tout ce que l'étonnement, la joie, la tendresse, peuvent faire dire, le prieur de la Montagne et l'abbé de Saint-Yves conclurent à faire baptiser l'Ingénu au plus vite. Mais il n'en était pas d'un grand Huron de vingt-deux ans comme d'un enfant qu'on régénère[4] sans qu'il en sache rien. Il fallait l'instruire, et cela paraissait difficile : car l'abbé de Saint-Yves supposait qu'un homme qui n'était pas né en France n'avait pas le sens commun.

Le prieur fit observer à la compagnie que, si en effet monsieur l'Ingénu, son neveu, n'avait pas eu le bonheur de naître en Basse-Bretagne, il n'en avait pas moins d'esprit ; qu'on en pouvait juger par toutes ses réponses, et que sûrement la nature l'avait beaucoup favorisé, tant du côté paternel que du maternel.

On lui demanda d'abord s'il avait jamais lu quelque livre. Il dit qu'il avait lu Rabelais traduit en anglais, et quelques

1. Mettre à la voile : appareiller.

2. Mes hardes : mes vêtements personnels.

3. *Te Deum* : premiers mots du cantique *Te Deum laudamus* (« Nous te louons Dieu »), chant de louange et de reconnaissance à Dieu.

4. Régénère : fait renaître moralement, spirituellement (par le baptême).

morceaux de Shakespeare[1] qu'il savait par cœur; qu'il avait trouvé ces livres chez le capitaine du vaisseau qui l'avait amené de l'Amérique à Plymouth et qu'il en était fort content. Le bailli ne manqua pas de l'interroger sur ces livres. « Je vous avoue, dit l'Ingénu, que j'ai cru en deviner quelque chose, et que je n'ai pas entendu[2] le reste. »

L'abbé de Saint-Yves, à ce discours, fit réflexion que c'était ainsi que lui-même avait toujours lu, et que la plupart des hommes ne lisaient guère autrement. « Vous avez sans doute lu la Bible ? dit-il au Huron. – Point du tout, monsieur l'abbé ; elle n'était pas parmi les livres de mon capitaine ; je n'en ai jamais entendu parler. – Voilà comme sont ces maudits Anglais, criait Mlle de Kerkabon ; ils feront plus de cas d'une pièce de Shakespeare, d'un plumbpouding[3] et d'une bouteille de rhum que du Pentateuque[4]. Aussi n'ont-ils jamais converti personne en Amérique. Certainement ils sont maudits de Dieu ; et nous leur prendrons la Jamaïque et la Virginie avant qu'il soit peu de temps. »

Quoi qu'il en soit, on fit venir le plus habile tailleur de Saint-Malo pour habiller l'Ingénu de pied en cap. La compagnie se sépara ; le bailli alla faire ses questions ailleurs. Mlle de Saint-Yves, en partant, se retourna plusieurs fois pour regarder l'Ingénu ; et il lui fit des révérences plus profondes qu'il n'en avait jamais fait à personne en sa vie.

---

1. Shakespeare (1564-1616) : poète et dramaturge anglais.

2. Entendu : compris (sens classique).

3. Plumbpouding : Voltaire joue sur le nom de ce célèbre gâteau anglais, puisqu'il remplace *plum* (« cerise ») par *plumb* (« plomb »).

4. Pentateuque : cinq premiers livres de la Bible. Ironie ici encore de Voltaire puisque, contrairement aux catholiques, les protestants – et donc les Anglais – font une lecture assidue de la Bible.

Le bailli, avant de prendre congé, présenta à Mlle de Saint-Yves un grand nigaud[1] de fils qui sortait du collège ; mais à peine le regarda-t-elle, tant elle était occupée de la politesse du Huron.

Chapitre III
Le Huron, nommé l'Ingénu, converti

Monsieur le prieur, voyant qu'il était un peu sur l'âge[2], et que Dieu lui envoyait un neveu pour sa consolation, se mit en tête qu'il pourrait lui résigner son bénéfice[3] s'il réussissait à le baptiser et à le faire entrer dans les ordres[4].

L'Ingénu avait une mémoire excellente. La fermeté des organes de Basse-Bretagne, fortifiée par le climat du Canada, avait rendu sa tête si vigoureuse que, quand on frappait dessus, à peine le sentait-il ; et quand on gravait dedans, rien ne s'effaçait ; il n'avait jamais rien oublié. Sa conception était d'autant plus vive et plus nette que, son enfance n'ayant point été chargée des inutilités et des sottises qui accablent la nôtre, les choses entraient dans sa cervelle sans nuage. Le prieur résolut enfin de lui faire lire le Nouveau Testament. L'Ingénu le dévora avec beaucoup de plaisir ; mais, ne sachant ni dans quel temps ni dans quel pays toutes les aventures rapportées dans ce livre étaient arrivées, il ne douta point que le lieu de la scène ne fût en Basse-Bretagne ; et il jura qu'il couperait le

1. Nigaud : niais.
2. Un peu sur l'âge : un peu âgé.
3. Lui résigner son bénéfice : lui transmettre la fonction de prieur et les revenus attachés à cette fonction.
4. Entrer dans les ordres : entrer dans un ordre religieux.

nez et les oreilles à Caïphe et à Pilate[1] si jamais il rencontrait ces marauds[2]-là.

Son oncle, charmé de ces bonnes dispositions, le mit au fait en peu de temps : il loua son zèle, mais il lui apprit que ce zèle était inutile, attendu que ces gens-là étaient morts il y avait environ seize cent quatre-vingt-dix années. L'Ingénu sut bientôt presque tout le livre par cœur. Il proposait quelquefois des difficultés qui mettaient le prieur fort en peine. Il était obligé souvent de consulter l'abbé de Saint-Yves, qui, ne sachant que répondre, fit venir un jésuite bas-breton pour achever la conversion du Huron.

Enfin la grâce[3] opéra ; l'Ingénu promit de se faire chrétien ; il ne douta pas qu'il ne dût commencer par être circoncis : « Car, disait-il, je ne vois pas dans le livre qu'on m'a fait lire un seul personnage qui ne l'ait été ; il est donc évident que je dois faire le sacrifice de mon prépuce : le plus tôt c'est le mieux » . Il ne délibéra point. Il envoya chercher le chirurgien du village, et le pria de lui faire l'opération, comptant réjouir infiniment Mlle de Kerkabon et toute la compagnie quand une fois la chose serait faite. Le frater[4], qui n'avait point encore fait cette opération, en avertit la famille, qui jeta les hauts cris. La bonne Kerkabon trembla que son neveu, qui paraissait résolu et expéditif, ne se fît lui-même l'opération très maladroitement, et qu'il n'en résultât de tristes effets auxquels les dames s'intéressent toujours par bonté d'âme.

---

1. Caïphe et Pilate : noms du grand prêtre juif et du gouverneur romain qui décidèrent de crucifier Jésus.

2. Marauds : coquins.

3. Grâce : miséricorde accordée par Dieu en vue du salut.

4. Frater (« frère » en latin) : barbier-chirurgien de village.

Le prieur redressa les idées du Huron ; il lui remontra que la circoncision n'était plus de mode, que le baptême était beaucoup plus doux et plus salutaire, que la loi de grâce n'était pas comme la loi de rigueur[1]. L'Ingénu, qui avait beaucoup de bon sens et de droiture, disputa[2], mais reconnut son erreur, ce qui est assez rare en Europe aux gens qui disputent ; enfin il promit de se faire baptiser quand on voudrait.

Il fallait auparavant se confesser, et c'était là le plus difficile. L'Ingénu avait toujours en poche le livre que son oncle lui avait donné. Il n'y trouvait pas qu'un seul apôtre se fût confessé, et cela le rendait très rétif[3]. Le prieur lui ferma la bouche en lui montrant, dans l'épître de saint Jacques le Mineur, ces mots qui font tant de peine aux hérétiques[4] : *Confessez vos péchés les uns aux autres.* Le Huron se tut, et se confessa à un récollet[5]. Quand il eut fini, il tira le récollet du confessionnal, et, saisissant son homme d'un bras vigoureux, il se mit à sa place, et le fit mettre à genoux devant lui : « Allons, mon ami, il est dit : *Confessez-vous les uns aux autres* ; je t'ai conté mes péchés, tu ne sortiras pas d'ici que tu ne m'aies conté les tiens. » En parlant ainsi, il appuyait son large genou contre la poitrine de son adverse partie. Le récollet pousse des hurlements qui font retentir l'église. On accourt au bruit, on voit le catéchumène[6] qui gourmait[7] le

1. La loi de grâce n'était pas comme la loi de rigueur : le prieur oppose la douceur du Nouveau Testament (*loi de grâce*) à la dureté de l'Ancien Testament (*loi de rigueur*).

2. Disputa : discuta.

3. Rétif : difficile à persuader.

4. Hérétiques : qui s'opposent aux dogmes de l'Église catholique ; ici, désigne les protestants.

5. Récollet : moine franciscain.

6. Catéchumène : personne qui se prépare à recevoir le baptême.

7. Gourmait : battait.

moine au nom de saint Jacques le Mineur. La joie de baptiser un Bas-Breton huron et anglais était si grande qu'on passa par-dessus ces singularités. Il y eut même beaucoup de théologiens qui pensèrent que la confession n'était pas nécessaire, puisque le baptême tenait lieu de tout.

On prit jour[1] avec l'évêque de Saint-Malo, qui, flatté, comme on peut le croire, de baptiser un Huron, arriva dans un pompeux équipage, suivi de son clergé. Mlle de Saint-Yves, en bénissant Dieu, mit sa plus belle robe et fit venir une coiffeuse de Saint-Malo, pour briller à la cérémonie. L'interrogant bailli accourut avec toute la contrée. L'église était magnifiquement parée; mais, quand il fallut prendre le Huron pour le mener aux fonts baptismaux, on ne le trouva point.

L'oncle et la tante le cherchèrent partout. On crut qu'il était à la chasse, selon sa coutume. Tous les conviés à la fête parcoururent les bois et les villages voisins : point de nouvelles du Huron.

On commençait à craindre qu'il ne fût retourné en Angleterre. On se souvenait de lui avoir entendu dire qu'il aimait fort ce pays-là. Monsieur le prieur et sa sœur étaient persuadés qu'on n'y baptisait personne, et tremblaient pour l'âme de leur neveu. L'évêque était confondu[2] et prêt à s'en retourner; le prieur et l'abbé de Saint-Yves se désespéraient; le bailli interrogeait tous les passants avec sa gravité ordinaire. Mlle de Kerkabon pleurait. Mlle de Saint-Yves ne pleurait pas, mais elle poussait de profonds soupirs qui semblaient témoigner son goût pour les sacrements. Elles se promenaient tristement le long des saules

1. Prit jour : décida d'un jour.
2. Confondu : troublé, déconcerté.

et des roseaux qui bordent la petite rivière de Rance, lorsqu'elles aperçurent au milieu de la rivière une grande figure assez blanche, les deux mains croisées sur la poitrine. Elles jetèrent un grand cri et se détournèrent. Mais, la curiosité l'emportant bientôt sur toute autre considération, elles se coulèrent[1] doucement entre les roseaux, et quand elles furent bien sûres de n'être point vues, elles voulurent voir de quoi il s'agissait.

Chapitre IV *L'Ingénu baptisé*

Le prieur et l'abbé, étant accourus, demandèrent à l'Ingénu ce qu'il faisait là. « Eh parbleu ! messieurs, j'attends le baptême. Il y a une heure que je suis dans l'eau jusqu'au cou, et il n'est pas honnête de me laisser morfondre.

– Mon cher neveu, lui dit tendrement le prieur, ce n'est pas ainsi qu'on baptise en Basse-Bretagne ; reprenez vos habits et venez avec nous. » Mlle de Saint-Yves, en entendant ce discours, disait tout bas à sa compagne : « Mademoiselle, croyez-vous qu'il reprenne sitôt ses habits ? »

Le Huron cependant répartit au prieur : « Vous ne m'en ferez pas accroire[2] cette fois-ci comme l'autre ; j'ai bien étudié depuis ce temps-là, et je suis très certain qu'on ne se baptise pas autrement. L'eunuque de la reine Candace[3] fut baptisé dans un ruisseau ; je vous défie de me montrer dans le livre que vous

1. Se coulèrent : se glissèrent.

2. Vous ne m'en ferez pas accroire : vous ne me ferez pas croire une chose faussse, vous ne me tromperez pas.

3. Eunuque : homme castré chargé de la garde des femmes dans le harem. **Candace** : reine d'Égypte ; l'épisode du baptême de son eunuque est rapporté dans les Actes des Apôtres (Nouveau Testament).

m'avez donné qu'on s'y soit jamais pris d'une autre façon. Je ne serai point baptisé du tout, ou je le serai dans la rivière. » On eut beau lui remontrer que les usages avaient changé, l'Ingénu était têtu, car il était Breton et Huron. Il revenait toujours à l'eunuque de la reine Candace. Et, quoique Mlle sa tante et Mlle de Saint-Yves, qui l'avaient observé entre les saules, fussent en droit de lui dire qu'il ne lui appartenait pas de citer un pareil homme, elles n'en firent pourtant rien, tant était grande leur discrétion. L'évêque vint lui-même lui parler, ce qui est beaucoup ; mais il ne gagna rien : le Huron disputa contre l'évêque.

« Montrez-moi, lui dit-il, dans le livre que m'a donné mon oncle, un seul homme qui n'ait pas été baptisé dans la rivière, et je ferai tout ce que vous voudrez. »

La tante, désespérée, avait remarqué que la première fois que son neveu avait fait la révérence, il en avait fait une plus profonde à Mlle de Saint-Yves qu'à aucune autre personne de la compagnie ; qu'il n'avait pas même salué monsieur l'évêque avec ce respect mêlé de cordialité qu'il avait témoigné à cette belle demoiselle. Elle prit le parti de s'adresser à elle dans ce grand embarras ; elle la pria d'interposer son crédit[1] pour engager le Huron à se faire baptiser de la même manière que les Bretons, ne croyant pas que son neveu pût jamais être chrétien s'il persistait à vouloir être baptisé dans l'eau courante.

Mlle de Saint-Yves rougit du plaisir secret qu'elle sentait d'être chargée d'une si importante commission. Elle s'approcha modestement de l'Ingénu, et lui serrant la main d'une manière tout à fait noble : « Est-ce que vous ne ferez rien pour moi ? »

1. Crédit : influence.

lui dit-elle ; et en prononçant ces mots elle baissait les yeux, et les relevait avec une grâce attendrissante. « Ah ! tout ce que vous voudrez, mademoiselle, tout ce que vous me commanderez : baptême d'eau, baptême de feu, baptême de sang[1] ; il n'y a rien que je vous refuse. » Mlle de Saint-Yves eut la gloire de faire en deux paroles ce que ni les empressements du prieur, ni les interrogations réitérées[2] du bailli, ni les raisonnements même de monsieur l'évêque, n'avaient pu faire. Elle sentit son triomphe ; mais elle n'en sentait pas encore toute l'étendue.

Le baptême fut administré et reçu avec toute la décence, toute la magnificence, tout l'agrément possibles. L'oncle et la tante cédèrent à M. l'abbé de Saint-Yves et à sa sœur l'honneur de tenir l'Ingénu sur les fonts. Mlle de Saint-Yves rayonnait de joie de se voir marraine. Elle ne savait pas à quoi ce grand titre l'asservissait ; elle accepta cet honneur sans en connaître les fatales conséquences[3].

Comme il n'y a jamais eu de cérémonie qui ne fût suivie d'un grand dîner, on se mit à table au sortir du baptême. Les goguenards[4] de Basse Bretagne dirent qu'il ne fallait pas baptiser son vin[5]. Monsieur le prieur disait que le vin, selon Salomon, réjouit le cœur de l'homme. Monsieur l'évêque ajoutait que le patriarche Juda devait lier son ânon à la vigne[6], et tremper

1. Baptême de feu, baptême de sang : la pratique du premier, par application d'un fer rouge au baptisé, est mentionnée dans l'Évangile ; le second renvoie au supplice des martyrs.

2. Réitérées : répétées.

3. En effet, le mariage entre une marraine et son filleul est interdit par l'Église (sauf dispense papale).

4. Goguenards : plaisantins.

5. Baptiser son vin : mettre de l'eau dans son vin.

6. Le patriarche Juda : personnage biblique ; les paroles de l'évêque reprennent celle du livre de la Genèse (49, 11) dans l'Ancien Testament.

son manteau dans le sang du raisin, et qu'il était bien triste qu'on n'en pût faire autant en Basse-Bretagne, à laquelle Dieu a dénié[1] les vignes. Chacun tâchait de dire un bon mot sur le baptême de l'Ingénu, et des galanteries à la marraine. Le bailli, toujours interrogant, demandait au Huron s'il serait fidèle à ses promesses. « Comment voulez-vous que je manque à mes promesses, répondit le Huron, puisque je les ai faites entre les mains de Mlle de Saint-Yves ? »

Le Huron s'échauffa ; il but beaucoup à la santé de sa marraine. « Si j'avais été baptisé de votre main, dit-il, je sens que l'eau froide qu'on m'a versée sur le chignon m'aurait brûlé. » Le bailli trouva cela trop poétique, ne sachant pas combien l'allégorie[2] est familière au Canada. Mais la marraine en fut extrêmement contente.

On avait donné le nom d'Hercule[3] au baptisé. L'évêque de Saint-Malo demandait toujours quel était ce patron[4] dont il n'avait jamais entendu parler. Le jésuite, qui était fort savant, lui dit que c'était un saint qui avait fait douze miracles. Il y en avait un treizième qui valait les douze autres, mais dont il ne convenait pas à un jésuite de parler ; c'était celui d'avoir changé cinquante filles en femmes en une seule nuit. Un plaisant[5] qui se trouva là releva ce miracle avec énergie. Toutes les dames baissèrent les yeux, et jugèrent à la physionomie de l'Ingénu qu'il était digne du saint dont il portait le nom.

1. **Dénié** : refusé.

2. **Allégorie** : expression d'une abstraction (idée, notion morale, thème) par une forme concrète (personnage, image).

3. Le nom d'Hercule est bien entendu comique, puisqu'il ne s'agit pas d'un saint mais du célèbre héros aux douze travaux de la mythologie.

4. **Patron** : saint patron, protecteur d'un groupe ou d'un métier.

5. **Plaisant** : plaisantin, farceur.

Chapitre V *L'Ingénu amoureux*

Il faut avouer que depuis ce baptême et ce dîner, Mlle de Saint-Yves souhaita passionnément que monsieur l'évêque la fît encore participante de quelque beau sacrement avec M. Hercule l'Ingénu. Cependant, comme elle était bien élevée et fort modeste, elle n'osait convenir tout à fait avec elle-même[1] de ses tendres sentiments ; mais, s'il lui échappait un regard, un mot, un geste, une pensée, elle enveloppait tout cela d'un voile de pudeur infiniment aimable. Elle était tendre, vive et sage.

Dès que monsieur l'évêque fut parti, l'Ingénu et Mlle de Saint-Yves se rencontrèrent sans avoir fait réflexion qu'ils se cherchaient. Ils se parlèrent sans avoir imaginé ce qu'ils se diraient. L'Ingénu lui dit d'abord qu'il l'aimait de tout son cœur, et que la belle Abacaba, dont il avait été fou dans son pays, n'approchait pas d'elle. Mademoiselle lui répondit, avec sa modestie ordinaire, qu'il fallait en parler au plus vite à monsieur le prieur son oncle et à Mlle sa tante, et que de son côté elle en dirait deux mots à son cher frère l'abbé de Saint-Yves, et qu'elle se flattait d'un consentement commun.

L'Ingénu lui répond qu'il n'avait besoin du consentement de personne, qu'il lui paraissait extrêmement ridicule d'aller demander à d'autres ce qu'on devait faire ; que, quand deux parties sont d'accord, on n'a pas besoin d'un tiers pour les accommoder. « Je ne consulte personne, dit-il, quand j'ai envie de déjeuner, ou de chasser, ou de dormir : je sais bien qu'en amour il n'est pas mal d'avoir le consentement de la

1. Convenir avec elle-même de : s'avouer à elle-même.

personne à qui on en veut ; mais, comme ce n'est ni de mon oncle ni de ma tante que je suis amoureux, ce n'est pas à eux que je dois m'adresser dans cette affaire, et, si vous m'en croyez, vous vous passerez aussi de M. l'abbé de Saint-Yves. »

On peut juger que la belle Bretonne employa toute la délicatesse de son esprit à réduire[1] son Huron aux termes de la bienséance[2]. Elle se fâcha même, et bientôt se radoucit. Enfin on ne sait comment aurait fini cette conversation si, le jour baissant, monsieur l'abbé n'avait ramené sa sœur à son abbaye. L'Ingénu laissa coucher son oncle et sa tante, qui étaient un peu fatigués de la cérémonie et de leur long dîner. Il passa une partie de la nuit à faire des vers en langue huronne pour sa bien-aimée : car il faut savoir qu'il n'y a aucun pays de la terre où l'amour n'ait rendu les amants poètes.

Le lendemain, son oncle lui parla ainsi après le déjeuner, en présence de Mlle de Kerkabon, qui était tout attendrie : « Le ciel soit loué de ce que vous avez l'honneur, mon cher neveu, d'être chrétien et Bas-Breton ! mais cela ne suffit pas ; je suis un peu sur l'âge[3] ; mon frère n'a laissé qu'un petit coin de terre qui est très peu de chose ; j'ai un bon prieuré ; si vous voulez seulement vous faire sous-diacre[4], comme je l'espère, je vous résignerai[5] mon prieuré, et vous vivrez fort à votre aise, après avoir été la consolation de ma vieillesse. »

L'Ingénu répondit : « Mon oncle, grand bien vous fasse ! vivez tant que vous pourrez. Je ne sais pas ce que c'est que

1. Réduire : soumettre.
2. Bienséance : ce qu'il convient de faire ou de dire, savoir-vivre.
3. Je suis un peu sur l'âge : je suis un peu âgé.
4. Sous-diacre : premier des trois ordres ecclésiastiques menant à la prêtrise.
5. Résignerai : transmettrai.

d'être sous-diacre ni que de résigner ; mais tout me sera bon pourvu que j'aie Mlle de Saint-Yves à ma disposition. – Eh ! mon Dieu ! mon neveu, que me dites-vous là ? Vous aimez donc cette belle demoiselle à la folie ? – Oui, mon oncle. – Hélas ! mon neveu, il est impossible que vous l'épousiez. – Cela est très possible, mon oncle ; car non seulement elle m'a serré la main en me quittant, mais elle m'a promis qu'elle me demanderait en mariage ; et assurément je l'épouserai. – Cela est impossible, vous dis-je : elle est votre marraine[1] ; c'est un péché épouvantable à une marraine de serrer la main de son filleul ; il n'est pas permis d'épouser sa marraine ; les lois divines et humaines s'y opposent. – Morbleu ! mon oncle, vous vous moquez de moi ; pourquoi serait-il défendu d'épouser sa marraine, quand elle est jeune et jolie ? Je n'ai point vu dans le livre que vous m'avez donné[2] qu'il fût mal d'épouser les filles qui ont aidé les gens à être baptisés. Je m'aperçois tous les jours qu'on fait ici une infinité de choses qui ne sont point dans votre livre, et qu'on n'y fait rien de tout ce qu'il dit. Je vous avoue que cela m'étonne et me fâche. Si on me prive de la belle Saint-Yves, sous prétexte de mon baptême, je vous avertis que je l'enlève, et que je me débaptise. »

Le prieur fut confondu ; sa sœur pleura. « Mon cher frère, dit-elle, il ne faut pas que notre neveu se damne ; notre saint-père le pape peut lui donner dispense, et alors il pourra être chrétiennement heureux avec ce qu'il aime. » L'Ingénu embrassa sa tante. « Quel est donc, dit-il, cet homme charmant qui favorise

1. En effet, le mariage entre une marraine et son filleul est interdit par l'Église (sauf dispense papale).

2. Le livre que vous m'avez donné : il s'agit de la Bible.

avec tant de bonté les garçons et les filles dans leurs amours ? Je veux lui aller parler tout à l'heure. »

On lui expliqua ce que c'était que le pape ; et l'Ingénu fut encore plus étonné qu'auparavant. « Il n'y a pas un mot de tout cela dans votre livre, mon cher oncle ; j'ai voyagé, je connais la mer ; nous sommes ici sur la côte de l'Océan ; et je quitterais Mlle de Saint-Yves pour aller demander la permission de l'aimer à un homme qui demeure vers la Méditerranée, à quatre cents lieues d'ici, et dont je n'entends point la langue ! Cela est d'un ridicule incompréhensible. Je vais sur-le-champ chez monsieur l'abbé de Saint-Yves, qui ne demeure qu'à une lieue de vous, et je vous réponds que j'épouserai ma maîtresse[1] dans la journée. »

Comme il parlait encore, entra le bailli, qui, selon sa coutume, lui demanda où il allait. « Je vais me marier », dit l'Ingénu en courant ; et au bout d'un quart d'heure il était déjà chez sa belle et chère bassebrette, qui dormait encore. « Ah ! mon frère ! disait Mlle de Kerkabon au prieur, jamais vous ne ferez un sous-diacre de notre neveu. »

Le bailli fut très mécontent de ce voyage : car il prétendait que son fils épousât la Saint-Yves : et ce fils était encore plus sot et plus insupportable que son père.

Chapitre VI
L'Ingénu court chez sa maîtresse, et devient furieux

À peine l'Ingénu était arrivé, qu'ayant demandé à une vieille servante où était la chambre de sa maîtresse, il avait poussé fortement la porte mal fermée, et s'était élancé vers le

1. **Ma maîtresse** : la femme que j'aime et dont je suis aimé (sens classique).

lit. Mlle de Saint-Yves, se réveillant en sursaut, s'était écriée : « Quoi ! c'est vous ! ah ! c'est vous ! arrêtez-vous, que faites-vous ? » Il avait répondu : « Je vous épouse », et en effet il l'épousait, si elle ne s'était pas débattue avec toute l'honnêteté d'une personne qui a de l'éducation.

L'Ingénu n'entendait pas raillerie ; il trouvait toutes ces façons-là extrêmement impertinentes. « Ce n'était pas ainsi qu'en usait Mlle Abacaba, ma première maîtresse ; vous n'avez point de probité[1] ; vous m'avez promis mariage, et vous ne voulez point faire mariage : c'est manquer aux premières lois de l'honneur ; je vous apprendrai à tenir votre parole, et je vous remettrai dans le chemin de la vertu. »

L'Ingénu possédait une vertu mâle et intrépide, digne de son patron Hercule, dont on lui avait donné le nom à son baptême ; il allait l'exercer dans toute son étendue, lorsqu'aux cris perçants de la demoiselle plus discrètement vertueuse accourut le sage abbé de Saint-Yves, avec sa gouvernante, un vieux domestique dévot[2] et un prêtre de la paroisse. Cette vue modéra le courage de l'assaillant. « Eh, mon Dieu ! mon cher voisin, lui dit l'abbé, que faites-vous là ? – Mon devoir, répliqua le jeune homme ; je remplis mes promesses, qui sont sacrées. »

Mlle de Saint-Yves se rajusta en rougissant. On emmena l'Ingénu dans un autre appartement. L'abbé lui remontra l'énormité du procédé. L'Ingénu se défendit sur les privilèges de la loi naturelle[3], qu'il connaissait parfaitement. L'abbé voulut

1. Probité : honnêteté, intégrité.

2. Dévot : très pieux.

3. Loi naturelle : la loi de la nature, c'est-à-dire, en règle générale, la loi du plus fort, la loi de la violence (voir « brigandage naturel », l. 31).

prouver que la loi positive[1] devait avoir tout l'avantage, et que sans les conventions faites entre les hommes, la loi de nature ne serait presque jamais qu'un brigandage naturel. « Il faut, lui disait-il, des notaires, des prêtres, des témoins, des contrats, des dispenses. » L'Ingénu lui répondit par la réflexion que les sauvages ont toujours faite : « Vous êtes donc de bien malhonnêtes gens, puisqu'il faut entre vous tant de précautions. »

L'abbé eut de la peine à résoudre cette difficulté. « Il y a, dit-il, je l'avoue, beaucoup d'inconstants et de fripons parmi nous ; et il y en aurait autant chez les Hurons s'ils étaient rassemblés dans une grande ville ; mais aussi il y a des âmes sages, honnêtes, éclairées, et ce sont ces hommes-là qui ont fait les lois. Plus on est homme de bien, plus on doit s'y soumettre : on donne l'exemple aux vicieux, qui respectent un frein que la vertu s'est donné elle-même. »

Cette réponse frappa l'Ingénu. On a déjà remarqué qu'il avait l'esprit juste. On l'adoucit par des paroles flatteuses ; on lui donna des espérances : ce sont les deux pièges où les hommes des deux hémisphères se prennent ; on lui présenta même Mlle de Saint-Yves, quand elle eut fait sa toilette. Tout se passa avec la plus grande bienséance ; mais, malgré cette décence, les yeux étincelants de l'Ingénu Hercule firent toujours baisser ceux de sa maîtresse, et trembler la compagnie.

On eut une peine extrême à le renvoyer chez ses parents. Il fallut encore employer le crédit de la belle Saint-Yves ; plus elle sentait son pouvoir sur lui, et plus elle l'aimait. Elle le fit partir, et en fut très affligée ; enfin, quand il fut parti, l'abbé, qui non seulement était le frère très aîné de Mlle de Saint-

1. **Loi positive** : la loi sociale, qui permet de remédier à la loi naturelle.

Yves, mais qui était aussi son tuteur, prit le parti de soustraire sa pupille aux empressements de cet amant terrible. Il alla consulter le bailli, qui, destinant toujours son fils à la sœur de l'abbé, lui conseilla de mettre la pauvre fille dans une communauté[1]. Ce fut un coup terrible : une indifférente qu'on mettrait en couvent jetterait les hauts cris ; mais une amante[2], et une amante aussi sage que tendre, c'était de quoi la mettre au désespoir.

L'Ingénu, de retour chez le prieur, raconta tout avec sa naïveté ordinaire. Il essuya les mêmes remontrances[3], qui firent quelque effet sur son esprit, et aucun sur ses sens ; mais le lendemain, quand il voulut retourner chez sa belle maîtresse pour raisonner avec elle sur la loi naturelle et sur la loi de convention, monsieur le bailli lui apprit avec une joie insultante qu'elle était dans un couvent. « Eh bien ! dit-il, j'irai raisonner dans ce couvent. – Cela ne se peut », dit le bailli. Il lui expliqua fort au long ce que c'était qu'un couvent ou un convent ; que ce mot venait du latin *conventus*, qui signifie assemblée ; et le Huron ne pouvait comprendre pourquoi il ne pouvait pas être admis dans l'assemblée. Sitôt qu'il fut instruit que cette assemblée était une espèce de prison où l'on tenait les filles renfermées, chose horrible, inconnue chez les Hurons et chez les Anglais, il devint aussi furieux que le fut son patron Hercule lorsque Euryte, roi d'Œchalie, non moins cruel que l'abbé de Saint-Yves, lui refusa la belle Iole[4] sa fille, non moins belle que la

1. Dans une communauté : au couvent.

2. Amante : personne qui aime et est aimée (sens classique).

3. Remontrances : reproches.

4. Iole : dans la mythologie grecque, fille du roi Eurytos. Ce dernier avait promis sa fille à qui le vaincrait au tir à l'arc. Hercule relève le défi et triomphe du roi. Mais celui-ci, reniant sa promesse, lui refuse sa fille. Alors Hercule tue le roi et enlève Iole.

sœur de l'abbé. Il voulait aller mettre le feu au couvent, enlever sa maîtresse, ou se brûler avec elle. Mlle de Kerkabon, épouvantée, renonçait plus que jamais à toutes les espérances de voir son neveu sous-diacre, et disait en pleurant qu'il avait le diable au corps depuis qu'il était baptisé.

Chapitre VII *L'Ingénu repousse les Anglais*

L'Ingénu, plongé dans une sombre et profonde mélancolie, se promena vers le bord de la mer, son fusil à deux coups sur l'épaule, son grand coutelas au côté, tirant de temps en temps sur quelques oiseaux, et souvent tenté de tirer sur lui-même; mais il aimait encore la vie, à cause de Mlle de Saint-Yves. Tantôt il maudissait son oncle, sa tante, et toute la Basse-Bretagne, et son baptême; tantôt il les bénissait, puisqu'ils lui avaient fait connaître celle qu'il aimait. Il prenait sa résolution d'aller brûler le couvent, et il s'arrêtait tout court, de peur de brûler sa maîtresse. Les flots de la Manche ne sont pas plus agités par les vents d'est et d'ouest que son cœur l'était par tant de mouvements contraires.

Il marchait à grands pas, sans savoir où, lorsqu'il entendit le son du tambour. Il vit de loin tout un peuple[1] dont une moitié courait au rivage, et l'autre s'enfuyait.

Mille cris s'élèvent de tous côtés; la curiosité et le courage le précipitent à l'instant vers l'endroit d'où partaient ces clameurs[2]: il y vole en quatre bonds. Le commandant de la milice[3], qui

1. Peuple : foule.
2. Clameurs : cris.
3. Milice : troupe paramilitaire levée par tirage au sort.

avait soupé avec lui chez le prieur, le reconnut aussitôt; il court à lui, les bras ouverts: « Ah! c'est l'Ingénu, il combattra pour nous. » Et les milices, qui mouraient de peur, se rassurèrent et crièrent aussi: « C'est l'Ingénu! c'est l'Ingénu! »

« Messieurs, dit-il, de quoi s'agit-il? Pourquoi êtes-vous si effarés? A-t-on mis vos maîtresses dans des couvents? » Alors cent voix confuses s'écrient: « Ne voyez-vous pas les Anglais qui abordent? – Eh bien! répliqua le Huron, ce sont de braves gens; ils ne m'ont jamais proposé de me faire sous-diacre; ils ne m'ont point enlevé ma maîtresse. »

Le commandant lui fit entendre[1] que les Anglais venaient piller l'abbaye de la Montagne, boire le vin de son oncle, et peut-être enlever Mlle de Saint-Yves; que le petit vaisseau sur lequel il avait abordé en Bretagne n'était venu que pour reconnaître la côte; qu'ils faisaient des actes d'hostilité sans avoir déclaré la guerre au roi de France, et que la province était exposée. « Ah! si cela est, ils violent la loi naturelle; laissez-moi faire; j'ai demeuré longtemps parmi eux, je sais leur langue, je leur parlerai; je ne crois pas qu'ils puissent avoir un si méchant dessein[2]. »

Pendant cette conversation, l'escadre anglaise approchait; voilà le Huron qui court vers elle, se jette dans un petit bateau, arrive, monte au vaisseau amiral, et demande s'il est vrai qu'ils viennent ravager le pays sans avoir déclaré la guerre honnêtement. L'amiral et tout son bord[3] firent de grand éclats de rire, lui firent boire du punch, et le renvoyèrent.

1. **Entendre** : comprendre (sens classique).
2. **Dessein** : intention.
3. **Bord** : équipage.

L'Ingénu, piqué[1], ne songea plus qu'à se bien battre contre ses anciens amis, pour ses compatriotes et pour monsieur le prieur. Les gentilshommes du voisinage accouraient de toutes parts : il se joint à eux ; on avait quelques canons ; il les charge, il les pointe, il les tire l'un après l'autre. Les Anglais débarquent ; il court à eux, il en tue trois de sa main, il blesse même l'amiral, qui s'était moqué de lui. Sa valeur anime le courage de toute la milice ; les Anglais se rembarquent, et toute la côte retentissait des cris de victoire : « Vive le roi, vive l'Ingénu ! » Chacun l'embrassait, chacun s'empressait d'étancher le sang de quelques blessures légères qu'il avait reçues. « Ah ! disait-il, si Mlle de Saint-Yves était là, elle me mettrait une compresse. »

Le bailli, qui s'était caché dans sa cave pendant le combat, vint lui faire compliment comme les autres. Mais il fut bien surpris quand il entendit Hercule l'Ingénu dire à une douzaine de jeunes gens de bonne volonté, dont il était entouré : « Mes amis, ce n'est rien d'avoir délivré l'abbaye de la Montagne ; il faut délivrer une fille. » Toute cette bouillante jeunesse prit feu à ces seules paroles. On le suivait déjà en foule, on courait au couvent. Si le bailli n'avait pas sur-le-champ averti le commandant, si on n'avait pas couru après la troupe joyeuse, c'en était fait. On ramena l'Ingénu chez son oncle et sa tante, qui le baignèrent de larmes de tendresse.

« Je vois bien que vous ne serez jamais ni sous-diacre ni prieur, lui dit l'oncle ; vous serez un officier encore plus brave que mon frère le capitaine, et probablement aussi gueux[2]. » Et Mlle de Kerkabon pleurait toujours en l'embrassant, et

---

1. Piqué : vexé.
2. Gueux : miséreux, clochard.

en disant : « Il se fera tuer comme mon frère ; il vaudrait bien mieux qu'il fût sous-diacre. »

L'Ingénu, dans le combat, avait ramassé une grosse bourse remplie de guinées[1], que probablement l'amiral avait laissé tomber. Il ne douta pas qu'avec cette bourse il ne pût acheter toute la Basse-Bretagne, et surtout faire Mlle de Saint-Yves grande dame. Chacun l'exhorta de faire le voyage de Versailles pour y recevoir le prix[2] de ses services. Le commandant, les principaux officiers le comblèrent de certificats[3]. L'oncle et la tante approuvèrent le voyage du neveu. Il devait être, sans difficulté, présenté au roi : cela seul lui donnerait un prodigieux relief[4] dans la province. Ces deux bonnes gens ajoutèrent à la bourse anglaise un présent considérable de leurs épargnes. L'Ingénu disait en lui-même : « Quand je verrai le roi, je lui demanderai Mlle de Saint-Yves en mariage et certainement il ne me refusera pas. » Il partit donc aux acclamations de tout le canton, étouffé d'embrassements, baigné des larmes de sa tante, béni par son oncle, et se recommandant à la belle Saint-Yves.

Chapitre VIII
L'Ingénu va en cour. Il soupe en chemin avec des huguenots

L'Ingénu prit le chemin de Saumur par le coche[5], parce qu'il n'y avait point alors d'autre commodité. Quand il fut à Saumur, il s'étonna de trouver la ville presque déserte ; et de voir plusieurs

1. Guinées : monnaie anglaise de l'époque, valant une livre environ.

2. Prix : récompense.

3. Certificats : attestations écrites de ses services.

4. Relief : prestige.

5. Coche : voiture à cheval servant au transport des voyageurs.

familles qui déménageaient[1]. On lui dit que, six ans auparavant, Saumur contenait plus de quinze mille âmes, et qu'à présent il n'y en avait pas six mille. Il ne manqua pas d'en parler à souper dans son hôtellerie. Plusieurs protestants étaient à table : les uns se plaignaient amèrement, d'autres frémissaient de colère, d'autres disaient en pleurant : *Nos dulcia linquimus arva, nos patriam fugimus*[2]. L'Ingénu, qui ne savait pas le latin, se fit expliquer ces paroles, qui signifient : « Nous abandonnons nos douces campagnes, nous fuyons notre patrie. »

« Et pourquoi fuyez-vous votre patrie, messieurs ? – C'est qu'on veut que nous reconnaissions le pape. – Et pourquoi ne le reconnaîtriez-vous pas ? Vous n'avez donc point de marraines que vous vouliez épouser ? Car on m'a dit que c'était lui qui en donnait la permission. – Ah ! monsieur, ce pape dit qu'il est le maître du domaine des rois. – Mais, messieurs, de quelle profession êtes-vous ? – Monsieur, nous sommes pour la plupart des drapiers et des fabricants. – Si votre pape dit qu'il est le maître de vos draps et de vos fabriques, vous faites très bien de ne le pas reconnaître ; mais pour les rois, c'est leur affaire : de quoi vous mêlez-vous ? » Alors un petit homme noir[3] prit la parole, et exposa très savamment les griefs de la compagnie. Il parla de la révocation de l'édit de Nantes[4] avec tant d'énergie, il déplora d'une manière si pathétique le sort de cinquante mille

1. Saumur : ville protestante de l'Ouest de la France. La révocation de l'édit de Nantes (1685), qui privait les protestants du droit d'exercer leur culte, entraîna une émigration massive et la ruine de la ville.

2. Vers des *Bucoliques*, du poète latin Virgile (Ier siècle av. J.-C.).

3. Un petit homme noir : un pasteur protestant.

4. Édit de Nantes : promulgué par Henri IV en 1598 pour mettre fin aux guerres de religion, il accordait aux protestants la liberté religieuse et de culte.

familles fugitives et de cinquante mille autres converties par les dragons[1], que l'Ingénu à son tour versa des larmes. « D'où vient donc, disait-il, qu'un si grand roi, dont la gloire s'étend jusque chez les Hurons, se prive ainsi de tant de cœurs qui l'auraient aimé, et de tant de bras qui l'auraient servi ?

– C'est qu'on l'a trompé comme les autres grands rois, répondit l'homme noir. On lui a fait croire que, dès qu'il aurait dit un mot, tous les hommes penseraient comme lui ; et qu'il nous ferait changer de religion comme son musicien Lulli[2] fait changer en un moment les décorations de ses opéras. Non seulement il perd déjà cinq à six cent mille sujets très utiles, mais il s'en fait des ennemis ; et le roi Guillaume, qui est actuellement maître de l'Angleterre, a composé plusieurs régiments de ces mêmes Français qui auraient combattu pour leur monarque.

Un tel désastre est d'autant plus étonnant que le pape régnant, à qui Louis XIV sacrifie une partie de son peuple, est son ennemi déclaré. Ils ont encore tous deux, depuis neuf ans, une querelle violente[3]. Elle a été poussée si loin que la France a espéré enfin de voir briser le joug qui la soumet depuis tant de siècles à cet étranger et surtout de ne lui plus donner d'argent, ce qui est le premier mobile des affaires de ce monde. Il paraît donc évident qu'on a trompé ce grand roi sur ses intérêts comme sur l'étendue de son pouvoir, et qu'on a donné atteinte à la magnanimité[4] de son cœur. »

---

1. Dragons : soldats de Louis XIV chargés de persécuter les protestants pour obtenir leur conversion au catholicisme, ce dont ils s'acquittèrent avec une brutalité inouïe.

2. Lulli (1632-1687) : musicien français d'origine italienne qui fit une brillante carrière à la cour de Louis XIV et qui peut être considéré comme le créateur de l'opéra français.

3. Querelle violente : allusion à la querelle qui, de 1680 à 1693, opposa Louis XIV et le pape Innocent XI au sujet des revenus de certains évêchés.

4. Magnanimité : noblesse, générosité.

L'Ingénu, attendri de plus en plus, demanda quels étaient les Français qui trompaient ainsi un monarque si cher aux Hurons. « Ce sont les jésuites, lui répondit-on ; c'est surtout le père de La Chaise, confesseur de Sa Majesté[1]. Il faut espérer que Dieu les en punira un jour, et qu'ils seront chassés comme ils nous chassent. Y a-t-il un malheur égal aux nôtres ? Mons[2] de Louvois nous envoie de tous côtés des jésuites et des dragons. – Oh bien ! messieurs, répliqua l'Ingénu, qui ne pouvait plus se contenir, je vais à Versailles recevoir la récompense due à mes services ; je parlerai à ce mons de Louvois : on m'a dit que c'est lui qui fait la guerre, de son cabinet[3]. Je verrai le roi, je lui ferai connaître la vérité ; il est impossible qu'on ne se rende pas à cette vérité quand on la sent. Je reviendrai bientôt pour épouser Mlle de Saint-Yves, et je vous prie à la noce. » Ces bonnes gens le prirent alors pour un grand seigneur qui voyageait incognito par le coche. Quelques-uns le prirent pour le fou du roi[4].

Il y avait à table un jésuite déguisé qui servait d'espion au révérend père de La Chaise. Il lui rendait compte de tout, et le père de La Chaise en instruisait mons de Louvois. L'espion écrivit. L'Ingénu et la lettre arrivèrent presque en même temps à Versailles.

---

1. Père de La Chaise (1624-1709) : ce jésuite fut effectivement le confesseur particulier de Louis XIV. On l'a longtemps suspecté d'avoir pesé en faveur de la révocation de l'édit de Nantes.

2. Mons de Louvois : abréviation pour monseigneur (Mgr) de Louvois. Ministre de la Guerre de Louis XIV, personnage brutal et autoritaire, Louvois fit loger les dragons chez les protestants contre lesquels ils exercèrent toutes sortes de sévices (*dragonnades*).

3. Cabinet : bureau.

4. Fou du roi : bouffon attaché à la personne du roi et de certains grands seigneurs, à qui était accordé le droit de tout dire.

Chapitre IX
Arrivée de l'Ingénu à Versailles. Sa réception à la cour

L'Ingénu débarque en pot de chambre[1] dans la cour des cuisines. Il demande aux porteurs de chaise à quelle heure on peut voir le roi. Les porteurs lui rient au nez, tout comme avait fait l'amiral anglais. Il les traita de même, il les battit ; ils voulurent le lui rendre, et la scène allait être sanglante s'il n'eût passé un garde du corps, gentilhomme breton, qui écarta la canaille. « Monsieur, lui dit le voyageur, vous me paraissez un brave homme ; je suis le neveu de M. le prieur de Notre-Dame de la Montagne ; j'ai tué des Anglais, je viens parler au roi : je vous prie de me mener dans sa chambre. » Le garde, ravi de trouver un brave de sa province, qui ne paraissait pas au fait des usages de la cour, lui apprit qu'on ne parlait pas ainsi au roi, et qu'il fallait être présenté par Mgr de Louvois. « Eh bien ! menez-moi donc chez ce Mgr de Louvois, qui sans doute me conduira chez Sa Majesté. – Il est encore plus difficile, répliqua le garde, de parler à Mgr de Louvois qu'à Sa Majesté ; mais je vais vous conduire chez M. Alexandre, le premier commis[2] de la guerre : c'est comme si vous parliez au ministre. » Ils vont donc chez ce M. Alexandre, premier commis, et ils ne purent être introduits ; il était en affaire avec une dame de la cour, et il y avait ordre de ne laisser entrer personne. « Eh bien ! dit le garde, il n'y a rien de perdu ; allons chez le premier commis de M. Alexandre : c'est comme si vous parliez à M. Alexandre lui-même. »

1. Pot de chambre : « C'est une voiture de Paris à Versailles, laquelle ressemble à un petit tombereau couvert » (note de Voltaire).
2. Commis : équivalent de nos hauts fonctionnaires.

Le Huron, tout étonné, le suit ; ils restent ensemble une demi-heure dans une petite antichambre[1]. « Qu'est-ce donc que tout ceci ? dit l'Ingénu ; est-ce que tout le monde est invisible dans ce pays-ci ? Il est bien plus aisé de se battre en Basse-Bretagne contre des Anglais que de rencontrer à Versailles les gens à qui on a affaire. » Il se désennuya en racontant ses amours à son compatriote. Mais l'heure en sonnant rappela le garde du corps à son poste. Ils se promirent de se revoir le lendemain, et l'Ingénu resta encore une autre demi-heure dans l'antichambre, en rêvant à Mlle de Saint-Yves, et à la difficulté de parler aux rois et aux premiers commis.

Enfin le patron[2] parut. « Monsieur, lui dit l'Ingénu, si j'avais attendu pour repousser les Anglais aussi longtemps que vous m'avez fait attendre mon audience, ils ravageraient actuellement la Basse-Bretagne tout à leur aise. » Ces paroles frappèrent le commis. Il dit enfin au Breton : « Que demandez-vous ? – Récompense, dit l'autre ; voici les titres. » Il lui étala tous ses certificats[3]. Le commis lut, et lui dit que probablement on lui accorderait la permission d'acheter une lieutenance[4]. « Moi ! que je donne de l'argent pour avoir repoussé les Anglais ? que je paye le droit de me faire tuer pour vous, pendant que vous donnez ici vos audiences tranquillement ? Je crois que vous voulez rire. Je veux une compagnie de cavalerie pour rien ; je veux que le roi fasse sortir Mlle de Saint-Yves du

1. **Antichambre** : pièce d'entrée où l'on fait attendre les visiteurs.

2. **Patron** : personnage puissant qui accorde sa protection ; il s'agit du premier commis de M. Alexandre.

3. **Certificats** : attestations écrites de ses services.

4. **Acheter une lieutenance** : sous l'Ancien Régime, on pouvait en effet acheter une charge militaire.

couvent, et qu'il me la donne par mariage. Je veux parler au roi en faveur de cinquante mille familles que je prétends lui rendre ; en un mot, je veux être utile : qu'on m'emploie et qu'on m'avance.

– Comment vous nommez-vous, monsieur, qui parlez si haut ? – Oh ! oh ! reprit l'Ingénu, vous n'avez donc pas lu mes certificats ? C'est donc ainsi qu'on en use ? Je m'appelle Hercule de Kerkabon ; je suis baptisé, je loge au Cadran bleu[1], et je me plaindrai de vous au roi. » Le commis conclut, comme les gens de Saumur, qu'il n'avait pas la tête bien saine, et n'y fit pas grande attention.

Ce même jour, le révérend père La Chaise, confesseur de Louis XIV, avait reçu la lettre de son espion, qui accusait le Breton Kerkabon de favoriser dans son cœur les huguenots, et de condamner la conduite des jésuites. M. de Louvois, de son côté, avait reçu une lettre de l'interrogant bailli, qui dépeignait l'Ingénu comme un garnement qui voulait brûler les couvents et enlever les filles.

L'Ingénu, après s'être promené dans les jardins de Versailles, où il s'ennuya, après avoir soupé en Huron et en Bas-Breton, s'était couché dans la douce espérance de voir le roi le lendemain, d'obtenir Mlle de Saint-Yves en mariage, d'avoir au moins une compagnie de cavalerie, et de faire cesser la persécution contre les huguenots. Il se berçait de ces flatteuses idées, quand la maréchaussée[2] entra dans sa chambre. Elle se saisit d'abord de son fusil à deux coups et de son grand sabre.

1. Cadran bleu : cette auberge a réellement existé.

2. Maréchaussée : sous l'Ancien Régime, corps de cavaliers chargé de maintenir l'ordre public.

On fit un inventaire de son argent comptant, et on le mena dans le château que fit construire le roi Charles V, fils de Jean II, auprès de la rue Saint-Antoine, à la porte des Tournelles[1].

Quel était en chemin l'étonnement de l'Ingénu, je vous le laisse à penser. Il crut d'abord que c'était un rêve. Il resta dans l'engourdissement ; puis tout à coup, transporté d'une fureur qui redoublait ses forces, il prend à la gorge deux de ses conducteurs, qui étaient avec lui dans le carrosse, les jette par la portière, se jette après eux, et entraîne le troisième, qui voulait le retenir. Il tombe de l'effort, on le lie, on le remonte dans la voiture. « Voilà donc, disait-il, ce que l'on gagne à chasser les Anglais de la Basse-Bretagne ! Que dirais-tu, belle Saint-Yves, si tu me voyais dans cet état ? »

On arrive enfin au gîte[2] qui lui était destiné. On le porte en silence dans la chambre où il devait être enfermé, comme un mort qu'on porte dans un cimetière. Cette chambre était déjà occupée par un vieux solitaire de Port-Royal[3], nommé Gordon, qui y languissait depuis deux ans. « Tenez, lui dit le chef des sbires[4], voilà de la compagnie que je vous amène » ; et sur-le-champ on referma les énormes verrous de la porte épaisse, revêtue de larges barres. Les deux captifs restèrent séparés de l'univers entier.

---

1. Le château en question est la prison de la Bastille.

2. Gîte : en l'occurrence la prison.

3. Solitaires (ou encore « messieurs ») de Port-Royal : chrétiens qui s'étaient retirés pour vivre dans l'austérité près de l'abbaye féminine de Port-Royal-des-Champs, haut lieu du jansénisme. Louis XIV, opposé aux jansénistes, ordonna sa destruction en 1712.

4. Sbires : agents de police.

Chapitre X
L'Ingénu enfermé à la Bastille avec un janséniste[1]

M. Gordon était un vieillard frais et serein, qui savait deux grandes choses : supporter l'adversité[2] et consoler les malheureux. Il s'avança d'un air ouvert et compatissant vers son compagnon, et lui dit en l'embrassant : « Qui que vous soyez, qui venez partager mon tombeau, soyez sûr que je m'oublierai toujours moi-même pour adoucir vos tourments dans l'abîme infernal où nous sommes plongés. Adorons la Providence qui nous y a conduits, souffrons en paix, et espérons. » Ces paroles firent sur l'âme de l'Ingénu l'effet des gouttes d'Angleterre[3], qui rappellent un mourant à la vie, et lui font entrouvrir des yeux étonnés.

Après les premiers compliments, Gordon, sans le presser de lui apprendre la cause de son malheur, lui inspira, par la douceur de son entretien, et par cet intérêt que prennent deux malheureux l'un à l'autre, le désir d'ouvrir son cœur et de déposer le fardeau qui l'accablait, mais il ne pouvait deviner le sujet de son malheur : cela lui paraissait un effet sans cause, et le bonhomme[4] Gordon était aussi étonné que lui-même.

---

1. Janséniste : adepte du *jansénisme*, mouvement religieux issu de la pensée de Jansénius, théologien flamand auteur de l'*Augustinus* (1640), qui divise profondément l'Église catholique aux XVIIe et XVIIIe siècles. Le conflit a aussi une dimension politique, les jansénistes étant hostiles à l'absolutisme royal et contestant la monarchie de droit divin.

2. Adversité : malheur.

3. Gouttes d'Angleterre : préparation médicamenteuse revigorante à base de sel d'ammoniaque, inventée au XVIIe siècle par un médecin londonien du nom de Goddard.

4. Bonhomme : homme bon.

« Il faut, dit le janséniste au Huron, que Dieu ait de grands desseins sur vous, puisqu'il vous a conduit du lac Ontario en Angleterre et en France, qu'il vous a fait baptiser en Basse-Bretagne, et qu'il vous a mis ici pour votre salut. – Ma foi, répondit l'Ingénu, je crois que le diable s'est mêlé seul de ma destinée. Mes compatriotes d'Amérique ne m'auraient jamais traité avec la barbarie que j'éprouve ; ils n'en ont pas d'idée. On les appelle *sauvages* ; ce sont des gens de bien grossiers, et les hommes de ce pays-ci sont des coquins raffinés. Je suis, à la vérité, bien surpris d'être venu d'un autre monde pour être enfermé dans celui-ci sous quatre verrous avec un prêtre ; mais je fais réflexion [1] au nombre prodigieux d'hommes qui partent d'un hémisphère pour aller se faire tuer dans l'autre, ou qui font naufrage en chemin, et qui sont mangés des poissons : je ne vois pas les gracieux desseins de Dieu sur tous ces gens-là. »

On leur apporta à dîner par un guichet. La conversation roula sur la Providence, sur les lettres de cachet [2], et sur l'art de ne pas succomber aux disgrâces auxquelles tout homme est exposé dans ce monde. « Il y a deux ans que je suis ici, dit le vieillard, sans autre consolation que moi-même et des livres ; je n'ai pas eu un moment de mauvaise humeur.

– Ah ! monsieur Gordon, s'écria l'Ingénu, vous n'aimez donc pas votre marraine ? Si vous connaissiez comme moi Mlle de Saint-Yves, vous seriez au désespoir. » À ces mots il ne put retenir ses larmes, et il se sentit alors un peu moins oppressé. « Mais, dit-il, pourquoi donc les larmes soulagent-elles ? Il me semble qu'elles devraient faire un effet contraire. – Mon fils,

1. Je fais réflexion : je pense.

2. Lettre de cachet : lettre au cachet du roi, contenant un ordre d'exil ou d'emprisonnement, en dehors de tout jugement.

tout est physique en nous, dit le bon vieillard ; toute sécrétion fait du bien au corps ; et tout ce qui le soulage soulage l'âme : nous sommes les machines de la Providence. »

L'Ingénu, qui, comme nous l'avons dit plusieurs fois, avait un grand fonds d'esprit, fit de profondes réflexions sur cette idée, dont il semblait qu'il avait la semence en lui-même. Après quoi il demanda à son compagnon pourquoi sa machine était depuis deux ans sous quatre verrous. « Par la grâce efficace[1], répondit Gordon ; je passe pour janséniste : j'ai connu Arnauld et Nicole[2] ; les jésuites nous ont persécutés. Nous croyons que le pape n'est qu'un évêque comme un autre ; et c'est pour cela que le père de La Chaise a obtenu du roi, son pénitent, un ordre de me ravir, sans aucune formalité de justice, le bien le plus précieux des hommes, la liberté. – Voilà qui est bien étrange, dit l'Ingénu ; tous les malheureux que j'ai rencontrés ne le sont qu'à cause du pape.

« À l'égard de votre grâce efficace, je vous avoue que je n'y entends rien ; mais je regarde comme une grande grâce que Dieu m'ait fait trouver dans mon malheur un homme comme vous, qui verse dans mon cœur des consolations dont je me croyais incapable. »

Chaque jour la conversation devenait plus intéressante et plus instructive. Les âmes des deux captifs s'attachaient l'une à l'autre. Le vieillard savait beaucoup, et le jeune homme

1. Grâce efficace : une des notions théologiques qui ont déclenché d'âpres controverses entre les jansénistes et les jésuites. Pour les premiers, l'homme ne peut être sauvé que par Dieu qui n'accorde sa grâce qu'à un petit nombre d'élus (*grâce efficace*). Pour les seconds, Dieu a donné à tous les hommes les moyens de faire eux-mêmes leur salut (*grâce suffisante*).

2. Arnauld (1612-1694) **et Nicole** (1625-1695) : deux théologiens célèbres du jansénisme.

voulait beaucoup apprendre. Au bout d'un mois il étudia la géométrie ; il la dévorait. Gordon lui fit lire la *Physique* de Rohault[1], qui était encore à la mode, et il eut le bon esprit de n'y trouver que des incertitudes.

Ensuite il lut le premier volume de la *Recherche de la vérité*[2]. Cette nouvelle lumière l'éclaira. « Quoi ! dit-il, notre imagination et nos sens nous trompent à ce point ! quoi ! les objets ne forment point nos idées, et nous ne pouvons nous les donner nous-mêmes ! » Quand il eut lu le second volume, il ne fut plus si content, et il conclut qu'il est plus aisé de détruire que de bâtir.

Son confrère, étonné qu'un jeune ignorant fît cette réflexion, qui n'appartient qu'aux âmes exercées, conçut une grande idée de son esprit, et s'attacha à lui davantage.

« Votre Malebranche, lui dit un jour l'Ingénu, me paraît avoir écrit la moitié de son livre avec sa raison, et l'autre avec son imagination et ses préjugés. »

Quelques jours après, Gordon lui demanda : « Que pensez-vous donc de l'âme, de la manière dont nous recevons nos idées ? de notre volonté, de la grâce, du libre arbitre[3] ? – Rien, lui repartit l'Ingénu ; si je pensais quelque chose, c'est que nous sommes sous la puissance de l'Être éternel comme les astres et les éléments ; qu'il fait tout en nous, que nous sommes de petites roues de la machine immense dont il est l'âme ; qu'il agit par des lois générales, et non par des vues particulières ;

1. Rohault (1618-1672) : physicien français, brillant vulgarisateur de la pensée cartésienne.

2. *De la recherche de la vérité* : ouvrage de Malebranche (1638-1715), philosophe et théologien français.

3. Libre arbitre : synonyme de liberté ; capacité de se déterminer par soi-même.

cela seul me paraît intelligible, tout le reste est pour moi un abîme de ténèbres.

– Mais, mon fils, ce serait faire Dieu auteur du péché !

– Mais, mon père, votre grâce efficace ferait Dieu auteur du péché aussi : car il est certain que tous ceux à qui cette grâce serait refusée pécheraient ; et qui nous livre au mal n'est-il pas l'auteur du mal ? »

Cette naïveté embarrassait fort le bonhomme ; il sentait qu'il faisait de vains efforts pour se tirer de ce bourbier, et il entassait tant de paroles qui paraissaient avoir du sens et qui n'en avaient point (dans le goût de la prémotion physique[1]), que l'Ingénu en avait pitié. Cette question tenait évidemment à l'origine du bien et du mal ; et alors il fallait que le pauvre Gordon passât en revue la boîte de Pandore, l'œuf d'Orosmade percé par Arimane, l'inimitié entre Typhon et Osiris, et enfin le péché originel[2] ; et ils couraient l'un et l'autre dans cette nuit profonde, sans jamais se rencontrer. Mais enfin ce roman de l'âme détournait leur vue de la contemplation de leur propre misère, et, par un charme étrange, la foule des calamités[3] répandues sur l'univers diminuait la sensation de leurs peines : ils n'osaient se plaindre quand tout souffrait.

Mais, dans le repos de la nuit, l'image de la belle Saint-Yves effaçait dans l'esprit de son amant toutes les idées de métaphysique et de morale. Il se réveillait les yeux mouillés de larmes ; et le vieux janséniste oubliait sa grâce efficace, et

1. **Prémotion physique** : doctrine théologique selon laquelle Dieu agit directement sur la volonté de l'homme.

2. **Boîte de Pandore [...] péché originel** : Gordon évoque successivement les mythes grec, persan, égyptien, chrétien sur l'origine du mal.

3. **Calamités** : grands malheurs, catastrophes.

l'abbé de Saint-Cyran, et Jansénius[1], pour consoler un jeune homme qu'il croyait en péché mortel.

Après leurs lectures, après leurs raisonnements, ils parlaient encore de leurs aventures ; et après en avoir inutilement parlé, ils lisaient ensemble ou séparément. L'esprit du jeune homme se fortifiait de plus en plus. Il serait surtout allé très loin en mathématiques sans les distractions que lui donnait Mlle de Saint-Yves.

Il lut des histoires, elles l'attristèrent. Le monde lui parut trop méchant et trop misérable. En effet, l'histoire n'est que le tableau des crimes et des malheurs. La foule des hommes innocents et paisibles disparaît toujours sur ces vastes théâtres. Les personnages ne sont que des ambitieux pervers. Il semble que l'histoire ne plaise que comme la tragédie, qui languit si elle n'est animée par les passions, les forfaits et les grandes infortunes. Il faut armer Clio du poignard comme Melpomène[2].

Quoique l'histoire de France soit remplie d'horreurs, ainsi que toutes les autres, cependant elle lui parut si dégoûtante dans ses commencements, si sèche dans son milieu, si petite enfin, même du temps de Henri IV, toujours si dépourvue de grands monuments, si étrangère à ces belles découvertes qui ont illustré d'autres nations, qu'il était obligé de lutter contre l'ennui pour lire tous ces détails de calamités obscures resserrées dans un coin du monde.

Gordon pensait comme lui. Tous deux riaient de pitié quand il était question des souverains de Fezensac, de Fesansaguet, et

1. Abbé de Saint-Cyran et Jansénius : théologiens français (1581-1643) et néerlandais (1585-1638). Directeur de conscience des religieuses de Port-Royal, Saint-Cyran est l'un des acteurs de la diffusion du jansénisme à partir de l'*Augustinus*, l'ouvrage de son ami Jansénius.

2. Clio, Melpomène : deux des neuf Muses ; Clio est la patronne de l'Histoire et Melpomène celle de la tragédie.

d'Astarac[1]. Cette étude en effet en serait bonne que pour leurs héritiers, s'ils en avaient. Les beaux siècles de la république romaine le rendirent quelque temps indifférent pour le reste de la terre. Le spectacle de Rome victorieuse et législatrice des nations occupait son âme entière. Il s'échauffait en contemplant ce peuple qui fut gouverné sept cents ans par l'enthousiasme de la liberté et de la gloire.

Ainsi se passaient les jours, les semaines, les mois ; et il se serait cru heureux dans le séjour du désespoir, s'il n'avait point aimé.

Son bon naturel s'attendrissait encore sur le bon prieur de Notre-Dame de la Montagne, et sur la sensible Kerkabon. « Que penseront-ils, répétait-il souvent, quand ils n'auront point de mes nouvelles ? Ils me croiront un ingrat. » Cette idée le tourmentait ; il plaignait ceux qui l'aimaient, beaucoup plus qu'il ne se plaignait lui-même.

Chapitre XI *Comment l'Ingénu développe son génie*

La lecture agrandit l'âme, et un ami éclairé la console. Notre captif jouissait de ces deux avantages qu'il n'avait pas soupçonnés auparavant. « Je serais tenté, dit-il, de croire aux métamorphoses, car j'ai été changé de brute en homme. » Il se forma une bibliothèque choisie d'une partie de son argent dont on lui permettait de disposer. Son ami l'encouragea à mettre par écrit ses réflexions. Voici ce qu'il écrivit sur l'histoire ancienne :

1. Fezensac, de Fesensaguet et Astarac : trois petits comtés de la région d'Armagnac.

Je m'imagine que les nations ont été longtemps comme moi, qu'elles ne se sont instruites que fort tard, qu'elles n'ont été occupées pendant des siècles que du moment présent qui coulait, très peu du passé, et jamais de l'avenir. J'ai parcouru cinq ou six cents lieues du Canada, je n'y ai pas trouvé un seul monument; personne n'y sait rien de ce qu'a fait son bisaïeul[1]*. Ne serait-ce pas là l'état naturel de l'homme? L'espèce de ce continent-ci me paraît supérieure à celle de l'autre. Elle a augmenté son être depuis plusieurs siècles par les arts et par les connaissances. Est-ce parce qu'elle a de la barbe au menton, et que Dieu a refusé la barbe aux Américains? Je ne le crois pas; car je vois que les Chinois n'ont presque point de barbe, et qu'ils cultivent les arts depuis plus de cinq mille années. En effet, s'ils ont plus de quatre mille ans d'annales*[2]*, il faut bien que la nation ait été rassemblée et florissante depuis plus de cinquante siècles.*

Une chose me frappe surtout dans cette ancienne histoire de la Chine, c'est que presque tout y est vraisemblable et naturel. Je l'admire en ce qu'il n'y a rien de merveilleux[3]*.*

Pourquoi toutes les autres nations se sont-elles donné des origines fabuleuses? Les anciens chroniqueurs de l'histoire de France, qui ne sont pas fort anciens, font venir les Français d'un Francus, fils d'Hector. Les Romains se disaient issus d'un Phrygien, quoiqu'il n'y eût pas dans leur langue un seul mot qui eût le moindre rapport à la langue de Phrygie[4]*. Les dieux avaient habité dix mille ans en Égypte et les diables en Scythie, où ils avaient engendré les Huns. Je ne vois, avant Thucydide*[5]*, que des*

---

1. Bisaïeul: arrière-grand-père.

2. Annales: ouvrages rapportant les événements année par année, chroniques.

3. Merveilleux: miraculeux.

4. Phrygie: ancienne contrée d'Asie Mineure (aujourd'hui Turquie d'Asie).

5. Thucydide (465-368 av. J.-C.): illustre historien grec, auteur de *l'Histoire de la guerre du Péloponnèse*.

romans semblables aux Amadis[1]*, et beaucoup moins amusants. Ce sont partout des apparitions, des oracles, des prodiges, des sortilèges, des métamorphoses, des songes expliqués, et qui font la destinée des plus grands empires et des plus petits États : ici des bêtes qui parlent, là des bêtes qu'on adore, des dieux transformés en hommes, et des hommes transformés en dieux. Ah ! s'il nous faut des fables*[2]*, que ces fables soient du moins l'emblème*[3] *de la vérité ! J'aime les fables des philosophes, je ris de celles des enfants, et je hais celles des imposteurs*[4].

Il tomba un jour sur une histoire de l'empereur Justinien[5]. On y lisait que des apédeutes[6] de Constantinople avaient donné, en très mauvais grec, un édit[7] contre le plus grand capitaine du siècle[8], parce que ce héros avait prononcé ces paroles dans la chaleur de la conversation : *La vérité luit de sa propre lumière, et on n'éclaire pas les esprits avec les flammes des bûchers.* Les apédeutes assurèrent que cette proposition était hérétique, sentant l'hérésie, et que l'axiome[9] contraire était catholique, universel, et grec : *On n'éclaire les esprits qu'avec la flamme des bûchers, et la vérité ne saurait luire de sa propre lumière.* Ces linostoles[10] condamnèrent ainsi plusieurs discours du capitaine, et donnèrent un édit.

---

1. ***Amadis*** : cycle de romans de chevalerie qui connurent un énorme succès au XIVe siècle, et dont l'un des plus célèbres est *Amadis de Gaule*.

2. Fables : histoires inventées.

3. Emblème : symbole.

4. Celles des imposteurs : les fables de la religion.

5. Justinien (482-565) : empereur de l'Empire romain d'Orient.

6. Apédeute : mot construit par Voltaire sur un adjectif grec signifiant « sans éducation ».

7. Édit : acte législatif émanant du roi.

8. Il s'agit de Bélisaire, le célèbre général de Justinien.

9. Axiome : maxime, sentence.

10. Linostoles : autre mot forgé par Voltaire à partir du grec, signifiant « habillés de lin » et renvoyant aux docteurs en théologie de la Sorbonne.

« Quoi ! s'écria l'Ingénu, des édits rendus par ces gens-là ! – Ce ne sont point des édits, répliqua Gordon, ce sont des contre-édits dont tout le monde se moquait à Constantinople, et l'empereur tout le premier : c'était un sage prince, qui avait su réduire les apédeutes linostoles à ne pouvoir faire que du bien. Il savait que ces messieurs-là et plusieurs autres pastophores[1] avaient lassé de contre-édits la patience des empereurs ses prédécesseurs en matière plus grave. – Il fit fort bien, dit l'Ingénu ; on doit soutenir les pastophores et les contenir. »

Il mit par écrit beaucoup d'autres réflexions qui épouvantèrent le vieux Gordon. « Quoi ! dit-il en lui-même, j'ai consumé cinquante ans à m'instruire, et je crains de ne pouvoir atteindre au bon sens naturel de cet enfant presque sauvage ! je tremble d'avoir laborieusement fortifié des préjugés ; il n'écoute que la simple nature. »

Le bonhomme avait quelques-uns de ces petits livres de critique, de ces brochures périodiques où des hommes incapables de rien produire dénigrent[2] les productions des autres, où les Visé insultent aux Racine, et les Faydit aux Fénelon[3]. L'Ingénu en parcourut quelques-uns. « Je les compare, disait-il, à certains moucherons qui vont déposer leurs œufs dans le derrière des plus beaux chevaux : cela ne les empêche pas de courir. » À peine les deux philosophes daignèrent jeter les yeux sur ces excréments de la littérature.

1. **Pastophores** : autre mot créé par Voltaire à partir du grec *pastophoros* qui désigne les prêtres chargés de porter les statuettes de la divinité dans les temples, et dont il fait un synonyme de « prêtres ».

2. **Dénigrent** : critiquent.

3. **Les Visé insultent aux Racine et les Faydit au Fénelon** : au XVIIe siècle, Donneau de Visé (1638-1710) et Faydit (1640-1709), deux auteurs de second ordre, critiquèrent respectivement Racine et Fénelon.

Ils lurent bientôt ensemble les éléments de l'astronomie; l'Ingénu fit venir des sphères: ce grand spectacle le ravissait. « Qu'il est dur, disait-il, de ne commencer à connaître le ciel que lorsqu'on me ravit le droit de le contempler! Jupiter et Saturne roulent dans ces espaces immenses; des millions de soleils éclairent des milliards de mondes; et dans le coin de terre où je suis jeté, il se trouve des êtres qui me privent, moi être voyant et pensant, de tous ces mondes où ma vue pourrait atteindre, et de celui où Dieu m'a fait naître! La lumière faite pour tout l'univers est perdue pour moi. On ne me la cachait pas dans l'horizon septentrional[1] où j'ai passé mon enfance et ma jeunesse. Sans vous, mon cher Gordon, je serais ici dans le néant. »

Chapitre XII
Ce que l'Ingénu pense des pièces de théâtre

Le jeune Ingénu ressemblait à un de ces arbres vigoureux qui, nés dans un sol ingrat, étendent en peu de temps leurs racines et leurs branches quand ils sont transplantés dans un terrain favorable; et il était bien extraordinaire qu'une prison fût ce terrain.

Parmi les livres qui occupaient le loisir des deux captifs, il se trouva des poésies, des traductions de tragédies grecques, quelques pièces du théâtre français. Les vers qui parlaient d'amour portèrent à la fois dans l'âme de l'Ingénu le plaisir et la douleur. Ils lui parlaient tous de sa chère Saint-Yves. La fable

1. Septentrional : situé au nord.

des *Deux Pigeons*[1] lui perça le cœur : il était bien loin de pouvoir revenir à son colombier.

Molière l'enchanta. Il lui faisait connaître les mœurs de Paris et du genre humain. « À laquelle de ses comédies donnez-vous la préférence ? – Au *Tartuffe*[2], sans difficulté. – Je pense comme vous, dit Gordon ; c'est un tartufe qui m'a plongé dans ce cachot, et peut-être ce sont des tartufes qui ont fait votre malheur. Comment trouvez-vous ces tragédies grecques ? – Bonnes pour des Grecs », dit l'Ingénu. Mais quand il lut l'*Iphigénie* moderne, *Phèdre*, *Andromaque*, *Athalie*[3], il fut en extase, il soupira, il versa des larmes, il les sut par cœur sans avoir envie de les apprendre.

« Lisez *Rodogune*[4], lui dit Gordon : on dit que c'est le chef-d'œuvre du théâtre ; les autres pièces qui vous ont fait tant de plaisir sont peu de chose en comparaison. » Le jeune homme, dès la première page, lui dit : « Cela n'est pas du même auteur. – À quoi le voyez-vous ? – Je n'en sais rien encore ; mais ces vers-là ne vont ni à mon oreille ni à mon cœur. – Oh ! ce n'est rien que les vers », répliqua Gordon. L'Ingénu répondit : « Pourquoi donc en faire ? »

Après avoir lu très attentivement la pièce, sans autre dessein[5] que celui d'avoir du plaisir, il regardait son ami avec des yeux secs et étonnés, et ne savait que dire. Enfin, pressé de

1. ***Les Deux Pigeons*** : fable de La Fontaine (livre IX).
2. ***Tartuffe*** : pièce de Molière (1664), qui dénonce les faux dévots. Le terme (qui prend un *f* ou deux *f*) est passé dans le langage courant pour désigner un hypocrite, un fourbe.
3. ***Iphigénie*** (1674), ***Phèdre*** (1677), ***Andromaque*** (1667), ***Athalie*** (1691) : tragédies de Racine.
4. ***Rodogune*** : tragédie de Corneille, publiée en 1644.
5. **Dessein** : projet.

rendre compte de ce qu'il avait senti, voici ce qu'il répondit : « Je n'ai guère entendu[1] le commencement ; j'ai été révolté du milieu ; la dernière scène m'a beaucoup ému, quoiqu'elle me paraisse peu vraisemblable ; je ne me suis intéressé pour personne, et je n'ai pas retenu vingt vers, moi qui les retiens tous quand ils me plaisent.

– Cette pièce passe pourtant pour la meilleure que nous ayons. – Si cela est, répliqua-t-il, elle est peut-être comme bien des gens qui ne méritent pas leurs places. Après tout, c'est ici une affaire de goût ; le mien ne doit pas encore être formé ; je peux me tromper ; mais vous savez que je suis assez accoutumé à dire ce que je pense, ou plutôt ce que je sens. Je soupçonne qu'il y a souvent de l'illusion, de la mode, du caprice, dans les jugements des hommes. J'ai parlé d'après la nature : il se peut que chez moi la nature soit très imparfaite ; mais il se peut aussi qu'elle soit quelquefois peu consultée par la plupart des hommes. » Alors il récita des vers d'*Iphigénie*[2], dont il était plein, et quoiqu'il ne déclamât pas bien, il y mit tant de vérité et d'onction[3] qu'il fit pleurer le vieux janséniste. Il lut ensuite *Cinna*[4] : il ne pleura point, mais il admira. « Je suis fâché pourtant, dit-il, que cette brave fille reçoive tous les jours des rouleaux[5] de l'homme qu'elle veut faire assassiner. Je lui dirais volontiers ce que j'ai lu dans *Les Plaideurs*[6] : Eh ! rendez donc l'argent ! »

1. **Entendu** : compris (sens classique).
2. Pour Voltaire, *Iphigénie* est le chef-d'œuvre de la tragédie classique.
3. **Onction** : ce qui, dans un écrit ou des paroles, touche le cœur.
4. ***Cinna*** : célèbre tragédie de Corneille (1640).
5. **Rouleaux** : rouleaux de pièces d'or et d'argent.
6. ***Les Plaideurs*** : comédie de Racine (1668).

Chapitre XIII
La belle Saint-Yves va à Versailles

Pendant que notre infortuné s'éclairait plus qu'il ne se consolait; pendant que son génie[1], étouffé depuis si longtemps, se déployait avec tant de rapidité et de force; pendant que la nature, qui se perfectionnait en lui, le vengeait des outrages de la fortune, que devinrent monsieur le prieur et sa bonne sœur, et la belle recluse Saint-Yves ? Le premier mois, on fut inquiet, et au troisième on fut plongé dans la douleur : les fausses conjectures[2], les bruits mal fondés, alarmèrent; au bout de six mois, on le crut mort. Enfin M. et Mlle de Kerkabon apprirent, par une ancienne lettre qu'un garde du roi avait écrite en Bretagne, qu'un jeune homme semblable à l'Ingénu était arrivé un soir à Versailles, mais qu'il avait été enlevé pendant la nuit, et que depuis ce temps personne n'en avait entendu parler.

« Hélas ! dit Mlle de Kerkabon, notre neveu aura fait quelque sottise, et se sera attiré de fâcheuses affaires. Il est jeune, il est Bas-Breton, il ne peut savoir comme on doit se comporter à la cour. Mon cher frère, je n'ai jamais vu Versailles ni Paris; voici une belle occasion, nous retrouverons peut-être notre pauvre neveu : c'est le fils de notre frère, notre devoir est de le secourir. Qui sait si nous ne pourrons point parvenir enfin à le faire sous-diacre, quand la fougue de la jeunesse sera amortie ? Il avait beaucoup de dispositions pour les sciences[3]. Vous souvenez-vous comme il raisonnait sur l'Ancien et sur le Nouveau Testament[4] ?

---

1. Génie : esprit.
2. Conjectures : hypothèses.
3. Les sciences : ici, au sens classique d'« études ».
4. Ancien et Nouveau Testament : les deux livres de la Bible.

Nous sommes responsables de son âme ; c'est nous qui l'avons fait baptiser ; sa chère maîtresse Saint-Yves passe les journées à pleurer. En vérité il faut aller à Paris. S'il est caché dans quelqu'une de ces vilaines maisons de joie[1] dont on m'a fait tant de récits, nous l'en tirerons. » Le prieur fut touché des discours de sa sœur. Il alla trouver l'évêque de Saint-Malo qui avait baptisé le Huron, et lui demanda sa protection et ses conseils. Le prélat approuva le voyage. Il donna au prieur des lettres de recommandation pour le père de La Chaise, confesseur du roi, qui avait la première dignité du royaume, pour l'archevêque de Paris Harlay[2], et pour l'évêque de Meaux Bossuet[3].

Enfin le frère et la sœur partirent ; mais, quand ils furent arrivés à Paris, ils se trouvèrent égarés comme dans un vaste labyrinthe, sans fil et sans issue. Leur fortune était médiocre, il leur fallait tous les jours des voitures pour aller à la découverte, et ils ne découvraient rien.

Le prieur se présenta chez le révérend père de La Chaise : il était avec Mlle du Tron[4], et ne pouvait donner audience à des prieurs. Il alla à la porte de l'archevêque : le prélat était enfermé avec la belle Mme de Lesdiguières pour les affaires de l'Église. Il courut à la maison de campagne de l'évêque de Meaux : celui-ci examinait, avec Mlle de Mauléon, l'amour mystique de Mme Guyon[5]. Cependant il parvint à se faire

1. Maisons de joie : maisons de prostitution.

2. Il s'agit de Harley de Champvallon, qui aimait beaucoup les femmes, et dont la liaison avec Mme de Lesdiguières (voir ci-dessous l. 43) était connue de toute la cour.

3. Bossuet (1627-1704) : grand écrivain et grand prédicateur français.

4. Mlle du Tron : nièce du premier valet de chambre de Louis XIV.

5. Mme Guyon (1648-1717) : fervente chrétienne dont la doctrine mystique (le *quiétisme*) séduisit Fénelon mais fut en butte à l'hostilité de Bossuet.

entendre de ces deux prélats ; tous deux lui déclarèrent qu'ils ne pouvaient se mêler de son neveu, attendu qu'il n'était pas sous-diacre.

Enfin il vit le jésuite ; celui-ci le reçut à bras ouverts, lui protesta[1] qu'il avait toujours eu pour lui une estime particulière, ne l'ayant jamais connu. Il jura que la Société[2] avait toujours été attachée aux Bas-Bretons. « Mais, dit-il, votre neveu n'aurait-il pas le malheur d'être huguenot ? – Non, assurément, mon révérend père. – Serait-il point janséniste ? – Je puis assurer à Votre Révérence qu'à peine est-il chrétien. Il y a environ onze mois que nous l'avons baptisé. – Voilà qui est bien, voilà qui est bien ; nous aurons soin de lui. Votre bénéfice[3] est-il considérable ? – Oh ! fort peu de chose, et mon neveu nous coûte beaucoup. – Y a-t-il quelques jansénistes dans le voisinage ? Prenez bien garde, mon cher monsieur le prieur, ils sont plus dangereux que les huguenots et les athées. – Mon Révérend Père, nous n'en avons point ; on ne sait ce que c'est que le jansénisme à Notre-Dame de la Montagne. – Tant mieux ; allez, il n'y a rien que je ne fasse pour vous. » Il congédia affectueusement le prieur, et n'y pensa plus.

Le temps s'écoulait, le prieur et la bonne sœur se désespéraient.

Cependant le maudit bailli pressait le mariage de son grand benêt de fils avec la belle Saint-Yves, qu'on avait fait sortir exprès du couvent. Elle aimait toujours son cher filleul autant qu'elle détestait le mari qu'on lui présentait. L'affront d'avoir été mise dans un couvent augmentait sa passion ; l'ordre d'épouser

1. Lui protesta : l'assura.
2. La Société : la société de Jésus, l'ordre des jésuites.
3. Bénéfice : revenu ecclésiastique.

le fils du bailli y mettait le comble. Les regrets, la tendresse, et l'horreur bouleversaient son âme. L'amour, comme on sait, est bien plus ingénieux et plus hardi dans une jeune fille que l'amitié ne l'est dans un vieux prieur et dans une tante de quarante-cinq ans passés. De plus, elle s'était bien formée dans son couvent par les romans qu'elle avait lus à la dérobée.

La belle Saint-Yves se souvenait de la lettre qu'un garde du corps avait écrite en Basse-Bretagne, et dont on avait parlé dans la province. Elle résolut d'aller elle-même prendre des informations à Versailles ; de se jeter aux pieds des ministres si son mari était en prison, comme on le disait, et d'obtenir justice pour lui. Je ne sais quoi l'avertissait secrètement qu'à la cour on ne refuse rien à une jolie fille. Mais elle ne savait pas ce qu'il en coûtait.

Sa résolution prise, elle est consolée, elle est tranquille, elle ne rebute[1] plus son sot prétendu ; elle accueille le détestable beau-père, caresse[2] son frère, répand l'allégresse[3] dans la maison ; puis, le jour destiné à la cérémonie, elle part secrètement à quatre heures du matin avec ses petits présents de noce, et tout ce qu'elle a pu rassembler. Ses mesures étaient si bien prises qu'elle était déjà à plus de dix lieues lorsqu'on entra dans sa chambre, vers le midi. La surprise et la consternation furent grandes. L'interrogant bailli fit ce jour-là plus de questions qu'il n'en avait fait dans toute la semaine ; le mari resta plus sot qu'il ne l'avait jamais été. L'abbé de Saint-Yves, en colère, prit le parti de courir après sa sœur. Le bailli et son fils voulurent l'accompagner. Ainsi

1. Rebute : repousse.

2. Caresse : manifeste de la tendresse.

3. Allégresse : joie très vive.

la destinée conduisait à Paris presque tout ce canton de la Basse-Bretagne.

La belle Saint-Yves se doutait bien qu'on la suivrait. Elle était à cheval ; elle s'informait adroitement des courriers[1] s'ils n'avaient point rencontré un gros abbé, un énorme bailli, et un jeune benêt, qui couraient sur le chemin de Paris. Ayant appris au troisième jour qu'ils n'étaient pas loin, elle prit une route différente, et eut assez d'habileté et de bonheur pour arriver à Versailles tandis qu'on la cherchait inutilement dans Paris.

Mais comment se conduire à Versailles ? Jeune, belle, sans conseil, sans appui, inconnue, exposée à tout, comment oser chercher un garde du roi ? Elle imagina de s'adresser à un jésuite du bas étage[2] ; il y en avait pour toutes les conditions de la vie, comme Dieu, disaient-ils, a donné différentes nourritures aux diverses espèces d'animaux. Il avait donné au roi son confesseur, que tous les solliciteurs de bénéfices[3] appelaient *le chef de l'Église gallicane* ; ensuite venaient les confesseurs des princesses ; les ministres n'en avaient point : ils n'étaient pas si sots. Il y avait les jésuites du grand commun[4], et surtout les jésuites des femmes de chambre par lesquelles on savait les secrets des maîtresses, et ce n'était pas un petit emploi. La belle Saint-Yves s'adressa à un de ces derniers, qui s'appelait le père Tout-à-tous. Elle se confessa à lui, lui exposa ses aventures, son état, son danger, et le conjura de la loger chez quelque bonne dévote qui la mît à l'abri des tentations.

---

1. Courriers : porteurs de dépêches, messagers.
2. Du bas étage : officiant auprès des basses couches de la société.
3. Bénéfices : revenus ecclésiastiques.
4. Du grand commun : officiant auprès des gens attachés à la maison du roi.

Le père Tout-à-tous l'introduisit chez la femme d'un officier du gobelet[1], l'une de ses plus affidées[2] pénitentes. Dès qu'elle y fut, elle s'empressa de gagner la confiance et l'amitié de cette femme ; elle s'informa du garde breton, et le fit prier de venir chez elle. Ayant su de lui que son amant avait été enlevé après avoir parlé à un premier commis, elle court chez ce commis : la vue d'une belle femme l'adoucit, car il faut convenir que Dieu n'a créé les femmes que pour apprivoiser les hommes.

Le plumitif[3] attendri lui avoua tout. « Votre amant est à la Bastille depuis près d'un an, et sans vous il y serait peut-être toute sa vie. » La tendre Saint-Yves s'évanouit. Quand elle eut repris ses sens, le plumitif lui dit : « Je suis sans crédit pour faire du bien ; tout mon pouvoir se borne à faire du mal quelquefois. Croyez-moi, allez chez M. de Saint-Pouange, qui fait le bien et le mal, cousin et favori de Mgr de Louvois. Ce ministre a deux âmes : M. de Saint-Pouange en est une ; Mme du Belloy, l'autre ; mais elle n'est pas à présent à Versailles ; il ne vous reste que de fléchir le protecteur que je vous indique. »

La belle Saint-Yves, partagée entre un peu de joie et d'extrêmes douleurs, entre quelque espérance et de tristes craintes, poursuivie par son frère, adorant son amant, essuyant ses larmes et en versant encore, tremblante, affaiblie, et reprenant courage, courut vite chez M. de Saint-Pouange.

1. Gobelet : service de la maison du roi, dont les titulaires étaient chargés du ravitaillement de la table royale (pain, vin, fruits, linge en particulier).

2. Une de ses plus affidées pénitentes : une des femmes dont il est le directeur de conscience (*pénitentes*) et qui lui sont les plus dévouées (*affidées*).

3. Plumitif (péjoratif) : écrivain médiocre.

Chapitre XIV *Progrès de l'esprit de l'Ingénu*

L'Ingénu faisait des progrès rapides dans les sciences[1], et surtout dans la science de l'homme. La cause du développement rapide de son esprit était due à son éducation sauvage presque autant qu'à la trempe de son âme. Car n'ayant rien appris dans son enfance, il n'avait point appris de préjugés. Son entendement[2], n'ayant point été courbé par l'erreur, était demeuré dans toute sa rectitude[3]. Il voyait les choses comme elles sont, au lieu que les idées qu'on nous donne dans l'enfance nous les font voir toute notre vie comme elles ne sont point. « Vos persécuteurs sont abominables, disait-il à son ami Gordon. Je vous plains d'être opprimé, mais je vous plains d'être janséniste. Toute secte me paraît le ralliement de l'erreur. Dites-moi s'il y a des sectes en géométrie ? – Non, mon cher enfant, lui dit en soupirant le bon Gordon ; tous les hommes sont d'accord sur la vérité quand elle est démontrée, mais ils sont trop partagés sur les vérités obscures. – Dites sur les faussetés obscures. S'il y avait eu une seule vérité cachée dans vos amas d'arguments qu'on ressasse depuis tant de siècles, on l'aurait découverte sans doute ; et l'univers aurait été d'accord au moins sur ce point-là. Si cette vérité était nécessaire comme le soleil l'est à la terre, elle serait brillante comme lui. C'est une absurdité, c'est un outrage au genre humain, c'est un attentat contre l'Être infini et suprême de dire : il y a une vérité essentielle à l'homme, et Dieu l'a cachée. »

---

1. **Les sciences** : ici, au sens classique d'« études ».
2. **Entendement** : raison.
3. **Rectitude** : rigueur morale et intellectuelle.

Tout ce que disait ce jeune ignorant, instruit par la nature, faisait une impression profonde sur l'esprit du vieux savant infortuné. « Serait-il bien vrai, s'écria-t-il, que je me fusse rendu malheureux pour des chimères[1] ? Je suis bien plus sûr de mon malheur que de la grâce efficace. J'ai consumé mes jours à raisonner sur la liberté de Dieu et du genre humain ; mais j'ai perdu la mienne ; ni saint Augustin ni Prosper[2] ne me tireront de l'abîme où je suis. »

L'Ingénu, livré à son caractère, dit enfin : « Voulez-vous que je vous parle avec une confiance hardie ? Ceux qui se font persécuter pour ces vaines disputes de l'école me semblent peu sages ; ceux qui persécutent me paraissent des monstres. »

Les deux captifs étaient fort d'accord sur l'injustice de leur captivité. « Je suis cent fois plus à plaindre que vous, disait l'Ingénu ; je suis né libre comme l'air ; j'avais deux vies, la liberté et l'objet de mon amour : on me les ôte. Nous voici tous deux dans les fers[3], sans savoir qui nous y a mis, et sans pouvoir le demander. J'ai vécu huron vingt ans ; on dit que ce sont des barbares parce qu'ils se vengent de leurs ennemis ; mais ils n'ont jamais opprimé leurs amis. À peine ai-je mis le pied en France que j'ai versé mon sang pour elle ; j'ai peut-être sauvé une province, et pour récompense je suis englouti dans ce tombeau des vivants, où je serais mort de rage sans vous. Il n'y a donc point de lois dans ce pays ! On condamne les hommes sans les entendre ! Il n'en est pas ainsi en Angleterre. Ah ! ce n'était pas contre les Anglais que je devais me battre. »

---

1. Chimères : illusions.

2. Prosper : né en 403 en Aquitaine, saint Prosper fut un ardent défenseur des thèses théologiques de saint Augustin (354-430).

3. Dans les fers : en prison.

Ainsi sa philosophie naissante ne pouvait dompter la nature outragée dans le premier de ses droits, et laissait un libre cours à sa juste colère.

Son compagnon ne le contredit point. L'absence augmente toujours l'amour qui n'est pas satisfait, et la philosophie ne le diminue pas. Il parlait aussi souvent de sa chère Saint-Yves que de morale et de métaphysique. Plus ses sentiments s'épuraient[1], et plus il aimait. Il lut quelques romans nouveaux ; il en trouva peu qui lui peignissent la situation de son âme. Il sentait que son cœur allait toujours au-delà de ce qu'il lisait. « Ah ! disait-il, presque tous ces auteurs-là n'ont que de l'esprit et de l'art. » Enfin le bon prêtre janséniste devenait insensiblement le confident de sa tendresse. Il ne connaissait l'amour auparavant que comme un péché dont on s'accuse en confession. Il apprit à le connaître comme un sentiment aussi noble que tendre, qui peut élever l'âme autant que l'amollir, et produire même quelquefois des vertus. Enfin, pour dernier prodige[2], un Huron convertissait un janséniste.

Chapitre XV
La belle Saint-Yves résiste à des propositions délicates

La belle Saint-Yves, plus tendre encore que son amant, alla donc chez M. de Saint-Pouange, accompagnée de l'amie chez qui elle logeait, toutes deux cachées dans leurs coiffes. La première chose qu'elle vit à la porte ce fut l'abbé de Saint-Yves, son frère, qui en sortait. Elle fut intimidée ; mais la

1. **S'épuraient** : devenaient purs.
2. **Prodige** : événement extraordinaire, miracle.

dévote amie la rassura. « C'est précisément parce qu'on a parlé contre vous qu'il faut que vous parliez. Soyez sûre que dans ce pays les accusateurs ont toujours raison si on ne se hâte de les confondre. Votre présence d'ailleurs, ou je me trompe fort, fera plus d'effet que les paroles de votre frère. »

Pour peu qu'on encourage une amante passionnée, elle est intrépide. La Saint-Yves se présente à l'audience[1]. Sa jeunesse, ses charmes, ses yeux tendres, mouillés de quelques pleurs, attirèrent tous les regards. Chaque courtisan du sous-ministre oublia un moment l'idole[2] du pouvoir pour contempler celle de la beauté. Le Saint-Pouange la fit entrer dans un cabinet[3] ; elle parla avec attendrissement et avec grâce. Saint-Pouange se sentit touché. Elle tremblait, il la rassura. « Revenez ce soir, lui dit-il ; vos affaires méritent qu'on y pense et qu'on en parle à loisir. Il y a ici trop de monde. On expédie les audiences trop rapidement. Il faut que je vous entretienne à fond de tout ce qui vous regarde. » Ensuite, ayant fait l'éloge de sa beauté et de ses sentiments, il lui recommanda de venir à sept heures du soir.

Elle n'y manqua pas ; la dévote amie l'accompagna encore, mais elle se tint dans le salon, et lut *le Pédagogue chrétien*[4], pendant que le Saint-Pouange et la belle Saint-Yves étaient dans l'arrière-cabinet. « Croiriez-vous bien, mademoiselle, lui dit-il d'abord, que votre frère est venu me demander une lettre de cachet contre vous ? En vérité j'en expédierais plutôt une

1. Audience : entretien accordé par un supérieur ou une personnalité.

2. Idole : au sens étymologique d'« image ».

3. Cabinet : petite pièce située à l'écart.

4. *Le Pédagogue chrétien* : traité d'enseignement de la foi chrétienne dû à Philippe d'Outreman (1585-1652).

pour le renvoyer en Basse-Bretagne. – Hélas ! monsieur, on est donc bien libéral de[1] lettres de cachet dans vos bureaux, puisqu'on en vient solliciter du fond du royaume, comme des pensions ? Je suis bien loin d'en demander une contre mon frère. J'ai beaucoup à me plaindre de lui, mais je respecte la liberté des hommes ; je demande celle d'un homme que je veux épouser, d'un homme à qui le roi doit la conservation d'une province, qui peut le servir utilement, et qui est fils d'un officier tué à son service. De quoi est-il accusé ? Comment a-t-on pu le traiter si cruellement sans l'entendre ? »

Alors le sous-ministre lui montra la lettre du jésuite espion et celle du perfide bailli. « Quoi ! il y a de pareils monstres sur la terre ! et on veut me forcer ainsi à épouser le fils ridicule d'un homme ridicule et méchant ! et c'est sur de pareils avis qu'on décide ici de la destinée des citoyens ! » Elle se jeta à genoux, elle demanda avec des sanglots la liberté du brave homme qui l'adorait. Ses charmes dans cet état parurent dans leur plus grand avantage. Elle était si belle que le Saint-Pouange, perdant toute honte, lui insinua qu'elle réussirait si elle commençait par lui donner les prémices[2] de ce qu'elle réservait à son amant. La Saint-Yves, épouvantée et confuse, feignit longtemps de ne le pas entendre ; il fallut s'expliquer plus clairement. Un mot lâché d'abord avec retenue en produisait un plus fort, suivi d'un autre plus expressif. On offrit non seulement la révocation de la lettre de cachet, mais des récompenses, de l'argent, des honneurs, des établissements ; et plus on promettait, plus le désir de n'être pas refusé augmentait.

1. Libéral de : généreux en.
2. Prémices : commencements.

La Saint-Yves pleurait, elle était suffoquée, à demi renversée sur un sopha[1], croyant à peine ce qu'elle voyait, ce qu'elle entendait. Le Saint-Pouange, à son tour, se jeta à ses genoux. Il n'était pas sans agréments, et aurait pu ne pas effaroucher un cœur moins prévenu. Mais Saint-Yves adorait son amant, et croyait que c'était un crime horrible de le trahir pour le servir. Saint-Pouange redoublait les prières et les promesses. Enfin la tête lui tourna au point qu'il lui déclara que c'était le seul moyen de tirer de sa prison l'homme auquel elle prenait un intérêt si violent et si tendre. Cet étrange entretien se prolongeait. La dévote de l'antichambre, en lisant son *Pédagogue chrétien*, disait : « Mon Dieu ! que peuvent-ils faire là depuis deux heures ? Jamais Mgr de Saint-Pouange n'a donné une si longue audience ; peut-être qu'il a tout refusé à cette pauvre fille, puisqu'elle le prie encore. »

Enfin sa compagne sortit de l'arrière-cabinet tout éperdue[2], sans pouvoir parler, réfléchissant profondément sur le caractère des grands et des demi-grands qui sacrifient si légèrement la liberté des hommes et l'honneur des femmes.

Elle ne dit pas un mot pendant tout le chemin. Arrivée chez l'amie, elle éclata, elle lui conta tout. La dévote fit de grands signes de croix. « Ma chère amie, il faut consulter dès demain le père Tout-à-tous, notre directeur[3] ; il a beaucoup de crédit[4] auprès de M. de Saint-Pouange ; il confesse plusieurs servantes de sa maison ; c'est un homme pieux et accommodant, qui dirige aussi des femmes de qualité. Abandonnez-vous à lui, c'est ainsi que j'en use, je m'en suis toujours bien trouvée. Nous

1. Sopha (ou sofa) : canapé.
2. Éperdue : troublée, égarée.
3. Directeur : directeur de conscience.
4. Crédit : influence.

autres, pauvres femmes, nous avons besoin d'être conduites par un homme. – Eh bien donc ! ma chère amie, j'irai trouver demain le père Tout-à-tous. »

Chapitre XVI *Elle consulte un jésuite*

Dès que la belle et désolée Saint-Yves fut avec son bon confesseur, elle lui confia qu'un homme puissant et voluptueux lui proposait de faire sortir de prison celui qu'elle devait épouser légitimement, et qu'il demandait un grand prix de son service ; qu'elle avait une répugnance horrible pour une telle infidélité, et que, s'il ne s'agissait que de sa propre vie, elle la sacrifierait plutôt que de succomber.

« Voilà un abominable pécheur ! lui dit le père Tout-à-tous. Vous devriez bien me dire le nom de ce vilain homme ; c'est à coup sûr quelque janséniste ; je le dénoncerai à Sa Révérence le père de La Chaise, qui le fera mettre dans le gîte où est à présent la chère personne que vous devez épouser. »

La pauvre fille, après un long embarras et de grandes irrésolutions, lui nomma enfin Saint-Pouange.

« Mgr de Saint-Pouange ! s'écria le jésuite ; ah ! ma fille, c'est tout autre chose ; il est cousin du plus grand ministre que nous ayons jamais eu, homme de bien, protecteur de la bonne cause, bon chrétien ; il ne peut avoir eu une telle pensée ; il faut que vous ayez mal entendu. – Ah ! mon père, je n'ai entendu que trop bien ; je suis perdue quoi que je fasse ; je n'ai que le choix du malheur et de la honte ; il faut que mon amant[1] reste ense-

1. **Amant** : celui qui aime et qui est aimé (sens classique).

veli tout vivant, ou que je me rende indigne de vivre. Je ne puis le laisser périr, et je ne puis le sauver. »

Le père Tout-à-tous tâcha de la calmer par ces douces paroles : « Premièrement, ma fille, ne dites jamais ce mot *mon amant*; il a quelque chose de mondain[1] qui pourrait offenser Dieu. Dites : *mon mari* ; car, bien qu'il ne le soit pas encore, vous le regardez comme tel ; et rien n'est plus honnête[2].

« Secondement, bien qu'il soit votre époux en idée, en espérance, il ne l'est pas en effet : ainsi vous ne commettriez pas un adultère, péché énorme qu'il faut toujours éviter autant qu'il est possible.

« Troisièmement, les actions ne sont pas d'une malice de coulpe[3], quand l'intention est pure, et rien n'est plus pur que de délivrer votre mari.

« Quatrièmement, vous avez des exemples dans la sainte antiquité qui peuvent merveilleusement servir à votre conduite. Saint Augustin rapporte que sous le proconsulat de Septimius Acyndinus, en l'an 340 de notre salut, un pauvre homme, ne pouvant payer à César ce qui appartenait à César, fut condamné à la mort, comme il est juste, malgré la maxime : *Où il n'y a rien le roi perd ses droits.* Il s'agissait d'une livre d'or ; le condamné avait une femme en qui Dieu avait mis la beauté et la prudence. Un vieux richard promit de donner une livre d'or, et même plus, à la dame, à condition qu'il commettrait avec elle le péché immonde[4]. La dame ne crut point mal faire en sauvant la vie à son mari. Saint Augustin approuve fort sa généreuse

1. Mondain : relatif au *monde* laïque (vocabulaire religieux).
2. Honnête : convenable.
3. Coulpe : péché (du latin *culpa*, « faute »).
4. Le péché immonde : le péché de la chair.

résignation. Il est vrai que le vieux richard la trompa, et peut-être même son mari n'en fut pas moins pendu ; mais elle avait fait tout ce qui était en elle pour sauver sa vie.

« Soyez sûre, ma fille, que quand un jésuite vous cite saint Augustin, il faut bien que ce saint ait pleinement raison[1]. Je ne vous conseille rien, vous êtes sage ; il est à présumer que vous serez utile à votre mari. Mgr de Saint-Pouange est un honnête homme, il ne vous trompera pas ; c'est tout ce que je puis vous dire ; je prierai Dieu pour vous, et j'espère que tout se passera à sa plus grande gloire[2]. »

La belle Saint-Yves, non moins effrayée des discours du jésuite que des propositions du sous-ministre, s'en retourna éperdue chez son amie. Elle était tentée de se délivrer par la mort de l'horreur de laisser dans une captivité affreuse l'amant qu'elle adorait, et de la honte de le délivrer au prix de ce qu'elle avait de plus cher, et qui ne devait appartenir qu'à cet amant infortuné.

Chapitre XVII *Elle succombe par vertu*

Elle priait son amie de la tuer ; mais cette femme, non moins indulgente que le jésuite, lui parla plus clairement encore. « Hélas ! dit-elle, les affaires ne se font guère autrement dans cette cour si aimable, si galante, et si renommée. Les places les plus médiocres et les plus considérables n'ont souvent été données qu'au prix qu'on exige de vous. Écoutez,

1. Saint Augustin est en effet la référence majeure des jansénistes.

2. Gloire : allusion à la devise des jésuites, *ad majorem Dei gloriam*, « pour la plus grande gloire de Dieu ».

vous m'avez inspiré de l'amitié et de la confiance; je vous avouerai que, si j'avais été aussi difficile que vous l'êtes, mon mari ne jouirait pas du petit poste qui le fait vivre; il le sait, et loin d'en être fâché, il voit en moi sa bienfaitrice, et il se regarde comme ma créature. Pensez-vous que tous ceux qui ont été à la tête des provinces, ou même des armées, aient dû leurs honneurs et leur fortune à leurs seuls services? Il en est qui en sont redevables à mesdames leurs femmes. Les dignités de la guerre ont été sollicitées par l'amour, et la place a été donnée au mari de la plus belle.

« Vous êtes dans une situation bien plus intéressante: il s'agit de rendre votre amant au jour et de l'épouser; c'est un devoir sacré qu'il vous faut remplir. On n'a point blâmé les belles et grandes dames dont je vous parle; on vous applaudira, on dira que vous ne vous êtes permis une faiblesse que par un excès de vertu. – Ah! quelle vertu! s'écria la belle Saint-Yves; quel labyrinthe d'iniquités[1]! quel pays! et que j'apprends à connaître les hommes! Un père de La Chaise et un bailli ridicule font mettre mon amant en prison, ma famille me persécute, on ne me tend la main dans mon désastre que pour me déshonorer. Un jésuite a perdu un brave homme, un autre jésuite veut me perdre; je ne suis entourée que de pièges, et je touche au moment de tomber dans la misère[2]. Il faut que je me tue, ou que je parle au roi; je me jetterai à ses pieds sur son passage, quand il ira à la messe ou à la comédie[3].

– On ne vous laissera pas approcher, lui dit sa bonne amie; et si vous aviez le malheur de parler, mons de Louvois et le

1. **Iniquités** : injustices.
2. **Misère** : malheur.
3. **À la comédie** : au théâtre.

révérend père de La Chaise pourraient vous enterrer dans le fond d'un couvent pour le reste de vos jours. »

Tandis que cette brave personne augmentait ainsi les perplexités de cette âme désespérée et enfonçait le poignard dans son cœur, arrive un exprès [1] de M. de Saint-Pouange avec une lettre et deux beaux pendants d'oreilles. Saint-Yves rejeta le tout en pleurant ; mais l'amie s'en chargea.

Dès que le messager fut parti, notre confidente lit la lettre dans laquelle on propose un petit souper aux deux amies pour le soir. Saint-Yves jure qu'elle n'ira point. La dévote veut lui essayer les deux boucles de diamants ; Saint-Yves ne le put souffrir, elle combattit la journée entière. Enfin, n'ayant en vue que son amant, vaincue, entraînée, ne sachant où on la mène, elle se laisse conduire au souper fatal. Rien n'avait pu la déterminer à se parer de ses pendants d'oreilles ; la confidente les apporta, elle les lui ajusta malgré elle avant qu'on se mît à table. Saint-Yves était si confuse, si troublée, qu'elle se laissait tourmenter ; et le patron [2] en tirait un augure [3] très favorable. Vers la fin du repas, la confidente se retira discrètement. Le patron montra alors la révocation de la lettre de cachet, le brevet d'une gratification considérable, celui d'une compagnie, et n'épargna pas les promesses. « Ah ! lui dit Saint-Yves, que je vous aimerais si vous ne vouliez pas être tant aimé ! »

Enfin, après une longue résistance, après des sanglots, des cris, des larmes, affaiblie du combat, éperdue, languissante, il fallut se rendre. Elle n'eut d'autre ressource que de se

1. Exprès : messager.

2. Patron : personnage puissant qui accorde sa protection.

3. Augure : signe, présage.

promettre de ne penser qu'à l'Ingénu tandis que le cruel jouirait impitoyablement de la nécessité où elle était réduite.

Chapitre XVIII
Elle délivre son amant et un janséniste

Au point du jour, elle vole à Paris, munie de l'ordre du ministre. Il est difficile de peindre ce qui se passait dans son cœur pendant ce voyage. Qu'on imagine une âme vertueuse et noble, humiliée de son opprobre[1], enivrée de tendresse, déchirée des remords d'avoir trahi son amant[2], pénétrée du plaisir de délivrer ce qu'elle adore ! Ses amertumes, ses combats, son succès partageaient toutes ses réflexions. Ce n'était plus cette fille simple dont une éducation provinciale avait rétréci les idées. L'amour et le malheur l'avaient formée. Le sentiment avait fait autant de progrès en elle que la raison en avait fait dans l'esprit de son amant infortuné. Les filles apprennent à sentir plus aisément que les hommes n'apprennent à penser. Son aventure était plus instructive que quatre ans de couvent.

Son habit était d'une simplicité extrême. Elle voyait avec horreur les ajustements[3] sous lesquels elle avait paru devant son funeste bienfaiteur ; elle avait laissé ses boucles de diamants à sa compagne sans même les regarder. Confuse et charmée, idolâtre de l'Ingénu, et se haïssant elle-même, elle arrive enfin à la porte

1. Opprobre : honte.
2. Amant : celui qui aime et qui est aimé (sens classique).
3. Ajustements : habillement.

De cet affreux château, palais de la vengeance,
Qui renferma souvent le crime et l'innocence[1].

Quand il fallut descendre du carrosse, les forces lui manquèrent ; on l'aida ; elle entra, le cœur palpitant, les yeux humides, le front consterné. On la présente au gouverneur ; elle veut lui parler, sa voix expire ; elle montre son ordre en articulant à peine quelques paroles. Le gouverneur aimait son prisonnier ; il fut très aise de sa délivrance. Son cœur n'était pas endurci comme celui de quelques honorables geôliers ses confrères, qui, ne pensant qu'à la rétribution attachée à la garde de leurs captifs, fondant leurs revenus sur leurs victimes, et vivant du malheur d'autrui, se faisaient en secret une joie affreuse des larmes des infortunés.

Il fait venir le prisonnier dans son appartement. Les deux amants se voient, et tous deux s'évanouissent. La belle Saint-Yves resta longtemps sans mouvement et sans vie : l'autre rappela bientôt son courage. « C'est apparemment là madame votre femme, lui dit le gouverneur ; vous ne m'aviez point dit que vous fussiez marié. On me mande[2] que c'est à ses soins généreux que vous devez votre délivrance. – Ah ! je ne suis pas digne d'être sa femme », dit la belle Saint-Yves d'une voix tremblante ; et elle retomba encore en faiblesse.

Quand elle eut repris ses sens, elle présenta, toujours tremblante, le brevet de la gratification, et la promesse par écrit d'une compagnie. L'Ingénu, aussi étonné qu'attendri, s'éveillait d'un songe pour retomber dans un autre. « Pourquoi ai-je

1. Ces deux vers sont extraits de *La Henriade* (chant IV), poème de Voltaire publié en 1727.
2. On me mande : on me communique, on me transmet.

été enfermé ici ? comment avez-vous pu m'en tirer ? où sont les monstres qui m'y ont plongé ? Vous êtes une divinité qui descendez du ciel à mon secours. »

La belle Saint-Yves baissait la vue, regardait son amant, rougissait et détournait, le moment d'après, ses yeux mouillés de pleurs. Elle lui apprit enfin tout ce qu'elle savait et tout ce qu'elle avait éprouvé, excepté ce qu'elle aurait voulu se cacher pour jamais, et ce qu'un autre que l'Ingénu, plus accoutumé au monde et plus instruit des usages de la cour, aurait deviné facilement.

« Est-il possible qu'un misérable comme ce bailli ait eu le pouvoir de me ravir ma liberté ? Ah ! je vois bien qu'il en est des hommes comme des plus vils animaux ; tous peuvent nuire. Mais est-il possible qu'un moine, un jésuite confesseur du roi, ait contribué à mon infortune autant que ce bailli, sans que je puisse imaginer sous quel prétexte ce détestable fripon m'a persécuté ? M'a-t-il fait passer pour un janséniste ? Enfin, comment vous êtes-vous souvenue de moi ? Je ne le méritais pas, je n'étais alors qu'un sauvage. Quoi ? vous avez pu, sans conseil, sans secours, entreprendre le voyage de Versailles ! Vous y avez paru, et on a brisé mes fers ! Il est donc dans la beauté et dans la vertu un charme invincible qui fait tomber les portes de fer, et qui amollit les cœurs de bronze ! »

À ce mot de *vertu*, des sanglots échappèrent à la belle Saint-Yves. Elle ne savait pas combien elle était vertueuse dans le crime qu'elle se reprochait.

Son amant continua ainsi : « Ange qui avez rompu mes liens, si vous avez eu (ce que je ne comprends pas encore) assez de crédit[1] pour me faire rendre justice, faites-la donc rendre

1. Crédit : influence.

aussi à un vieillard qui m'a le premier appris à penser, comme vous m'avez appris à aimer. La calamité nous a unis ; je l'aime comme un père, je ne peux vivre ni sans vous ni sans lui.

– Moi ! que je sollicite le même homme qui… ! – Oui, je veux tout vous devoir, et je ne veux devoir jamais rien qu'à vous : écrivez à cet homme puissant ; comblez-moi de vos bienfaits, achevez ce que vous avez commencé, achevez vos prodiges[1]. » Elle sentait qu'elle devait faire tout ce que son amant exigeait. Elle voulut écrire, sa main ne pouvait obéir. Elle recommença trois fois sa lettre, la déchira trois fois ; elle écrivit enfin, et les deux amants sortirent après avoir embrassé le vieux martyr de la grâce efficace.

L'heureuse et désolée Saint-Yves savait dans quelle maison logeait son frère ; elle y alla ; son amant prit un appartement dans la même maison.

À peine y furent-ils arrivés que son protecteur lui envoya l'ordre de l'élargissement[2] du bonhomme Gordon, et lui demanda un rendez-vous pour le lendemain. Ainsi, à chaque action honnête et généreuse qu'elle faisait, son déshonneur en était le prix. Elle regardait avec exécration[3] cet usage de vendre le malheur et le bonheur des hommes. Elle donna l'ordre de l'élargissement à son amant, et refusa le rendez-vous d'un bienfaiteur qu'elle ne pouvait plus voir sans expirer de douleur et de honte. L'Ingénu ne pouvait se séparer d'elle que pour aller délivrer un ami. Il y vola. Il remplit ce devoir en réfléchissant sur les étranges événements de ce monde, et en admirant la vertu courageuse d'une jeune fille à qui deux infortunés devaient plus que la vie.

1. Prodiges : miracles.
2. Élargissement : libération.
3. Exécration : horreur extrême.

Chapitre XIX
L'Ingénu, la belle Saint-Yves et leurs parents sont rassemblés

La généreuse et respectable infidèle était avec son frère l'abbé de Saint-Yves, le bon prieur de la Montagne, et la dame de Kerkabon. Tous étaient également étonnés ; mais leurs situations et leurs sentiments étaient bien différents. L'abbé de Saint-Yves pleurait ses torts aux pieds de sa sœur, qui lui pardonnait. Le prieur et sa tendre sœur pleuraient aussi, mais de joie ; le vilain bailli et son insupportable fils ne troublaient point cette scène touchante : ils étaient partis au premier bruit de l'élargissement de leur ennemi ; ils couraient ensevelir dans leur province leur sottise et leur crainte.

Les quatre personnages, agités de cent mouvements divers, attendaient que le jeune homme revînt avec l'ami qu'il devait délivrer. L'abbé de Saint-Yves n'osait lever les yeux devant sa sœur ; la bonne Kerkabon disait : « Je reverrai donc mon cher neveu ! – Vous le reverrez, dit la charmante Saint-Yves, mais ce n'est plus le même homme ; son maintien, son ton, ses idées, son esprit, tout est changé ; il est devenu aussi respectable qu'il était naïf et étranger à tout. Il sera l'honneur et la consolation de votre famille ; que ne puis-je être aussi l'honneur de la mienne ! – Vous n'êtes point non plus la même, dit le prieur ; que vous est-il donc arrivé qui ait fait en vous un si grand changement ? »

Au milieu de cette conversation, l'Ingénu arrive, tenant par la main son janséniste. La scène alors devint plus neuve et plus intéressante. Elle commença par les tendres embrassements de l'oncle et de la tante. L'abbé de Saint-Yves se mettait presque aux genoux de l'Ingénu, qui n'était plus l'Ingénu. Les deux amants se parlaient par des regards qui exprimaient tous les sentiments dont ils étaient pénétrés. On voyait éclater la satisfaction, la reconnaissance, sur le front de l'un ; l'embarras était peint dans les yeux tendres et un peu égarés de l'autre. On était étonné qu'elle mêlât de la douleur à tant de joie.

Le vieux Gordon devint en peu de moments cher à toute la famille. Il avait été malheureux avec le jeune prisonnier, et c'était un grand titre[1]. Il devait sa délivrance aux deux amants, cela seul le réconciliait avec l'amour ; l'âpreté[2] de ses anciennes opinions sortait de son cœur ; il était changé en homme, ainsi que le Huron. Chacun raconta ses aventures avant le souper[3]. Les deux abbés, la tante, écoutaient comme des enfants qui entendent des histoires de revenants, et comme des hommes qui s'intéressaient tous à tant de désastres. « Hélas ! dit Gordon, il y a peut-être plus de cinq cents personnes vertueuses qui sont à présent dans les mêmes fers que Mlle de Saint-Yves a brisés : leurs malheurs sont inconnus. On trouve assez de mains qui frappent sur la foule des malheureux, et rarement une secourable. » Cette réflexion si vraie augmentait sa sensibilité et sa reconnaissance ; tout redoublait le triomphe de la belle Saint-Yves ; on admirait la grandeur et la fermeté de son âme. L'admiration était mêlée de ce respect qu'on sent malgré soi pour une personne qu'on croit avoir du crédit[4] à la cour. Mais l'abbé de Saint-Yves disait quelquefois : « Comment ma sœur a-t-elle pu faire pour obtenir si tôt ce crédit ? »

1. Grand titre : grande qualité.
2. Âpreté : sévérité.
3. Souper : à l'époque, repas du soir, dîner.
4. Crédit : influence.

On allait se mettre à table de très bonne heure. Voilà que la bonne amie de Versailles arrive sans rien savoir de tout ce qui s'était passé ; elle était en carrosse à six chevaux, et on voit bien à qui appartenait l'équipage. Elle entre avec l'air imposant d'une personne de cour qui a de grandes affaires, salue très légèrement la compagnie, et tirant la belle Saint-Yves à l'écart : « Pourquoi vous faire tant attendre ? Suivez-moi ; voilà vos diamants que vous aviez oubliés. » Elle ne put dire ces paroles si bas que l'Ingénu ne les entendît ; il vit les diamants ; le frère fut interdit[1] ; l'oncle et la tante n'éprouvèrent qu'une surprise de bonnes gens qui n'avaient jamais vu une telle magnificence[2]. Le jeune homme, qui s'était formé par un an de réflexions, en fit malgré lui, et parut troublé un moment. Son amante s'en aperçut ; une pâleur mortelle se répandit sur son beau visage, un frisson la saisit, elle se soutenait à peine. « Ah ! madame, dit-elle à la fatale amie, vous m'avez perdue ! vous me donnez la mort ! » Ces paroles percèrent le cœur de l'Ingénu ; mais il avait déjà appris à se posséder[3] ; il ne les releva point, de peur d'inquiéter sa maîtresse devant son frère ; mais il pâlit comme elle.

Saint-Yves, éperdue de l'altération[4] qu'elle apercevait sur le visage de son amant, entraîne cette femme hors de la chambre dans un petit passage, jette les diamants à terre devant elle. « Ah ! ce ne sont pas eux qui m'ont séduite, vous le savez ; mais celui qui les a donnés ne me reverra jamais. » L'amie les ramassait, et Saint-Yves ajoutait : « Qu'il les reprenne ou qu'il vous

---

1. Interdit : étonné, stupéfait.
2. Magnificence : splendeur.
3. Se posséder : se maîtriser.
4. Altération : dégradation.

les donne ; allez, ne me rendez plus honteuse de moi-même. » L'ambassadrice enfin s'en retourna, ne pouvant comprendre les remords dont elle était témoin.

La belle Saint-Yves, oppressée, éprouvant dans son corps une révolution[1] qui la suffoquait, fut obligée de se mettre au lit ; mais pour n'alarmer personne elle ne parla point de ce qu'elle souffrait, et, ne prétextant que sa lassitude, elle demanda la permission de prendre du repos ; mais ce fut après avoir rassuré la compagnie par des paroles consolantes et flatteuses, et jeté sur son amant des regards qui portaient le feu dans son âme.

Le souper, qu'elle n'animait pas, fut triste dans le commencement, mais de cette tristesse intéressante qui fournit des conversations attachantes et utiles, si supérieures à la frivole joie qu'on recherche, et qui n'est d'ordinaire qu'un bruit importun.

Gordon fit en peu de mots l'histoire du jansénisme et du molinisme[2], des persécutions dont un parti accablait l'autre, et de l'opiniâtreté[3] de tous les deux. L'Ingénu en fit la critique, et plaignit les hommes qui, non contents de tant de discorde que leurs intérêts allument, se font de nouveaux maux pour des intérêts chimériques[4], et pour des absurdités inintelligibles. Gordon racontait, l'autre jugeait ; les convives écoutaient avec émotion, et s'éclairaient d'une lumière nouvelle. On parla de la longueur de nos infortunes et de la brièveté de la vie. On remarqua que chaque profession a un vice et un danger qui lui

1. Révolution : bouleversement.

2. Molinisme : doctrine des jésuites due au père Molina (1535-1600), cherchant à concilier le don de la grâce divine et le libre arbitre, violemment attaquée par les jansénistes.

3. Opiniâtreté : obstination.

4. Chimériques : irréalistes.

sont attachés, et que, depuis le prince jusqu'au dernier des mendiants, tout semble accuser la nature. Comment se trouve-t-il tant d'hommes qui, pour si peu d'argent, se font les persécuteurs, les satellites[1], les bourreaux des autres hommes ? Avec quelle indifférence inhumaine un homme en place signe la destruction d'une famille, et avec quelle joie plus barbare des mercenaires l'exécutent !

« J'ai vu dans ma jeunesse, dit le bonhomme Gordon, un parent du maréchal de Marillac[2], qui, étant poursuivi dans sa province pour la cause de cet illustre malheureux, se cachait dans Paris sous un nom supposé. C'était un vieillard de soixante et douze ans. Sa femme, qui l'accompagnait, était à peu près de son âge. Ils avaient eu un fils libertin[3] qui, à l'âge de quatorze ans, s'était enfui de la maison paternelle ; devenu soldat, puis déserteur, il avait passé par tous les degrés de la débauche et de la misère ; enfin, ayant pris un nom de terre[4], il était dans les gardes du cardinal de Richelieu (car ce prêtre, ainsi que Mazarin, avait des gardes) ; il avait obtenu un bâton d'exempt[5] dans cette compagnie de satellites. Cet aventurier fut chargé d'arrêter le vieillard et son épouse, et s'en acquitta avec toute la dureté d'un homme qui voulait plaire à son maître. Comme il les conduisait, il entendit ces deux victimes déplorer la longue suite des malheurs qu'elles avaient éprouvés depuis leur berceau. Le père et la mère comptaient parmi leurs

1. Satellites : hommes de main.

2. Maréchal de Marillac (1572-1632) : compromis dans le parti opposé à Richelieu, il fut décapité en 1632.

3. Libertin : menant une vie dissolue.

4. Nom de terre : nom d'une propriété terrienne, afin de changer de nom de famille.

5. Bâton d'exempt : insigne des exempts, officiers de police de l'époque.

plus grandes infortunes[1] les égarements et la perte de leur fils. Il les reconnut ; il ne les conduisit pas moins en prison, en les assurant que Son Éminence devait être servie de préférence à tout. Son Éminence récompensa son zèle.

« J'ai vu un espion du père de La Chaise trahir son propre frère, dans l'espérance d'un petit bénéfice[2] qu'il n'eut point ; et je l'ai vu mourir, non de remords, mais de douleur d'avoir été trompé par le jésuite.

« L'emploi de confesseur que j'ai longtemps exercé, m'a fait connaître l'intérieur des familles ; je n'en ai guère vu qui ne fussent plongées dans l'amertume, tandis qu'au dehors couvertes du masque du bonheur, elles paraissaient nager dans la joie, et j'ai toujours remarqué que les grands chagrins étaient le fruit de notre cupidité effrénée[3].

– Pour moi, dit l'Ingénu, je pense qu'une âme noble, reconnaissante et sensible, peut vivre heureuse ; et je compte bien jouir d'une félicité[4] sans mélange avec la belle et généreuse Saint-Yves. Car je me flatte, ajouta-t-il, en s'adressant à son frère avec le sourire de l'amitié, que vous ne me refuserez pas, comme l'année passée, et que je m'y prendrai d'une manière plus décente[5]. » L'abbé se confondit en excuses du passé et en protestations[6] d'un attachement éternel.

L'oncle Kerkabon dit que ce serait le plus beau jour de sa vie. La bonne tante, en s'extasiant et en pleurant de joie, s'écriait : « Je vous l'avais bien dit que vous ne seriez jamais

1. Infortunes : malheurs.
2. Bénéfice : revenu ecclésiastique.
3. Cupidité effrénée : convoitise sans limite.
4. Félicité : bonheur.
5. Décente : convenable.
6. Protestations : assurances.

sous-diacre ! ce sacrement-ci vaut bien mieux que l'autre[1] ; plût à Dieu que j'en eusse été honorée ! mais je vous servirai de mère. » Alors ce fut à qui renchérirait sur les louanges de la tendre Saint-Yves.

Son amant avait le cœur trop plein de ce qu'elle avait fait pour lui, il l'aimait trop pour que l'aventure des diamants eût fait sur son cœur une impression dominante. Mais ces mots qu'il avait trop entendus : *vous me donnez la mort*, l'effrayaient encore en secret et corrompaient[2] toute sa joie, tandis que les éloges de sa belle maîtresse augmentaient encore son amour. Enfin on n'était plus occupé que d'elle ; on ne parlait que du bonheur que ces deux amants méritaient ; on s'arrangeait pour vivre tous ensemble dans Paris, on faisait des projets de fortune et d'agrandissement, on se livrait à toutes ces espérances que la moindre lueur de félicité fait naître si aisément. Mais l'Ingénu, dans le fond de son cœur, éprouvait un sentiment secret qui repoussait cette illusion. Il relisait ces promesses signées Saint Pouange, et les brevets signés Louvois ; on lui dépeignit ces deux hommes tels qu'ils étaient, ou qu'on les croyait être. Chacun parla des ministres et du ministère avec cette liberté de table regardée en France comme la plus précieuse liberté qu'on puisse goûter sur la terre.

« Si j'étais roi de France, dit l'Ingénu, voici le ministre de la guerre que je choisirais : je voudrais un homme de la plus haute naissance, par la raison qu'il donne des ordres à la noblesse. J'exigerais qu'il eût été lui-même officier, qu'il eût passé par tous les grades, qu'il fût au moins lieutenant général

1. Ce sacrement-ci vaut bien mieux que l'autre : le sacrement du mariage vaut mieux que l'entrée dans les ordres.
2. Corrompaient : troublaient, altéraient.

des armées, et digne d'être maréchal de France ; car n'est-il pas nécessaire qu'il ait servi lui-même pour mieux connaître les détails du service ? et les officiers n'obéiront-ils pas avec cent fois plus d'allégresse[1] à un homme de guerre qui aura comme eux signalé son courage, qu'à un homme de cabinet[2] qui ne peut que deviner tout au plus les opérations d'une campagne, quelque esprit qu'il puisse avoir ? Je ne serais pas fâché que mon ministre fût généreux, quoique mon garde du trésor royal en fût quelquefois un peu embarrassé. J'aimerais qu'il eût un travail facile, et que même il se distinguât par cette gaieté d'esprit, partage d'un homme supérieur aux affaires, qui plaît tant à la nation, et qui rend tous les devoirs moins pénibles. » Il désirait qu'un ministre eût ce caractère parce qu'il avait toujours remarqué que cette belle humeur est incompatible avec la cruauté.

Mons de Louvois n'aurait peut-être pas été satisfait des souhaits de l'Ingénu : il avait une autre sorte de mérite.

Mais, pendant qu'on était à table, la maladie de cette fille malheureuse prenait un caractère funeste[3] ; son sang s'était allumé, une fièvre dévorante s'était déclarée, elle souffrait et ne se plaignait point, attentive à ne pas troubler la joie des convives.

Son frère, sachant qu'elle ne dormait pas, alla au chevet de son lit ; il fut surpris de l'état où elle était. Tout le monde accourut ; l'amant se présentait à la suite du frère. Il était sans doute le plus alarmé et le plus attendri de tous ; mais il avait appris à joindre la discrétion à tous les dons heureux que la

1. Allégresse : joie très vive.

2. Homme de cabinet : homme de bureau, bureaucrate.

3. Funeste : qui apporte le malheur, la mort, d'où catastrophique.

nature lui avait prodigués[1], et le sentiment prompt des bienséances[2] commençait à dominer dans lui.

On fit venir aussitôt un médecin du voisinage. C'était un de ceux qui visitent leurs malades en courant, qui confondent la maladie qu'ils viennent de voir avec celles qu'ils voient, qui mettent une pratique aveugle dans une science à laquelle toute la maturité d'un discernement[3] sain et réfléchi ne peut ôter son incertitude et ses dangers. Il redoubla le mal par sa précipitation à prescrire un remède alors à la mode. De la mode jusque dans la médecine ! Cette manie était trop commune dans Paris.

La triste Saint-Yves contribuait encore plus que son médecin à rendre sa maladie dangereuse. Son âme tuait son corps. La foule des pensées qui l'agitaient portait dans ses veines un poison plus dangereux que celui de la fièvre la plus brûlante.

Chapitre XX
La belle Saint-Yves meurt, et ce qui en arrive

On appela un autre médecin : celui-ci, au lieu d'aider la nature et de la laisser agir dans une jeune personne dans qui tous les organes rappelaient la vie, ne fut occupé que de contrecarrer[4] son confrère. La maladie devint mortelle en deux jours. Le cerveau, qu'on croit le siège de l'entendement[5], fut attaqué aussi violemment que le cœur, qui est, dit-on, le siège des passions.

1. **Prodigués** : donnés.
2. **Bienséances** : ce qu'il convient de faire, savoir-vivre.
3. **Discernement** : fait de juger clairement des choses, bon sens.
4. **Contrecarrer** : s'opposer à.
5. **Entendement** : raison.

Quelle mécanique incompréhensible a soumis les organes au sentiment et à la pensée ? Comment une seule idée douloureuse dérange-t-elle le cours du sang, et comment le sang à son tour porte-t-il ses irrégularités dans l'entendement humain ? quel est ce fluide inconnu et dont l'existence est certaine, qui, plus prompt[1], plus actif que la lumière, vole en moins d'un clin d'œil dans tous les canaux de la vie, produit les sensations, la mémoire, la tristesse ou la joie, la raison ou le vertige, rappelle avec horreur ce qu'on voudrait oublier, et fait d'un animal pensant ou un objet d'admiration, ou un sujet de pitié et de larmes ?

C'était là ce que disait le bon Gordon ; et cette réflexion si naturelle, que rarement font les hommes, ne dérobait rien[2] à son attendrissement ; car il n'était pas de ces malheureux philosophes qui s'efforcent d'être insensibles. Il était touché du sort de cette jeune fille, comme un père qui voit mourir lentement son enfant chéri. L'abbé de Saint-Yves était désespéré, le prieur et sa sœur répandaient des ruisseaux de larmes. Mais qui pourrait peindre l'état de son amant ? Nulle langue n'a des expressions qui répondent à ce comble des douleurs ; les langues sont trop imparfaites.

La tante, presque sans vie, tenait la tête de la mourante dans ses faibles bras ; son frère était à genoux au pied du lit. Son amant pressait sa main, qu'il baignait de pleurs, et éclatait en sanglots ; il la nommait sa bienfaitrice, son espérance, sa vie, la moitié de lui-même, sa maîtresse, son épouse. À ce mot d'*épouse* elle soupira, le regarda avec une tendresse inexprimable, et

1. Prompt : rapide.
2. Ne dérobait rien : n'enlevait rien.

soudain jeta un cri d'horreur ; puis, dans un de ces intervalles où l'accablement et l'oppression des sens, et les souffrances suspendues[1] laissent à l'âme sa liberté et sa force, elle s'écria : « Moi, votre épouse ! Ah ! cher amant, ce nom, ce bonheur, ce prix, n'étaient plus faits pour moi ; je meurs, et je le mérite. Ô dieu de mon cœur ! ô vous que j'ai sacrifié à des démons infernaux, c'en est fait, je suis punie, vivez heureux. » Ces paroles tendres et terribles ne pouvaient être comprises ; mais elles portaient dans tous les cœurs l'effroi et l'attendrissement ; elle eut le courage de s'expliquer. Chaque mot fit frémir d'étonnement, de douleur et de pitié tous les assistants. Tous se réunissaient à détester l'homme puissant qui n'avait réparé une horrible injustice que par un crime, et qui avait forcé la plus respectable innocence à être sa complice.

« Qui ? vous, coupable ! lui dit son amant ; non, vous ne l'êtes pas ; le crime ne peut être que dans le cœur, le vôtre est à la vertu et à moi. »

Il confirmait ce sentiment par des paroles qui semblaient ramener à la vie la belle Saint-Yves. Elle se sentit consolée, et s'étonnait d'être aimée encore. Le vieux Gordon l'aurait condamnée dans le temps qu'il n'était que janséniste ; mais, étant devenu sage, il l'estimait, et il pleurait.

Au milieu de tant de larmes et de craintes, pendant que le danger de cette fille si chère remplissait tous les cœurs, que tout était consterné, on annonce un courrier[2] de la cour. Un courrier ! et de qui ? et pourquoi ? C'était de la part du confesseur du roi pour le prieur de la Montagne ; ce n'était pas le père

1. **Suspendues** : momentanément interrompues.
2. **Courrier** : messager.

de La Chaise qui écrivait, c'était le frère Vadbled, son valet de chambre, homme très important dans ce temps-là, lui qui mandait[1] aux archevêques les volontés du révérend père, lui qui donnait audience, lui qui promettait des bénéfices[2], lui qui faisait quelquefois expédier des lettres de cachet[3]. Il écrivait à l'abbé de la Montagne que *Sa Révérence était informée des aventures de son neveu, que sa prison n'était qu'une méprise*[4]*, que ces petites disgrâces arrivaient fréquemment, qu'il ne fallait pas y faire attention, et qu'enfin il convenait que lui prieur vînt lui présenter son neveu le lendemain, qu'il devait amener avec lui le bonhomme Gordon, que lui frère Vadbled les introduirait chez Sa Révérence et chez mons de Louvois, lequel leur dirait un mot dans son antichambre.*

Il ajoutait que l'histoire de l'Ingénu et son combat contre les Anglais avaient été contés[5] au roi, que sûrement le roi daignerait le remarquer quand il passerait dans la galerie[6], et peut-être même lui ferait un signe de tête. La lettre finissait par l'espérance dont on le flattait que toutes les dames de la cour s'empresseraient de faire venir son neveu à leurs toilettes[7], que plusieurs d'entre elles lui diraient : « Bonjour, monsieur l'Ingénu », et qu'assurément il serait question de lui au souper du roi. La lettre était signée : *Votre affectionné Vadbled, frère jésuite.*

Le prieur ayant lu la lettre tout haut, son neveu, furieux, et commandant un moment à sa colère, ne dit rien au porteur ;

---

1. Mandait : communiquait, transmettait.

2. Bénéfices : revenus ecclésiastiques.

3. Lettres de cachet : lettres au cachet du roi, contenant un ordre d'exil ou d'emprisonnement, en dehors de tout jugement.

4. Méprise : malentendu.

5. Contés : racontés.

6. La galerie : il s'agit de la galerie des Glaces, à Versailles, qui était ouverte au public et que le roi traversait tous les jours.

7. À leurs toilettes : au moment où elles finissent de se préparer.

mais, se tournant vers le compagnon de ses infortunes, il lui demanda ce qu'il pensait de ce style. Gordon lui répondit : « C'est donc ainsi qu'on traite les hommes comme des singes ! On les bat et on les fait danser. » L'Ingénu, reprenant son caractère, qui revient toujours dans les grands mouvements de l'âme, déchira la lettre par morceaux et les jeta au nez du courrier : « Voilà ma réponse. » Son oncle, épouvanté, crut voir le tonnerre et vingt lettres de cachet tomber sur lui. Il alla vite écrire et excuser, comme il put, ce qu'il prenait pour l'emportement d'un jeune homme, et qui était la saillie[1] d'une grande âme.

Mais des soins plus douloureux s'emparaient de tous les cœurs. La belle et infortunée Saint-Yves sentait déjà sa fin approcher ; elle était dans le calme, mais dans ce calme affreux de la nature affaissée qui n'a plus la force de combattre. « Ô mon cher amant ! dit-elle d'une voix tombante, la mort me punit de ma faiblesse ; mais j'expire avec la consolation de vous savoir libre. Je vous ai adoré en vous trahissant, et je vous adore en vous disant un éternel adieu. »

Elle ne se parait pas d'une vaine fermeté ; elle ne concevait pas cette misérable gloire de faire dire à quelques voisins : « Elle est morte avec courage. » Qui peut perdre à vingt ans son amant, sa vie, et ce qu'on appelle l'*honneur*, sans regrets et sans déchirements ? Elle sentait toute l'horreur de son état, et le faisait sentir par ces mots et par ces regards mourants qui parlent avec tant d'empire[2]. Enfin elle pleurait comme les autres dans les moments où elle eut la force de pleurer.

---

1. Saillie : impulsion, élan.
2. Empire : autorité, fermeté.

Que d'autres cherchent à louer les morts fastueuses de ceux qui entrent dans la destruction avec insensibilité : c'est le sort de tous les animaux. Nous ne mourons comme eux avec indifférence que quand l'âge ou la maladie nous rend semblables à eux par la stupidité[1] de nos organes. Quiconque fait une grande perte a de grands regrets ; s'il les étouffe, c'est qu'il porte la vanité jusque dans les bras de la mort.

Lorsque le moment fatal fut arrivé, tous les assistants jetèrent des larmes et des cris. L'Ingénu perdit l'usage de ses sens. Les âmes fortes ont des sentiments bien plus violents que les autres quand elles sont tendres. Le bon Gordon le connaissait assez pour craindre qu'étant revenu à lui il ne se donnât la mort. On écarta toutes les armes ; le malheureux jeune homme s'en aperçut ; il dit à ses parents et à Gordon, sans pleurer, sans gémir, sans s'émouvoir : « Pensez-vous donc qu'il y ait quelqu'un sur la terre qui ait le droit et le pouvoir de m'empêcher de finir ma vie ? » Gordon se garda bien de lui étaler ces lieux communs fastidieux[2] par lesquels on essaye de prouver qu'il n'est pas permis d'user de sa liberté pour cesser d'être quand on est horriblement mal, qu'il ne faut pas sortir de sa maison quand on ne peut plus y demeurer, que l'homme est sur la terre comme un soldat à son poste : comme s'il importait à l'Être des êtres que l'assemblage de quelques parties de matière fût dans un lieu ou dans un autre ; raisons impuissantes qu'un désespoir ferme et réfléchi dédaigne d'écouter, et auxquelles Caton[3] ne répondit que par un coup de poignard.

---

1. Stupidité : affaiblissement, engourdissement.

2. Fastidieux : ennuyeux.

3. Caton : il s'agit de Caton d'Utique (95-46 av. J.-C.), incarnation des valeurs du stoïcisme, qui se donna la mort d'un coup d'épée après sa défaite face à César.

Le morne et terrible silence de l'Ingénu, ses yeux sombres, ses lèvres tremblantes, les frémissements de son corps, portaient dans l'âme de tous ceux qui le regardaient ce mélange de compassion et d'effroi qui enchaîne toutes les puissances de l'âme, qui exclut tout discours, et qui ne se manifeste que par des mots entrecoupés. L'hôtesse et sa famille étaient accourues ; on tremblait de son désespoir, on le gardait à vue, on observait tous ses mouvements. Déjà le corps glacé de la belle Saint-Yves avait été porté dans une salle basse, loin des yeux de son amant, qui semblait la chercher encore, quoiqu'il ne fût plus en état de rien voir.

Au milieu de ce spectacle de la mort, tandis que le corps est exposé à la porte de la maison, que deux prêtres à côté d'un bénitier récitent des prières d'un air distrait, que des passants jettent quelques gouttes d'eau bénite sur la bière[1] par oisiveté, que d'autres poursuivent leur chemin avec indifférence, que les parents pleurent, et que les amants croient ne pas survivre à leur perte, le Saint-Pouange arrive avec l'amie de Versailles.

Son goût passager, n'ayant été satisfait qu'une fois, était devenu de l'amour. Le refus de ses bienfaits l'avait piqué[2]. Le père de La Chaise n'aurait jamais pensé à venir dans cette maison ; mais Saint-Pouange ayant tous les jours devant les yeux l'image de la belle Saint-Yves, brûlant d'assouvir une passion qui par une seule jouissance avait enfoncé dans son cœur l'aiguillon des désirs, ne balança pas[3] à venir lui-même chercher celle qu'il n'aurait pas peut-être voulu revoir trois fois si elle était venue d'elle-même.

---

1. Bière : cercueil.

2. Piqué : vexé.

3. Ne balança pas : n'hésita pas.

Il descend de carrosse ; le premier objet qui se présente à lui est une bière ; il détourne les yeux avec ce simple dégoût d'un homme nourri dans les plaisirs, qui pense qu'on doit lui épargner tout spectacle qui pourrait le ramener à la contemplation de la misère humaine. Il veut monter. La femme de Versailles demande par curiosité qui on va enterrer ; on prononce le nom de Mlle de Saint-Yves. À ce nom, elle pâlit et poussa un cri affreux ; Saint-Pouange se retourne ; la surprise et la douleur saisissent son âme. Le bon Gordon était là, les yeux remplis de larmes. Il interrompt ses tristes prières pour apprendre à l'homme de cour toute cette horrible catastrophe. Il lui parle avec cet empire[1] que donnent la douleur et la vertu. Saint-Pouange n'était point né méchant ; le torrent des affaires et des amusements avait emporté son âme, qui ne se connaissait pas encore. Il ne touchait point à la vieillesse, qui endurcit d'ordinaire le cœur des ministres ; il écoutait Gordon les yeux baissés, et il en essuyait quelques pleurs qu'il était étonné de répandre : il connut le repentir.

« Je veux voir absolument, dit-il, cet homme extraordinaire dont vous m'avez parlé ; il m'attendrit presque autant que cette innocente victime dont j'ai causé la mort. » Gordon le suit jusqu'à la chambre où le prieur, la Kerkabon, l'abbé de Saint-Yves et quelques voisins rappelaient à la vie le jeune homme retombé en défaillance.

« J'ai fait votre malheur, lui dit le sous-ministre, j'emploierai ma vie à le réparer. » La première idée qui vint à l'Ingénu fut de le tuer, et de se tuer lui-même après. Rien n'était plus à sa place ; mais il était sans armes et veillé de près. Saint-Pouange

1. Empire : autorité, fermeté.

ne se rebuta point des refus accompagnés du reproche, du mépris, et de l'horreur qu'il avait mérités, et qu'on lui prodigua. Le temps adoucit tout. Mons de Louvois vint enfin à bout de faire un excellent officier de l'Ingénu, qui a paru sous un autre nom à Paris et dans les armées, avec l'approbation de tous les honnêtes gens, et qui a été à la fois un guerrier et un philosophe intrépide.

Il ne parlait jamais de cette aventure sans gémir ; et cependant sa consolation était d'en parler. Il chérit la mémoire de la tendre Saint-Yves jusqu'au dernier moment de sa vie. L'abbé de Saint-Yves et le prieur eurent chacun un bon bénéfice ; la bonne Kerkabon aima mieux voir son neveu dans les honneurs militaires que dans le sous-diaconat. La dévote de Versailles garda les boucles de diamants, et reçut encore un beau présent. Le père Tout-à-tous eut des boîtes de chocolat, de café, de sucre candi, de citrons confits, avec les *Méditations du révérend père Croiset* et *La Fleur des saints* reliées en maroquin[1]. Le bon Gordon vécut avec l'Ingénu jusqu'à sa mort dans la plus intime amitié ; il eut un bénéfice aussi, et oublia pour jamais la grâce efficace et le concours concomitant[2]. Il prit pour sa devise : *malheur est bon à quelque chose.* Combien d'honnêtes gens dans le monde ont pu dire : *malheur n'est bon à rien !*

---

1. Les ***Méditations du révérend père Croiset*** et ***La Fleur des Saints*** : deux ouvrages de dévotion reliés en peau de chèvre du Maroc (*maroquin*). Publiés respectivement en 1710 et en 1599, ils connurent un grand succès aux XVIIe et XVIIIe siècles.

2. Concours concomitant : grâce divine qui, pour les jansénistes, accompagne l'homme dans toutes ses actions.

ANTHOLOGIE SUR LA TOLÉRANCE

La tolérance est l'aptitude consistant à admettre chez autrui une manière d'être, de penser et d'agir différente de celle que l'on adopte pour soi-même. Elle repose sur une conviction et un refus, indissociablement liés. C'est estimer que la diversité des opinions et des comportements favorise et enrichit une société. C'est du même coup rejeter l'idée d'une vérité absolue, intangible, à laquelle tous doivent se soumettre, sous peine de sanctions, voire de persécutions.

Depuis sa conceptualisation au XVIe siècle jusqu'à nos jours, la tolérance est une notion qui a historiquement varié, dans ses enjeux comme dans ses justifications. Au XVIe siècle, marqué par de nombreux conflits religieux, tant en France que dans le reste de l'Europe, elle tend avant tout à faire admettre la diversité des pratiques et des croyances religieuses. Deux cents ans plus tard, le siècle des Lumières fonde la tolérance sur la raison, qualité purement humaine, en soutenant que la variété des systèmes sociaux et culturels n'empêche pas les hommes d'appartenir à une seule et même grande famille. De morale, la tolérance devient plus juridique et plus politique. De nos jours, elle est une ouverture d'esprit, excluant tout fanatisme et tout intégrisme. Elle est considérée comme une valeur fondamentale des démocraties modernes. Son autre nom s'appelle le respect, sans lequel aucune vie collective n'est possible.

Dans cette évolution, la littérature a joué un rôle important. Voici dix extraits, d'époque et de genre très divers, illustrant les formes et les combats de la tolérance.

■ Les précurseurs : défendre la diversité des religions

En Angleterre, à la suite de sa rupture avec Rome, parce que le pape refusait d'annuler son mariage, Henri VIII instaure en 1534 une nouvelle religion : l'anglicanisme. Des persécutions contre les catholiques s'ensuivent aussitôt. Humaniste, ambassadeur, chancelier du royaume, mais demeuré catholique, Thomas More en est l'une des victimes : il est exécuté en 1535.

Texte 1

POLITIQUE FICTION

THOMAS MORE ♦ *Utopia* (1516), traduction Victor Stouvenel, Paulin éditeur, 1842.

En 1516, dix-neuf ans avant sa mort, Thomas More (1478-1535) avait écrit (en latin) une œuvre de politique fiction, Utopia, *du nom d'une île imaginaire*[1]*, dans laquelle il décrivait une société idéale. Tout un chapitre est consacré aux diverses croyances des « Utopiens », qui n'en vivent pas moins en bonne intelligence. Il est significatif que la coexistence religieuse passe alors pour une « utopie ».*

Les religions, en Utopie, varient non seulement d'une province à l'autre, mais encore dans les murs de chaque ville en particulier ; ceux-ci adorent le soleil, ceux-là divinisent la lune ou une autre planète. Quelques-uns vénèrent comme Dieu suprême un homme dont la gloire et la vertu jetèrent autrefois un vif éclat.

Néanmoins la plus grande partie des habitants, qui est aussi la plus sage, rejette ces idolâtries, et reconnaît un seul Dieu, éternel, immense, inconnu, inexplicable, au-dessus des perceptions de l'esprit humain, remplissant le monde entier de sa toute-puissance, et non de son étendue corporelle. Ce Dieu, ils l'appellent *Père* ; c'est à lui qu'ils rapportent les origines, les accroissements, les progrès, les révolutions, et les fins de toutes choses. C'est à lui seul qu'ils rendent les honneurs divins.

Au reste, malgré la diversité de leurs croyances, tous les Utopiens conviennent en ceci : « Qu'il existe un Être suprême, à la fois Créateur et Providence. » Cet Être est désigné dans la langue du pays par le nom commun de Mythra. La dissidence consiste en ce que Mythra n'est pas le même pour tous. Mais quelle que soit la forme

1. *Utopia* signifie littéralement « pays de nulle part ».

que chacun affecte à son Dieu, chacun adore sous cette forme la nature majestueuse et puissante, à qui seule appartient, du consentement général des peuples, le souverain empire de toutes choses.

Cette variété de superstitions tend de jour en jour à disparaître et à se résoudre en une religion unique, qui paraît beaucoup plus raisonnable. Il est même probable que la fusion serait déjà opérée, sans les malheurs imprévus et personnels qui viennent mettre obstacle à la conversion d'un grand nombre ; plusieurs, au lieu d'attribuer au hasard les accidents de ce genre, les interprètent, dans leur terreur superstitieuse, comme un effet de la colère céleste, comme une vengeance que le Dieu, dont ils s'apprêtent à délaisser le culte, tire de leur apostasie[1].

Texte 2

POÈME

Agrippa d'Aubigné ♦ « Misères », *Les Tragiques* (1616) [orthographe modernisée], v. 97-130.

En France, la seconde moitié du XVIe siècle est marquée par les guerres de religion. Catholiques et protestants se déchirent de 1562 à 1598. Protestant, Agrippa d'Aubigné (1552-1630) compose Les Tragiques, *long poème de sept chants où il évoque les « misères » de la France. Pour mieux frapper les esprits, il personnifie la France en mère déchirée par ses deux enfants qui appartiennent chacun à des camps opposés. Le tableau pathétique des conséquences de cette intolérance est un plaidoyer en creux pour la tolérance.*

Je veux peindre la France une mère affligée,
Qui est, entre ses bras, de deux enfants chargée.
Le plus fort, orgueilleux, empoigne les deux bouts
Des tétins nourriciers ; puis, à force de coups
D'ongles, de poings, de pieds, il brise le partage

1. **Apostasie** : abjuration, reniement.

Dont nature donnait à son besson[1] l'usage ;
Ce voleur acharné, cet Ésau[2] malheureux,
Fait dégât du doux lait qui doit nourrir les deux,
Si que[3], pour arracher à son frère la vie,
Il méprise la sienne et n'en a plus d'envie.
Mais son Jacob, pressé d'avoir jeûné meshui[4],
Ayant dompté longtemps en son cœur son ennui,
À la fin se défend, et sa juste colère
Rend à l'autre un combat dont le champ est la mère.
Ni les soupirs ardents, les pitoyables cris,
Ni les pleurs réchauffés ne calment leurs esprits ;
Mais leur rage les guide et leur poison les trouble,
Si bien que leur courroux par leurs coups se redouble.
Leur conflit se rallume et fait[5] si furieux
Que d'un gauche malheur ils se crèvent les yeux.
Cette femme éplorée, en sa douleur plus forte,
Succombe à la douleur, mi-vivante, mi-morte ;
Elle voit les mutins tout déchirés, sanglants,
Qui, ainsi que du cœur, des mains se vont cherchant.
Quand, pressant à son sein d'un amour maternel
Celui qui a le droit et la juste querelle,
Elle veut le sauver, l'autre qui n'est pas las
Viole en le poursuivant l'asile de ses bras.
Adonc se perd le lait, le suc de sa poitrine ;
Puis, aux derniers abois de sa prochaine ruine,
Elle dit : « Vous avez, félons[6], ensanglanté

1. Besson : jumeau.

2. Esaü : dans la Bible, les deux frères Esaü et Jacob s'entredéchirent. Ici, Esaü représente le parti catholique, tandis que Jacob incarne celui des protestants.

3. Si que : au point que.

4. Meshui : aujourd'hui.

5. Fait : devient.

6. Félons : traitres.

Le sein qui vous nourrit et qui vous a portés ;
Or vivez de venin, sanglante géniture[1],
Je n'ai plus que du sang pour votre nourriture. »

Texte 3

TRAITÉ PHILOSOPHIQUE

Pierre Bayle ♦ *Commentaire philosophique* (1686), II, chapitre VI.

En 1598, Henri IV accorde, par l'édit de Nantes, la liberté de culte aux protestants. En 1685, Louis XIV révoque cet édit : les protestants sont désormais persécutés. Pierre Bayle (1647-1706) s'enfuit en Hollande. Réfugié à Rotterdam, il écrit et publie un Commentaire philosophique sur ces paroles de Jésus-Christ : « Contrains-les d'entrer ». *C'est une condamnation des conversions forcées et un plaidoyer – alors inédit et original – en faveur de la coexistence des religions et de la liberté de conscience.*

Il n'y a pas, dit-on, de plus dangereuse peste dans un État que la multiplicité de Religions, parce que cela met en dissension les voisins avec les voisins, les pères avec les enfants, les maris avec les femmes, le Prince avec ses Sujets. Je réponds que bien loin que cela fasse contre moi[2], c'est une très forte preuve pour la tolérance ; car si la multiplicité de Religions nuit à un État, c'est uniquement parce que l'une ne veut pas tolérer l'autre, mais l'engloutir par la voie des persécutions [...]. C'est là l'origine du mal. Si chacun avait la tolérance que je soutiens, il y aurait la même concorde dans un État divisé en dix Religions que dans une ville où diverses espèces d'artisans s'entre-supportent mutuellement. Tout ce qu'il pourrait y avoir, ce serait une honnête émulation[3] à qui plus se signalerait en piété, en bonnes mœurs, en science ; chacune se piquerait de[4] prouver qu'elle est la plus amie de Dieu, en témoignant un plus

1. Géniture : progéniture.
2. Cela fasse contre moi : que la « multiplicité de Religions » me cause du tort.
3. Émulation : concurrence, compétition.
4. Se piquerait de : mettrait son point d'honneur à.

fort attachement à la pratique des bonnes œuvres ; elles se piqueraient même de plus d'affection pour la patrie si le Souverain les protégeait toutes et les tenait en équilibre par son équité. Or il est manifeste qu'une si belle émulation serait cause d'une infinité de biens ; et par conséquent la tolérance est la chose du monde la plus propre à ramener le siècle d'or et à faire un concert et une harmonie de plusieurs voix et instruments de différents tons et notes, aussi agréable pour le moins que l'uniformité d'une seule voix. Qu'est-ce donc qui empêche ce beau concert formé de voix et de tons si différents l'un de l'autre ? c'est que l'une des deux Religions veut exercer une tyrannie cruelle sur les esprits et forcer les autres à lui sacrifier leur conscience ; c'est que les Rois fomentent[1] cette injuste partialité et livrent le bras séculier[2] aux désirs furieux et tumultueux d'une populace de Moines et de Clercs ; en un mot tout le désordre vient non pas de la tolérance, mais de la non-tolérance.

■ Les écrivains des Lumières : la raison, fondement de la tolérance

Avec le siècle des Lumières, la tolérance change de contenu sans toutefois cesser d'appeler à la coexistence harmonieuse des religions. Il s'agit d'accepter, non plus ce que croit l'Autre, mais ce qu'il est. La tolérance devient une vertu sociale, la condition même d'un certain bonheur.

Texte 4

ROMAN ÉPISTOLAIRE

MONTESQUIEU ♦ *Lettres persanes* (1821), lettre 46.

En 1721, Montesquieu (1689-1755) publie les Lettres persanes. *Poussés par « l'envie de savoir », deux Persans – Usbek et Rica –*

1. **Fomentent** : entretiennent.
2. **Bras séculier** : puissance temporelle (opposée à celle de l'Église).

entreprennent de voyager en Europe afin d'y découvrir, sinon « la sagesse », du moins d'autres mœurs. Durant les huit années que dure leur voyage, ils écrivent à leurs amis restés en Perse pour leur raconter ce qu'ils voient et leur livrer leurs réflexions. Roman épistolaire, les Lettres persanes *sont tout à la fois un roman oriental, un roman satirique et un roman philosophique.*
Voici Usbek s'interrogeant sur ce que doit être la religion. Il réagit toutefois moins en musulman qu'en philosophe, adepte d'une religion naturelle, fondée sur l'humanité et l'acceptation d'autrui. La rigueur du raisonnement fait de la tolérance une conquête des Lumières.

Je vois ici des gens qui disputent[1] sans fin sur la religion ; mais il me semble qu'ils combattent en même temps à qui l'observera le moins.

Non seulement ils ne sont pas meilleurs chrétiens, mais même meilleurs citoyens, et c'est ce qui me touche : car, dans quelque religion qu'on vive, l'observation des lois, l'amour pour les hommes, la piété envers les parents, sont toujours les premiers actes de religion.

En effet, le premier objet d'un homme religieux ne doit-il pas être de plaire à la divinité, qui a établi la religion qu'il professe ? Mais le moyen le plus sûr pour y parvenir est sans doute d'observer les règles de la société et les devoirs de l'humanité ; car, en quelque religion qu'on vive, dès qu'on en suppose une, il faut bien que l'on suppose aussi que Dieu aime les hommes, puisqu'il établit une religion pour les rendre heureux ; que s'il aime les hommes, on est assuré de lui plaire en les aimant aussi, c'est-à-dire en exerçant envers eux tous les devoirs de la charité et de l'humanité, et en ne violant point les lois sous lesquelles ils vivent.

Par là, on est bien plus sûr de plaire à Dieu qu'en observant telle ou telle cérémonie : car les cérémonies n'ont point un degré de bonté par elles-mêmes ; elles ne sont bonnes qu'avec égard et dans la supposition que Dieu les a commandées. Mais c'est la

1. Disputent : débattent.

matière d'une grande discussion : on peut facilement s'y tromper ; car il faut choisir les cérémonies d'une religion entre celles de deux mille.

Un homme faisait tous les jours à Dieu cette prière : « Seigneur, je n'entends rien dans les disputes[1] que l'on fait sans cesse à votre sujet. Je voudrais vous servir selon votre volonté ; mais chaque homme que je consulte veut que je vous serve à la sienne. Lorsque je veux vous faire ma prière, je ne sais en quelle langue je dois vous parler. Je ne sais pas non plus en quelle posture je dois me mettre : l'un dit que je dois vous prier debout ; l'autre veut que je sois assis ; l'autre exige que mon corps porte sur mes genoux. Ce n'est pas tout : il y en a qui prétendent que je dois me laver tous les matins avec de l'eau froide ; d'autres soutiennent que vous me regarderez avec horreur si je ne me fais pas couper un petit morceau de chair[2]. Il m'arriva l'autre jour de manger un lapin dans un caravansérail[3]. Trois hommes qui étaient auprès de là me firent trembler : ils me soutinrent tous trois que je vous avais grièvement offensé ; l'un[4], parce que cet animal était immonde[5] ; l'autre[6], parce qu'il était étouffé ; l'autre[7] enfin, parce qu'il n'était pas poisson. Un brachmane[8] qui passait par là, et que je pris pour juge, me dit : "Ils ont tort : car apparemment vous n'avez pas tué vous-même cet animal. – Si fait, lui dis-je. – Ah ! vous avez commis une action abominable, et que Dieu ne vous pardonnera jamais, me dit-il d'une voix sévère. Que savez-vous si l'âme de votre père n'était pas passée dans cette bête[9] ?" Toutes ces choses, Seigneur,

1. **Disputes** : controverses, débats.

2. Allusion à la circoncision.

3. **Caravansérail** : auberge et hôtellerie avec une vaste cour, où les caravanes faisaient halte dans les pays du Moyen-Orient.

4. **L'un** : un Juif.

5. **Immonde** : impur.

6. **L'autre** : un Turc.

7. **L'autre** : un Arménien.

8. **Brachmane** : prêtre hindou.

9. Allusion à la théorie de la métempsycose.

me jettent dans un embarras inconcevable : je ne puis remuer la tête que je ne sois menacé de vous offenser ; cependant je voudrais vous plaire et employer à cela la vie que je tiens de vous. Je ne sais si je me trompe ; mais je crois que le meilleur moyen pour y parvenir est de vivre en bon citoyen dans la société où vous m'avez fait naître, et en bon père dans la famille que vous m'avez donnée. »

De Paris, le 8 de la lune de Chahban 1713.

Texte 5

CONTE PHILOSOPHIQUE

Voltaire ♦ *Candide* (1759), chapitre 6.

En 1759, Voltaire publie Candide ou l'Optimisme. *C'est une satire de tout ce qui détourne l'homme de travailler à l'amélioration de la vie ici-bas. Parmi les cibles de cette satire figure l'Inquisition, ce tribunal ecclésiastique qui châtiait et parfois condamnait à mort les « hérétiques ». Dans le passage qui suit, Voltaire démontre l'absurdité d'une telle intolérance.*

Après le tremblement de terre qui avait détruit les trois quarts de Lisbonne[1], les sages du pays n'avaient pas trouvé un moyen plus efficace pour prévenir une ruine totale que de donner au peuple un bel autodafé[2] ; il était décidé par l'université de Coïmbre[3] que le spectacle de quelques personnes brûlées à petit feu, en grande cérémonie, est un secret infaillible pour empêcher la terre de trembler.

On avait en conséquence saisi un Biscayen[4] convaincu d'avoir épousé sa commère[5], et deux Portugais qui en mangeant un poulet

1. Lisbonne fut effectivement détruite par un séisme en 1755.

2. **Autodafé** : cérémonie expiatoire au cours de laquelle les condamnés (des hérétiques) étaient brûlés vifs tout en devant faire leur acte de foi (sens premier du mot *auto- da – fé*) afin d'éviter l'enfer.

3. **Coimbre** : ville du Portugal possédant une illustre et très ancienne université.

4. **Biscayen** : originaire de Biscaye, l'une des trois provinces du Pays basque espagnol.

5. L'Église catholique interdisait tout mariage entre le parrain (le compère) et la marraine (la commère) d'un enfant baptisé.

en avaient arraché le lard : on vint lier après le dîner le docteur Pangloss et son disciple Candide, l'un pour avoir parlé, et l'autre pour avoir écouté avec un air d'approbation : tous deux furent menés séparément dans des appartements d'une extrême fraîcheur, dans lesquels on n'était jamais incommodé du soleil ; huit jours après ils furent tous deux revêtus d'un san-benito[1], et on orna leurs têtes de mitres de papier : la mitre et le san-benito de Candide étaient peints de flammes renversées et de diables qui n'avaient ni queues ni griffes ; mais les diables de Pangloss portaient griffes et queues, et les flammes étaient droites. Ils marchèrent en procession ainsi vêtus, et entendirent un sermon très pathétique, suivi d'une belle musique en faux-bourdon. Candide fut fessé[2] en cadence, pendant qu'on chantait ; le Biscayen et les deux hommes qui n'avaient point voulu manger de lard furent brûlés, et Pangloss fut pendu, quoique ce ne soit pas la coutume. Le même jour la terre trembla de nouveau avec un fracas épouvantable.

Candide, épouvanté, interdit, éperdu, tout sanglant, tout palpitant, se disait à lui-même : « Si c'est ici le meilleur des mondes possibles[3], que sont donc les autres ? Passe encore si je n'étais que fessé, je l'ai été chez les Bulgares[4]. Mais, ô mon chez Pangloss ! le plus grand des philosophes, faut-il vous avoir vu pendre sans que je sache pourquoi ! Ô mon cher anabaptiste[5] ! le meilleur des hommes, faut-il que vous ayez été noyé dans le port ! Ô Mlle Cunégonde !

1. San-benito : casaque jaune dont les condamnés étaient affublés en signe d'infamie.

2. Fessé : fouetté (sur les fesses).

3. S'inspirant de la doctrine du philosophe Leibniz pour qui « tout est au mieux » dans le meilleur des mondes possibles, car Dieu ne peut avoir voulu un monde foncièrement imparfait, Pangloss professe un optimisme à toute épreuve. Longtemps Candide le croit.

4. Candide a précédemment été enrôlé de force dans l'armée des Bulgares lors de leur guerre contre les Abares.

5. Anabaptiste : adepte d'un mouvement religieux protestant qui, n'admettant pas le baptême des enfants, les baptise de nouveau lorsqu'ils ont atteint l'âge de raison.

la perle des filles, faut-il qu'on vous ait fendu le ventre ! » Il s'en retournait se soutenant à peine, prêché, fessé, absous et béni, lorsqu'une vieille l'aborda et lui dit : « Mon fils, prenez courage, suivez-moi. »

Texte 6

TRAITÉ PHILOSOPHIQUE

VOLTAIRE ♦ *Traité sur la tolérance* (1763), chapitre XXIII.

En 1761, Marc-Antoine, fils d'un commerçant protestant de Toulouse, est retrouvé pendu. Suicide ou meurtre déguisé en suicide ? Très vite on prétend qu'il a été assassiné parce qu'il voulait se convertir au catholicisme. Son père, Jean Calas, est accusé d'infanticide, condamné à mort et soumis au supplice de la roue en 1762.
Voltaire, convaincu de l'innocence du malheureux, rédige son Traité sur la tolérance à l'occasion de la mort de Jean Calas *(1763). Jean Calas sera, grâce à Voltaire, réhabilité en 1765. Le traité s'achève par une « prière à Dieu » qui, en réalité, s'adresse autant sinon plus aux hommes qu'à la divinité. Son but est de montrer que la raison débouche sur la tolérance, seule capable d'instaurer la paix entre les hommes.*

Ce n'est donc plus aux hommes que je m'adresse ; c'est à toi, Dieu de tous les êtres, de tous les mondes et de tous les temps : s'il est permis à de faibles créatures perdues dans l'immensité, et imperceptibles au reste de l'univers, d'oser te demander quelque chose, à toi qui as tout donné, à toi dont les décrets sont immuables comme éternels, daigne regarder en pitié les erreurs attachées à notre nature ; que ces erreurs ne fassent point nos calamités[1]. Tu ne nous as point donné un cœur pour nous haïr, et des mains pour nous égorger ; fais que nous nous aidions mutuellement à supporter le fardeau d'une vie pénible et passagère ; que les petites différences entre les vêtements qui couvrent nos débiles corps, entre tous nos langages insuffisants, entre tous nos usages ridicules, entre toutes

1. **Calamités** : malheurs.

nos lois imparfaites, entre toutes nos opinions insensées, entre toutes nos conditions si disproportionnées à nos yeux, et si égales devant toi ; que toutes ces petites nuances qui distinguent les atomes appelés *hommes* ne soient pas des signaux de haine et de persécution ; que ceux qui allument des cierges en plein midi pour te célébrer supportent ceux qui se contentent de la lumière de ton soleil ; que ceux qui couvrent leur robe d'une toile blanche pour dire qu'il faut t'aimer ne détestent pas ceux qui disent la même chose sous un manteau de laine noire ; qu'il soit égal de t'adorer dans un jargon formé d'une ancienne langue, ou dans un jargon plus nouveau ; que ceux dont l'habit est teint en rouge ou en violet, qui dominent sur une petite parcelle d'un petit tas de la boue de ce monde, et qui possèdent quelques fragments arrondis d'un certain métal, jouissent sans orgueil de ce qu'ils appellent *grandeur* et *richesse*, et que les autres les voient sans envie : car tu sais qu'il n'y a dans ces vanités ni de quoi envier, ni de quoi s'enorgueillir.

Puissent tous les hommes se souvenir qu'ils sont frères ! Qu'ils aient en horreur la tyrannie exercée sur les âmes, comme ils ont en exécration le brigandage qui ravit par la force le fruit du travail et de l'industrie paisible ! Si les fléaux de la guerre sont inévitables, ne nous haïssons pas les uns les autres dans le sein de la paix, et employons l'instant de notre existence à bénir également en mille langages divers, depuis Siam jusqu'à la Californie, ta bonté qui nous a donné cet instant.

■ L'intolérance aujourd'hui : nouvelles formes, nouveaux combats

De nos jours la tolérance est devenu un enjeu politique mondial. Le 16 novembre 1995, les États membres de l'Unesco ont adopté une déclaration de principes sur la tolérance. Depuis, selon une résolution de l'Assemblée générale des Nations unies, chaque

16 novembre est organisée la Journée internationale de la tolérance. Défendre, promouvoir la tolérance passent désormais par l'adoption de lois interdisant toute discrimination, par une meilleure éducation, par un accès plus grand à l'information. C'est dire que la tolérance ne saurait se confondre avec une quelconque indifférence. Elle est bien au contraire un principe d'action, qui implique de solides convictions.

CHRONIQUE JOURNALISTIQUE

Texte 7

ÉMILE ZOLA ♦ *La Vérité en marche* (1901).

En 1894 éclate l'affaire Dreyfus, du nom d'un capitaine issu d'une famille juive alsacienne, qui, injustement accusé d'avoir livré des renseignements à l'Allemagne, est condamné à la dégradation militaire et à la déportation à vie à l'île du Diable (en Guyane). L'« Affaire », comme on dit alors, va profondément et durablement diviser la société française, en deux camps irréductibles : les antidreyfusards, convaincus de la culpabilité du capitaine ; et les dreyfusards, persuadés de son innocence.

Zola multiplie les articles en faveur de Dreyfus (dont le plus célèbre est son « J'accuse », publié dans L'Aurore *le 13 janvier 1898). En 1901, il les rassemble dans un volume qu'il titre* La Vérité en marche. *C'est un appel à la raison, à la tolérance, et le rejet absolu de l'antisémitisme.*

L'antisémitisme maintenant.

Il est le coupable. J'ai déjà dit combien cette campagne barbare, qui nous ramène de mille ans en arrière, indigne mon besoin de fraternité, ma passion de tolérance et d'émancipation humaine. Retourner aux guerres de religion, recommencer les persécutions religieuses, vouloir qu'on s'extermine de race à race, cela est d'un tel non-sens, dans notre siècle d'affranchissement, qu'une pareille tentative me semble surtout imbécile. Elle n'a pu naître que d'un cerveau fumeux, mal équilibré de croyant, que d'une grande vanité d'écrivain longtemps inconnu, désireux de jouer à tout prix un rôle, fût-il odieux[1]. Et je ne veux pas croire encore qu'un tel mouvement prenne jamais une importance décisive en France, dans ce pays de libre examen, de fraternelle bonté et de claire raison.

Pourtant, voilà des méfaits terribles. Je dois confesser que le mal est déjà très grand. Le poison est dans le peuple, si le peuple entier n'est pas empoisonné. Nous devons à l'antisémitisme la dangereuse virulence que les scandales de Panama ont prise chez nous. Et toute cette lamentable affaire Dreyfus est son œuvre : c'est lui seul qui a rendu possible l'erreur judiciaire, c'est lui seul qui affole aujourd'hui la foule, qui empêche que cette erreur ne soit tranquillement, noblement reconnue, pour notre santé et pour notre bon renom. Était-il rien de plus simple, de plus naturel que de faire la vérité, aux premiers doutes sérieux, et ne comprend-on pas, pour qu'on en soit arrivé à la folie furieuse où nous en sommes, qu'il y a forcément un poison caché qui nous fait délirer tous ?

Ce poison, c'est la haine enragée des Juifs, qu'on verse au peuple, chaque matin, depuis des années.

« FARCE TRAGIQUE »

Texte 8

EUGÈNE IONESCO ♦ *Rhinocéros* (1960), acte III. © Éditions Gallimard.

La tolérance n'a rien de passif, c'est savoir se défendre, résister, notamment contre toutes les formes de totalitarisme, en rappelant la dignité de l'être humain.

En 1960, le dramaturge Eugène Ionesco (1912-1994) fait jouer Rhinocéros. *Un village, une ville, un pays succombent à la « rhinocérite », qui ravale les hommes au rang d'animaux, aux passions grégaires et violentes. Seul un couple résiste : Bérenger et sa fiancée Daisy. Pas pour longtemps toutefois. Daisy se laisse séduire. Bérenger reste donc seul.*

1. Zola vise ici sans le nommer le journaliste et écrivain Édouard Drumont (1844-1917), militant antisémite notoire.

BÉRENGER, *se regardant toujours dans la glace.* – Ce n'est tout de même pas si vilain que ça, un homme. Et pourtant, je ne suis pas parmi les plus beaux ! Crois-moi, Daisy !

(Il se retourne.) Daisy ! Daisy ! Où es-tu, Daisy ? Tu ne vas pas me faire ça !

(Il se précipite vers la porte.) Daisy !

(Arrivé sur le palier, il se penche sur la balustrade.)

Daisy ! Remonte ! Reviens, ma petite Daisy ! Tu n'as même pas déjeuné ! Daisy, ne me laisse pas tout seul ! Qu'est-ce que tu m'avais promis ? Daisy ! Daisy !

(Il renonce à l'appeler, fait un geste désespéré et rentre dans sa chambre.)

Évidemment. On ne s'entendait plus. Un ménage désuni. Ce n'était plus viable. Mais elle n'aurait pas dû me quitter sans s'expliquer.

(Il regarde partout.) Elle ne m'a pas laissé un mot. Ça ne se fait pas. Je suis tout à fait seul maintenant.

(Il va fermer la porte à clé, soigneusement, mais avec colère.)

On ne m'aura pas, moi.

(Il ferme soigneusement les fenêtres.) Vous ne m'aurez pas, moi.

(Il s'adresse à toutes les têtes de rhinocéros.)

Je ne vous suivrai pas, je ne vous comprends pas ! Je reste ce que je suis. Je suis un être humain. Un être humain.

CHANSON

Texte 9

PIERRE PERRET ♦ *Lily* (1977) avec l'aimable autorisation des Éditions Adèle.

Il est enfin des chansons qui, parce qu'elles sont plus accessibles, jouent un rôle non négligeable dans la promotion de la tolérance. Celle de Pierre Perret (né en 1934), intitulée Lily, *résume à elle seule les combats contre l'intolérance au quotidien.*

I

On la trouvait plutôt jolie Lily
Elle arrivait des Somalies Lily

Dans un bateau plein d'émigrés
Qui venaient tous de leur plein gré
Vider les poubelles à Paris
Elle croyait qu'on était égaux Lily
Au pays d' Voltaire et d'Hugo Lily
Mais pour Debussy[1] en revanche
Il faut deux noires pour une blanche[2]
Ça fait un sacré distinguo
Elle aimait tant la liberté Lily
Elle rêvait de fraternité Lily
Un hôtelier rue Secrétan
Lui a précisé en arrivant
Qu'on ne recevait que des blancs

II

Elle a déchargé des cageots Lily
Elle s'est tapé des sales boulots Lily
Elle crie pour vendre des choux-fleurs
Dans la rue ses frères de couleur
L'accompagnent au marteau-piqueur
Et quand on l'appelait Blanche Neige Lily
Elle se laissait plus prendre au piège Lily
Elle trouvait ça très amusant
Mêm' s'il fallait serrer les dents
Ils auraient été trop contents
Elle aima un beau blond frisé Lily
Qui était tout prêt à l'épouser Lily
Mais la belle-famille lui dit nous
N' somm's pas racistes pour deux sous
Mais on veut pas de ça chez nous

1. Claude Debussy (1862-1918) : compositeur français.
2. « noires » et « blanche » : il s'agit de notes de musique.

III

Elle a essayé l'Amérique Lily
Ce grand pays démocratique Lily
Elle aurait pas cru sans le voir
Que la couleur du désespoir
Là-bas aussi ce fût le noir
Mais dans un meeting à Memphis Lily
Elle a vu Angela Davis[1] Lily
Qui lui dit viens ma petite sœur
En s'unissant on a moins peur
Des loups qui guettent le trappeur
Et c'est pour conjurer sa peur Lily
Qu'elle lève aussi un poing rageur Lily
Au milieu de tous ces gugusses
Qui foutent le feu aux autobus
Interdits aux gens de couleur

IV

Mais dans ton combat quotidien Lily
Tu connaîtras un type bien Lily
Et l'enfant qui naîtra un jour
Aura la couleur de l'amour
Contre laquelle on ne peut rien
On la trouvait plutôt jolie Lily
Elle arrivait des Somalies Lily
Dans un bateau plein d'émigrés
Qui venaient tous de leur plein gré
Vider les poubelles à Paris

1. **Angela Davis** (née en 1944) : professeur de philosophie et militante de la cause noire aux États-Unis, à l'époque des discriminations raciales.

Le siècle de Voltaire

| REPÈRE 1 |

Né en 1694 sous le règne finissant de Louis XIV, Voltaire meurt en 1778 sous celui de Louis XVI. Son « siècle » est celui des « Lumières », qui voit tout à la fois une crise de l'État, d'incontestables progrès économiques et l'essor du rationalisme.

DE ROI EN ROI : LOUIS XIV, LOUIS XV, LOUIS XVI

• **Louis XIV** disparaît en 1715. Philippe d'Orléans devient le régent du royaume, le jeune **Louis XV** (arrière-petit-fils de Louis XIV) étant âgé de seulement cinq ans. Son règne personnel débute en 1723 et dure jusqu'en 1774. C'est l'un des règnes les plus longs de l'histoire de France. Pour gouverner, Louis XV s'appuie successivement sur quatre principaux (Premiers) ministres : le duc de Bourbon, le cardinal de Fleury, le duc de Choiseul et le chancelier Maupeou. Plusieurs guerres marquent son règne : la guerre coloniale avec l'Angleterre (1744-1758) à propos du Canada ; la guerre de Succession d'Autriche (1741-1748) ; et la guerre de Sept Ans contre la Prusse (1756-1763).

• Son fils, **Louis XVI**, lui succède en 1774. Il sera guillotiné place de la Révolution (aujourd'hui place de la Concorde) le 21 janvier 1793.

PROGRÈS ÉCONOMIQUE ET CRISE DE L'ÉTAT

• Avec plus de vingt-cinq millions d'habitants, la **France** est le **pays le plus peuplé** d'Europe.

• Malgré les guerres, elle connaît une longue période de **prospérité économique**. C'est le **début** lent mais progressif **de la révolution industrielle**. L'extraction du charbon et du fer vitalise les régions du Nord et de l'Est, le Massif central. Le textile (soie lyonnaise, coton normand, toiles bretonnes) se développe. Les ports de la façade atlantique s'enrichissent grâce au « commerce triangulaire », fondé sur la traite négrière.

• Cette prospérité est certes loin de profiter à toute la population. Des émeutes de la faim éclatent régulièrement. Une **classe moyenne** ne s'en constitue pas moins. Ses conditions de vie s'améliorent.

• Deux problèmes majeurs subsistent toutefois. La **situation financière** du pays **se dégrade** constamment : les **déficits** s'accumulent, et les **impôts**, très injustement répartis, augmentent. Leur règlement nécessiterait une profonde réforme de l'État, que la résistance de la noblesse et du clergé, attachés à leurs privilèges, rend impossible. Ce sera une des causes de la Révolution de 1789.

LE SIÈCLE DES LUMIÈRES

- Au théâtre, Voltaire puis Crébillon maintiennent le prestige de la **tragédie**. Diderot lance le **drame bourgeois**, mettant en scène des malheurs domestiques. Marivaux (*Les Fausses Confidences*, 1737) puis Beaumarchais (*Le Barbier de Séville*, 1775) renouvellent la **comédie**.

- La **poésie** connaît une **double évolution**. D'une part, elle s'oriente vers des thèmes préromantiques (la nostalgie, la méditation devant un paysage, des ruines) avec des poètes comme Delille. D'autre part, elle s'affranchit des contraintes de la versification en inventant avec Rousseau une prose musicale.

- Le **roman** est en **plein essor**. **Prévost** (*Manon Lescaut*, 1731) et **Rousseau** (*La Nouvelle Héloïse*, 1761) analysent les ravages de la passion. **Diderot** subvertit les codes en vigueur du genre (l'illusion du réalisme, la connivence de fait entre auteur et lecteur) dans *Jacques le fataliste* et *Le Neveu de Rameau*.

- Surtout **la pensée scientifique et philosophique – les « Lumières » – s'enhardit et s'approfondit.** Avec Montesquieu, Rousseau, Voltaire, Diderot, c'est le temps des philosophes. L'*Encyclopédie* se veut la somme critique des connaissances du temps. Son rationalisme et son matérialisme lui vaudront d'être plusieurs fois censurée. Les contes de Voltaire participent à leur façon de cette diffusion des « Lumières ». Le siècle est au triomphe de la raison.

Voltaire en son temps

| REPÈRE 2 |

Tour à tour fêté et disgracié, reçu à Versailles et exilé, Voltaire connaît une vie mouvementée. Dramaturge, philosophe, il ne cesse de combattre pour la justice, pour le progrès social et économique, pour la tolérance, bref pour un monde meilleur.

DE LA PRISON À L'EXIL (1717-1734)

- François-Marie Arouet de son vrai nom, Voltaire **naît à Paris le 21 novembre 1694**. Ses études sont classiques, et sa jeunesse très vite libertine.

- Ses satires contre le Régent lui valent un **premier séjour à la Bastille** (1717-1718). Il y termine sa tragédie d'*Œdipe* qui, sitôt jouée, remporte un vif succès. Le voilà célèbre, bientôt reçu à la cour. Une querelle avec le chevalier de Rohan le renvoie à la Bastille puis l'oblige à quitter la France pour l'Angleterre.

• Voltaire y reste deux ans et demi. De ses observations naissent les *Lettres philosophiques*, qu'il publie en 1734, à son retour en France. Éloge de la société anglaise, **elles dénoncent en creux les préjugés de la société française**. Menacé pour cette raison d'arrestation, Voltaire se réfugie à Cirey, en Champagne, près d'Émilie du Châtelet.

DES SUCCÈS À LA DISGRÂCE (1734-1750)

• **Cirey** devient pendant près de quinze ans son port d'attache. Il y **déborde d'activités**, se passionnant aussi bien pour les sciences que pour le théâtre, l'histoire et la philosophie. Ses tragédies – *Mahomet* (1741), *La Mort de César* (1743) après *Zaïre* en 1732 – font de lui le dramaturge le plus célèbre de son temps. De nombreux voyages le mènent tour à tour à Berlin, à Bruxelles, à Paris.

• La protection du marquis d'Argenson lui permet de devenir **historiographe de Louis XV** (1745). Élu à l'Académie française (1746), Voltaire compose des œuvres de circonstance. C'est sa période de courtisan. Période brève : un trait d'esprit signe sa disgrâce, épisode dont il se souviendra dans *Zadig* (1748). Voltaire retourne à Cirey. En 1749, la mort de Mme du Châtelet le laisse désemparé.

PREMIÈRES LUTTES PHILOSOPHIQUES (1750-1760)

• À l'invitation de Frédéric II, roi de Prusse, **Voltaire se rend à Berlin**, où il est royalement reçu. Il y achève son *Siècle de Louis XIV* (1751), publie *Micromégas* (1752). Mais ses relations avec Frédéric II ne tardent pas à se dégrader. En 1753, Voltaire quitte Berlin pour la banlieue de Genève où il s'installe dans sa propriété des *Délices*.

• Controverses et polémiques l'empêchent d'y vivre paisiblement. Convaincu que la vie en société améliore l'homme, Voltaire **se brouille avec Rousseau**, farouche défenseur de l'état de nature. Il **défend Diderot et son Encyclopédie** contre les jésuites et le Parlement. Son pessimisme s'accroît : son *Essai sur les mœurs* (1756) montre que l'Histoire n'est faite que de guerres et de crimes. *Candide* (1759) est une satire acerbe de l'optimisme. En butte aux tracasseries des Genevois hostiles au théâtre, Voltaire achète le **château de Ferney**, près de la frontière franco-suisse, mais du côté français.

LES DERNIERS COMBATS (1760-1778)

- Les dix-sept dernières années de Voltaire sont **les plus militantes** de son existence. Contre le fanatisme religieux et les superstitions de toutes sortes, il publie successivement son *Dictionnaire philosophique* (1764) et plusieurs contes, dont *L'Ingénu* (1767). Contre les méandres de la justice et l'incompétence des juges, il intervient dans plusieurs affaires judiciaires, dont la retentissante **affaire Calas** (réhabilité en 1765).
- Le **théâtre** continue de le passionner. *Irène* (1778), sa dernière tragédie, obtient un triomphe à Paris, auquel il peut assister lors d'un bref séjour dans la capitale. Célébré, honoré de tous, sauf des pouvoirs établis, le « roi Voltaire » meurt le 30 mai 1778, à l'âge de 84 ans.
- Il est inhumé sans funérailles religieuses, presque clandestinement, à Ferney. Ses restes seront solennellement transférés au Panthéon le 10 mai 1791.

La place de *Zadig* et de *L'Ingénu* dans l'œuvre de Voltaire | REPÈRE 3 |

Même si Voltaire les écrit sur le tard, alors qu'il est déjà un dramaturge, un historien et un philosophe célèbre, ses contes occupent une place majeure dans son œuvre, au point d'en faire parfois oublier les autres aspects.

DES ŒUVRES DE LA MATURITÉ

- Voltaire a écrit **vingt-six contes**. C'est plus que ses quinze tragédies ou que ses traités et essais philosophiques. Tous ont été publiés après 1747. *Zadig* date de cette année-là, *L'Ingénu* de 1767. Dans l'intervalle de vingt ans qui les sépare, s'inscrivent *Micromégas* (1752) et *Candide* (1759) pour ne citer que les titres les plus célèbres.
- À la publication de *Zadig*, Voltaire, né en 1694, a 53 ans. Sa carrière de conteur commence et va s'épanouir durant la seconde moitié de son existence. Les contes sont donc des **œuvres de la maturité**, fruits d'une expérience et d'une réflexion déjà longues. Ni *Zadig* ni *L'Ingénu* ni d'ailleurs aucun autre conte voltairien ne relèvent donc du simple divertissement, et encore moins de la littérature enfantine.

UNE PLACE À PART ENTIÈRE

• Quels sont en effet leurs **thèmes essentiels** ? Comme l'indique son sous-titre, *Zadig ou la Destinée* soulève la question du sens de l'existence. Celle-ci en a-t-elle ? Et si elle en a un, quel est-il ? Une Providence agit-elle à travers les événements, parfois contradictoires, souvent incompréhensibles, qu'un être humain peut avoir à vivre ? Ce sont de graves sujets, chacun ne peut qu'en convenir. Quant à *L'Ingénu*, il renferme une violente satire politique et religieuse de la société française en même temps qu'une interrogation sur le Bien et le Mal.

• **Il n'y a donc pas lieu de dissocier le Voltaire philosophe**, auteur du *Traité sur la tolérance* (1763) ou du *Dictionnaire philosophique* (1764), **du Voltaire conteur**, auteur de *Zadig* et de *L'Ingénu.* C'est, par-delà d'inévitables évolutions, le même homme et le même écrivain. Et, poursuivi par des moyens propres à toucher un public plus vaste, c'est le même combat pour les Lumières, contre le fanatisme religieux, l'arbitraire politique ou les privilèges. Ses contes ne sont pas inférieurs à ses autres textes. Ils occupent à bon droit une place à part entière dans son œuvre.

UNE PLACE AUJOURD'HUI PREMIÈRE

• Les contes possèdent même sur les traités et essais l'avantage d'être moins abstraits, moins théoriques : **ils amusent, ils séduisent, ils font réfléchir**. Aucune de ces trois caractéristiques ne l'emporte jamais sur les deux autres. Elles sont étroitement **liées**. Les mésaventures de Zadig – tour à tour ministre, esclave, roi, trompé par les femmes puis heureux en amour – font sourire et émeuvent. Fort « ingénu » mais doté d'un solide bon sens, l'étonnement d'un jeune Huron devant les coutumes de la société française est souvent comique. Mais ce comique en débusque les absurdités et les injustices.

• Les tragédies de Voltaire ne sont plus guère jouées aujourd'hui, à l'exception parfois de *Zaïre.* La partie proprement historique de son œuvre – l'*Histoire de Charles XII* (1731), *Le Siècle de Louis XIV* (1751), l'*Essai sur les mœurs* (1756) – passionne les seuls spécialistes, même si on peut le regretter. Il en va de même de ses essais philosophiques.

• Restent ses contes, qui conservent de nombreux lecteurs. Ils sont devenus les œuvres de Voltaire les plus lues, les plus traduites dans le monde. C'est que sous leur allure fantaisiste s'y exprime le meilleur de cet homme des Lumières : son **ironie**, réjouissante et décapante, ses **indignations** devant l'injustice, ses dénonciations de l'obscurantisme, sa **foi** malgré tout et parfois envers et contre tout **dans l'avenir de l'humanité**.

Les arts d'agrément au XVIIIe siècle

| REPÈRE 4 |

Accompagnant le développement des salons et de la vie mondaine, les arts d'agrément connaissent un bel essor : c'est le siècle de la musique et de l'opéra, d'une architecture moins fastueusement royale, mais plus intime, plus raffinée. Le mobilier change aussi. À la Cour comme à la Ville, tout obéit et cède au plaisir de vivre.

LA MUSIQUE ET L'OPÉRA

- Les philosophes des Lumières se sont intéressés de très près à la **musique** parce que celle-ci est à la fois un art, un passe-temps mondain, une science (l'acoustique), une technique (la fabrication des instruments) et un langage universel. Rousseau met ainsi au point une nouvelle méthode de notation musicale pour faciliter l'apprentissage du solfège. Il est même l'auteur d'un opéra en 1752, *Le Devin de village*.

- En France, parmi de nombreux compositeurs, un nom domine le siècle (qui, à l'étranger, est celui de Mozart, de Bach et de Vivaldi) : celui de **Jean-Philippe Rameau** (1683-1764), ami de Voltaire et auteur de 32 opéras, dont ses célèbres *Indes galantes* (1735).

- Depuis la fin du XVIIe siècle, deux « écoles » musicales s'opposent : d'un côté, les partisans de la **musique** dite **« à la française »**, mélodieuse mais jugée trop savante, représentée par **Lulli** (1632-1687), Italien de naissance mais ayant vécu à la cour de Louis XIV ; de l'autre, les tenants de la **musique italienne**, tel **Marc-Antoine Charpentier** (1635-1704), jugée plus naturelle.

- C'est dans ce contexte qu'éclate une vive « Querelle » lorsqu'en 1752 s'installe à Paris la troupe italienne des « Bouffons » (ainsi appelée parce qu'elle interprétait des opéras puisant leurs sujets dans la comédie et la farce). Cette « **Querelle des Bouffons** » va durer deux ans, jusqu'au départ de la troupe. Elle n'en consacre pas moins la suprématie de la musique italienne et le triomphe d'un genre qui connaîtra une immense fortune au XIXe siècle : celui de **l'opéra-comique**.

LA PEINTURE

• Reflet de la vie mondaine et de ses aspirations, la peinture est au XVIIIe siècle un **art majeur**, pratiqué par de grands noms.

• Surnommé de son vivant « le peintre des fêtes galantes », **Antoine Watteau** (1684-1721) excelle dans la représentation de plaisirs raffinés, en plein air, propices à la fantaisie et à l'évasion (*Les Plaisirs du bal ; L'Embarquement pour Cythère*, 1717). **Jean-Baptiste Chardin** (1699-1779) préfère les natures mortes et les scènes de la vie quotidienne (*La Mère laborieuse*, 1740). **François Boucher** (1703-1770) opte pour des tableaux intimistes dans des décors luxueux (*Portrait de madame de Pompadour*, 1750). **Jean-Honoré Fragonard** (1732-1786) campe des scènes galantes et libertines (*Les Hasards heureux de l'escarpolette*, 1766). Quant à **Jean-Baptiste Greuze** (1725-1805), il évolue vers une peinture sentimentale et moralisante, proche en cela du drame bourgeois de Diderot (*La Mauvais fils puni*, 1755).

• Littérature et peinture entretiennent des rapports de plus en plus étroits. Avec ses *Salons* (1759-1767), **Diderot** inaugure la **critique esthétique**, qui annonce celle de Baudelaire.

ARCHITECTURE, SCULPTURE, MOBILIER

• L'**architecture** du XVIIIe siècle rompt avec celle, monumentale, du XVIIe siècle. Tout en restant élégants, les édifices sont de moindres proportions et plus fonctionnels. **Jean Courtonne** achève en 1721 la construction de l'hôtel Matignon, et **Jacques-Ange Gabriel**, celle du Petit Trianon en 1768 à Versailles.

• En **sculpture**, **Jean-Antoine Houdon** (1741-1828) se spécialise dans les bustes gracieux et expressifs – dont ceux de *Diderot* (1771), de *Rousseau* (1779) et de *Voltaire* (1781). Directeur des ateliers de sculpture de la manufacture de Sèvres, **Étienne Falconet** (1716-1791) crée des bustes et des statues maniérés et sensuels.

• **Jean-Henri Riesener** (1734-1806) est, quant à lui, un **ébéniste** talentueux et délicat, notamment célèbre pour ses bureaux à cylindre, dont celui de Louis XV, exposé au château de Versailles.

Le conte philosophique | FICHE 1 |

Voltaire n'invente pas le conte, dont le genre remonte à la plus haute Antiquité, mais il le renouvelle en en faisant une arme et un vecteur de son combat philosophique. Avec lui naît, non pas le conte, mais le conte philosophique. Quelles en sont les principales caractéristiques ?

DES EMPRUNTS AU CONTE TRADITIONNEL

Le conte philosophique est d'abord un conte. Populaire ou merveilleux, le conte est un genre ancien, remontant à l'Antiquité et remis au goût du jour dès la fin du XVIIe siècle.

1 • Les invariants de tout conte

Voltaire **reprend** les principales caractéristiques du conte :

– une structure composée de **courts chapitres** ;
– une **intrigue fantaisiste** et s'ouvrant sur le merveilleux : Zadig rencontre un ermite qui se change en ange (chap. XVIII) ; dans *L'Ingénu,* saint Dunstan vint en France sur « une petite montagne » (chap. I) ;
– des **personnages stylisés**, réduits à un seul trait de caractère : l'Ingénu ; l'Envieux, le Jaloux dans *Zadig* ;
– des **thèmes** ou des personnages **traditionnels** : l'orphelin, les brigands, la prison, les déboires sentimentaux.

2 • Des spécificités propres

• Chacun de ces deux contes n'en possède pas moins sa spécificité. ***Zadig*** se présente comme une « **histoire orientale** ». La traduction, par Antoine Galland, des *Mille et Une nuits* (1704-1717) en avait lancé la mode. Même si l'orientalisme de *Zadig* demeure très superficiel, la description des vêtements et des coutumes de Perse et d'Arabie renvoie à l'imaginaire du conte.

• ***L'Ingénu*** s'inscrit, quant à lui, dans un cadre historique plus précis : en 1689, en France, sous le règne de Louis XIV. Mais le « **bon sauvage** » qu'est l'Ingénu, jeune Huron fraîchement débarqué du Canada, confère au conte sa note exotique.

LA TRAME D'UN ROMAN D'APPRENTISSAGE

Le roman d'apprentissage est un type de récit dans lequel un personnage, nécessairement jeune, découvre à ses dépens ce qu'est la vie.

Des voyages d'apprentissage

• Les deux contes relatent un **voyage**: **géographiquement**, à travers l'espace; **socialement**, à travers différentes strates de la société; **philosophiquement**, à travers diverses situations.

• Riche Babylonien, **Zadig** échappe de peu au bûcher, devient ministre du roi Moabdar, doit s'enfuir d'Égypte pour avoir aimé la reine Astarté, s'y retrouve esclave, devient en Arabie le favori de Serendib, retourne enfin à Babylone, où sa sagesse et l'amour d'Astarté le font monter sur le trône.

• **L'Ingénu** accomplit également un vaste périple : du Canada en Angleterre puis en France; du prieuré de la Montagne en Basse-Bretagne à la prison de la Bastille, de Versailles à de nouveau le prieuré breton.

• Dans les deux cas, le voyage s'achève par un retour au point de départ. Mais **le héros n'est plus le même** : il a découvert le monde, il a risqué sa vie, il a souffert, il a mûri, il est devenu adulte.

LA RÉFORME DE LA SOCIÉTÉ

La trame du roman d'apprentissage sert de support au discours philosophique. Celui-ci concerne d'abord l'organisation de la cité.

1 • Contre les fanatismes religieux

• Déiste, Voltaire n'en **combat** pas moins **le fanatisme religieux**, synonyme à ses yeux d'obscurantisme, d'intolérance et de barbarie. À Babylone, une secte impose de pénétrer dans un temple du pied gauche et une autre du pied droit. Zadig y entre à pieds joints, arguant que la Providence se soucie peu de la manière d'entrer dans un temple (chap. VII).

• Si toute guerre est condamnable, les **guerres de religion** le sont encore plus. *L'Ingénu*, dont l'action se situe quatre ans après la révocation de l'édit de Nantes (1685), en rappelle les conséquences humainement et économiquement néfastes (chap. VIII).

• Enfin, dans les deux contes, le **clergé** est cupide, hypocrite, cruel.

2 • Pour une meilleure justice

• **Personnellement engagé dans les affaires judiciaires de son époque** (les affaires Calas, Sirven, La Barre...), Voltaire milite pour une meilleure justice.

• L'Ingénu est expédié à la Bastille sur une simple lettre de cachet, sans enquête ni procès (chap. X). Toute condamnation doit en outre reposer sur des preuves patentes de culpabilité : Zadig, lui, manque d'être empalé pour avoir mal parlé des griffons (chap. IV).

3 • Pour un gouvernement éclairé par la raison

• Enfin, **politiquement**, Voltaire prône un gouvernement fondé sur la raison et le discernement. Le régime idéal est selon lui celui qui voit un roi maintenir la paix, développer l'économie, favoriser les arts et les lettres.

• C'est ainsi que, sous le règne de Zadig, « l'empire jouit de la paix, de la gloire et de l'abondance » et que « ce fut le plus beau siècle de la Terre » (chap. XIX). La fin de *L'Ingénu* est plus désabusée, rien ne changeant vraiment à la cour de Versailles.

UNE RÉFLEXION PHILOSOPHIQUE

Philosophiques, les deux contes le sont aussi par leur questionnement métaphysique sur l'origine du Mal et le sens de l'existence.

1 • Le malaise métaphysique

• Zadig et l'Ingénu ne rêvent à l'origine que d'être heureux : le premier auprès de la tendre Sémire, le second aux côtés de Mlle de Saint-Yves. Leur quête du bonheur se heurte à des malheurs en cascade. Est-ce l'effet de la « destinée » (sous-titre de *Zadig*) ? Mais, dans ce cas, quelle puissance supérieure en décide, et pour quelles raisons ? Zadig ne cesse de se poser la question (chap. VIII, X, XIII, XV). L'Ingénu s'étonne, quant à lui, que la religion qui prétend faire le bonheur de l'homme l'empêche d'être heureux.

• **Comment**, en définitive, **le Mal peut-il exister dans un monde créé par un Dieu bon** par définition, auquel Zadig et l'Ingénu croient ? C'est partir à la recherche de la vérité, ce qui constitue l'objet même de la philosophie.

2 • L'insuffisance des réponses

• **Zadig** ne se satisfait d'aucune des réponses que lui donne l'ange Jesrad (chap. XVIII). D'abord, lui dit-il, si le Mal n'existait pas, la Terre serait une autre Terre. Ensuite, le Mal sert à éprouver la solidité de la foi d'« un petit nombre de justes ». Enfin, « il n'y a point de mal dont il ne naisse un bien », même si l'homme ne s'en aperçoit pas immédiatement. C'est pour Zadig une bien faible consolation. Il s'apprête à objecter (« Mais... », dit-il) quand l'ange monte au ciel.

• **L'Ingénu** s'en prend au philosophe Malebranche (1638-1715) qui lui paraît avoir écrit son livre *La Recherche de la vérité* pour moitié avec « sa raison » et pour l'autre avec « son imagination et ses préjugés » (chap. x). Ni la métaphysique ni la philosophie ne fournissent donc de réponses satisfaisantes.

3 • Un idéal mesuré et à hauteur d'homme

• Devenu roi de Babylone, **Zadig** refuse de se poser des questions qui resteront à jamais sans réponse nette. Et puisque la Providence semble se désintéresser du sort des hommes, c'est à ces derniers d'organiser leur vie sur Terre le moins mal ou le mieux possible, par le travail et le développement de la civilisation. C'est faire preuve d'un **optimisme modéré**.

• La leçon qui se dégage de ***L'Ingénu*** est tout autre. « Guerrier » et « philosophe intrépide », le Huron reste désespéré de la mort de Mlle de Saint-Yves. Gordon regrette le temps perdu à se préoccuper de questions métaphysiques. Le conte s'achève sur ces mots : « *Malheur n'est bon à rien !* » (chap. xx). Le **constat** est à la fois **amer et sans appel.** Que la Providence existe ou n'existe pas, seul compte d'abord l'ici-bas.

Les procédés de l'argumentation

| FICHE 2 |

L'argumentation est au cœur du conte philosophique voltairien : sans elle, en effet, pas d'exposé des Lumières ni de démonstration de leur bien-fondé, pas d'adhésion du lecteur à leurs principes ni d'espoir de leur mise en application. Inhérente au genre même du conte philosophique, l'argumentation veut plus que jamais convaincre et persuader.

LES PRINCIPALES FAÇONS DE CONVAINCRE

Convaincre, c'est obtenir l'assentiment intellectuel d'autrui par des moyens rationnels, logiques, pour ainsi dire scientifiques.

1 • L'appel à la raison

• D'entrée de jeu, ***Zadig*** se présente comme un **conte instructif**, « qui dit plus qu'il ne semble dire ». Qu'il parle de lui ou qu'il s'adresse à ses interlocuteurs,

Zadig se réfère presque constamment à la raison. À la coutume, « millénaire », qui contraint les veuves à s'immoler sur le bûcher où brûle le corps de leur mari, il oppose la « raison » qui est « plus ancienne » encore que cette horrible tradition (chap. XI).

• **L'Ingénu** possède, lui, un solide bon sens qui lui permet de réfléchir, de concevoir et d'émettre des idées. Même si son savoir reste longtemps rudimentaire, il sait, fût-ce naïvement, bâtir un raisonnement. Avec le philosophe grec Aristote (IVe siècle avant notre ère), Voltaire partage la conviction que l'**homme** est un « **animal raisonnable** », capable de rationalité. Ses thèses n'en sont naturellement que plus convaincantes.

2 • Le raisonnement déductif

• Déduire, c'est **tirer d'une observation une conclusion**. Or **Zadig** est un observateur-né. L'examen de traces animales lui permet par exemple de conclure au passage récent d'une chienne et d'un cheval, mais aussi d'en déduire certaines de leurs caractéristiques morphologiques (chap. III).

• **L'Ingénu** s'étonne, quant à lui, de voir que les catholiques s'imposent des pratiques ignorées de la Bible (comme l'interdiction d'épouser sa marraine) mais qu'ils ignorent celles mentionnées dans les Évangiles (la circoncision, le baptême par immersion, la confession réciproque (chap. III, IV).

3 • Le raisonnement inductif

• L'induction procède de la démarche inverse : elle **remonte des conséquences aux causes.** Les répercussions catastrophiques de la révocation de l'édit de Nantes (proscrivant les protestants en 1685) sur la démographie, l'économie et les finances du royaume condamnent celui-ci dans son principe même : à conséquence mauvaise, cause mauvaise (*L'Ingénu*, chap. VIII).

• Zadig part également des faits pour remonter aux principes, quand il démontre à un Grec, à un Égyptien et à un Indien que, par-delà leurs différences religieuses, ils adorent en réalité le même « Être » suprême (chap. XII).

4 • Le rejet de tout dogmatisme

• Les personnages **refusent** enfin **d'admettre comme vérité** tout ce qui n'est pas prouvé ou du moins **tout ce qui n'est pas soumis à un examen critique**. Embastillé dans la même cellule que l'Ingénu, le pauvre Gordon regrette amèrement ses années passées et perdues à étudier des thèses métaphysiques par définition impossibles à établir (*L'Ingénu*, chap. XIV).

• Zadig dénonce les fausses logiques, les habitudes comportementales, les idées reçues et toutes faites. Deux sectes s'opposent sur le point de savoir s'il faut entrer dans un temple du pied droit ou du pied gauche. Zadig y pénètre en sautant à pieds joints, car la divinité, démontre-t-il, ne s'embarrasse pas de telles considérations (chap. VII).

LES PRINCIPALES MANIÈRES DE PERSUADER

La persuasion use de moyens plus émotifs : elle s'adresse moins à l'intellect qu'à l'affectivité, plus aux émotions qu'à la rationalité pure.

1 • L'ironie

• C'est la **marque des contes voltairiens**. L'ironie y sert à dénoncer une opinion ou à disqualifier un adversaire. Figure de style consistant à dire le contraire de ce que l'on pense, l'**antiphrase** en est l'un des procédés favoris. Aux juges stupides et cupides qui viennent de le condamner, Zadig parle en ces termes : « Étoiles de justice, abîmes de science, miroirs de la vérité… » (chap. III). Respectueuse dans la forme, l'adresse est sur le fond une critique sans concession.

• Dans *L'Ingénu*, Voltaire affuble ignorants et fanatiques – pour lui, ce sont souvent les mêmes – de noms savants, mais qu'il invente pour mieux les déconsidérer : « apédeutes », « linostoles », « pastophores » (chap. XI). Quant au « bon » père jésuite « Tout-à-tous », son nom dit assez son hypocrisie. En le faisant ainsi rire ou sourire, **Voltaire met le lecteur de son côté**, qui en vient à partager ses convictions et ses haines.

2 • Une subtile construction du récit

• Maître de son récit, Voltaire sait en agencer habilement les épisodes. Comme souvent, **la construction fait sens**. À la futilité d'une cause, il oppose presque systématiquement la gravité des conséquences : l'archimage Yebor veut ainsi faire « empaler Zadig pour avoir mal pensé des griffons » – qui, de surcroît, n'existent pas ! La disproportion et l'absurdité du propos sont telles que son auteur s'en trouve disqualifié. Ailleurs, une contraction du temps – décidée et voulue par Voltaire – souligne une ineptie : à peine Zadig est-il condamné pour avoir volé un cheval et une chienne qu'on les retrouve (chap. III).

• *L'Ingénu* abonde en **fausses chaînes logiques**. Gordon pense que Dieu a de « grands desseins » sur l'Ingénu « puisque » Dieu l'a conduit du lac Ontario en Angleterre puis en France, qu'il l'a fait baptiser en Basse-Bretagne et mener « pour son salut » à la Bastille. L'Ingénu lui répond qu'il ne voit pas très bien le rapport entre ces différents événements (chap. X), et il n'y en a pas en effet, sauf à croire en la théorie, indémontrable, du providentialisme (doctrine métaphysique consistant à croire que tout, absolument tout, est voulu par Dieu).

3 • Une rhétorique émotive

• Voltaire sait enfin **susciter** chez son lecteur **les réactions favorables à ses thèses**. L'évocation par des habitants de Saumur des « cinquante mille familles fugitives et de cinquante mille autres converties par les dragons [soldats] » est si vive que l'Ingénu en verse des larmes (chap. VIII). Le lecteur, lui, ne pleure pas mais ne peut qu'être touché par le sort de ces malheureux.

• Zadig s'étonne, s'indigne de l'absence de gratitude et de la cruauté de l'Ermite avant que celui-ci ne s'explique sur les voies mystérieuses de la Providence. Comme le lecteur a partagé les réactions de Zadig, il n'en écoute que mieux la leçon que reçoit le personnage.

• Qu'il s'adresse à sa raison ou à son affectivité, qu'il le fasse réfléchir ou sourire, Voltaire cherche ainsi par tous les moyens à emporter l'adhésion de son lecteur. Entre ses mains, le conte est une **arme de combat**, **de diffusion des Lumières** et de propagande en leur faveur. À une condition, nécessaire et implicite, toutefois : que ce lecteur, auquel Voltaire s'adresse, soit suffisamment curieux intellectuellement pour s'intéresser à leur message et qu'à l'instar de Gordon, il sache faire preuve d'une réelle ouverture d'esprit.

Les personnages de *Zadig* | FICHE 3 |

Zadig *présente toute une galerie de personnages à la fois stylisés et complexes. Personnage principal, Zadig réunit en lui les caractéristiques d'un héros et d'un anti-héros. Même lorsqu'ils appartiennent au monde de la satire, les personnages ont toujours pour fonction de susciter la réflexion, et de constituer autant de rencontres qui influent sur l'évolution intellectuelle du héros.*

ZADIG OU LA DURE CONQUÊTE DU BONHEUR

Zadig est évidemment le personnage central du conte, auquel il donne d'ailleurs son nom.

1 • Un héros parfait

Zadig possède les qualités des héros de roman traditionnels : la jeunesse, la beauté, l'intelligence, la générosité, le courage, la richesse (chap. I, II). On chercherait en vain son moindre défaut. De telles qualités devraient assurer son bonheur. Or il n'en est rien.

2 • Un anti-héros cumulant les échecs

Zadig court de mésaventure en infortune. Ses premières amours (Sémire, Azora) déçoivent ses espérances. Prêtres, juges et envieux conspirent à sa mort (chap. III, IV). Premier ministre trop heureux du roi Moabdar, il est contraint de s'enfuir en Égypte (chap. VI, VII, VIII), où il est presque aussitôt réduit en esclavage (chap. X, XI). Il ne recouvre sa liberté que pour être condamné au bûcher (chap. XII). Sauvé par la belle Almona, il est fait prisonnier par Argobad, terrible seigneur des brigands (chap. XIII, XIV). Il ne faudra pas moins d'une révolution à Babylone pour qu'il retrouve par un extraordinaire concours de circonstances la reine Astarté qu'il aime et qui l'aime, qu'il l'épouse et devienne le roi de Babylone (chap. XVI à XIX).

3 • Un grand voyageur malgré lui

Ces épreuves jettent Zadig sur les routes d'Orient. Babylonien, il se réfugie en Égypte. De là, il passe en Syrie, puis en Palestine (chap. X), puis à « Balzora » en Irak (chap. XII), en Arabie (chap. XIV), avant de retrouver enfin Babylone. Son errance lui fait découvrir la **diversité** des coutumes et des comportements des peuples, lui permet de **confronter** ses opinions et ses expériences avec celles d'autrui.

4 • Un porte-parole de Voltaire

Voltaire se sert du **biais de l'errance** pour pour faire porter par Zadig ses propres idées. Premier ministre, Zadig donne l'exemple de ce que doit faire un gouvernement fondé sur les Lumières. Débattant avec des représentants de différentes religions, il prône la tolérance. S'interrogeant sur le sens de sa « destinée », il expose ses convictions et ses doutes (pour plus de détails sur ces points, voir la fiche 4, « Le message de *Zadig* », p. 236).

REPÈRES FICHES DOCUMENTS OBJECTIF BAC

UN ROI, UN MARCHAND, UN BRIGAND

1 • Moabdar, ou la naissance d'un tyran

Roi de Babylone, Moabdar jouit un temps de « la réputation d'un bon prince » (chap. V). L'amour le perd. Soupçonnant une idylle entre la reine Astarté, son épouse, et Zadig, il devient jaloux, cruel, résolu à faire exécuter l'un et l'autre (chap. VIII). S'éprenant ensuite de « la belle capricieuse Missouf », il cède à ses désirs les plus « extravagants ». Le peuple se révolte. Une guerre civile s'ensuit au cours de laquelle Moabdar est tué. À l'origine des malheurs de Zadig, il est, par sa mort, la cause involontaire de son bonheur retrouvé.

2 • Sétoc, le marchand plein de sagesse

Sétoc n'est pas roi, mais il est – un temps – le maître de Zadig, qu'il a acheté comme esclave. Marchand de son état, soucieux de faire de bonnes affaires, il est à la fois honnête et prosaïque (chap. X). L'intelligence et la perspicacité de Zadig finissent par l'impressionner au point qu'il lui rend sa liberté (chap. XIII). Devenu roi, Zadig fera de lui son ministre du Commerce (chap. XIX).

3 • Argobad, pillard et paillard

Ce « seigneur des brigands » n'a ni foi ni loi. Il s'est taillé un fief par l'épée et la terreur. Seuls lui importent ses plaisirs, dont il jouit abondamment. Puissant, redouté et heureux, il est pour Zadig une énigme : pourquoi la Providence permet-elle qu'existent de tels êtres sans pitié et sans vergogne (chap. XIV) ?

DES MÉDECINS, DES JUGES ET DES FEMMES

1 • Des médecins incompétents

Le « grand Hermès » soutient que les plaies de l'œil gauche sont incurables : comme Zadig en guérit, il rédige un livre pour démontrer qu'il n'aurait pas dû guérir (chap. I)... Un autre médecin croit en l'efficacité thérapeutique des basilics, lesquels n'existent pas (chap. XVI)... Le seul véritable médecin est en définitive Zadig, qui n'est pas médecin... Il guérit le seigneur Ogul de son apathie en l'obligeant à faire du sport (chap. XVI).

2 • Des juges cupides

Les juges ne sont pas davantage épargnés. Leur cupidité est sans borne : Zadig doit d'abord les payer avant d'être autorisé à plaider sa cause (chap. III). Leurs jugements sont iniques, disproportionnés et toujours fonction de leurs intérêts (chap. XIII).

3 • Des femmes inconstantes

Sémire est incompréhensible (chap. I) ; Azora, calculatrice (chap. II) ; Missouf, capricieuse (chap. XVI). Les femmes ne sont guère dépeintes sous un jour favorable, à la notable exception de la reine Astarté, aussi belle que sage.

Ces cibles de la satire sont traditionnelles depuis le Moyen Âge. Elles furent celles de Rabelais au XVe siècle, de Molière au XVIIe siècle. Voltaire fait toutefois **plus** que de s'inscrire dans une longue tradition. Il s'en sert pour **dénoncer** les ravages de l'ignorance chez les médecins, le mépris de l'intérêt général chez les juges et l'absence de toute logique chez (certaines) femmes. De la satire, il fait une **arme au service de la raison**.

La leçon de *Zadig* | FICHE 4 |

Zadig est l'histoire de deux quêtes conjointes : celle du bonheur et celle de la liberté. Bonheur et liberté sont-ils accessibles, à quelles conditions, et quelles en sont les implications, politiques, philosophiques ou religieuses ? Sous l'aspect plaisant d'un conte oriental, Voltaire aborde ainsi des questions fondamentales.

LA QUÊTE DU BONHEUR

1 • Une quête difficile

Zadig ne cesse de chercher le bonheur : dans l'amour et le mariage (chap. I, II), dans la solitude et l'étude de la nature (chap. III), dans l'amitié et la philosophie (chap. IV). Il ne recueille que déceptions et graves ennuis : « Qu'il est difficile d'être heureux dans cette vie ! », constate-t-il (chap. III). Quand, devenu ministre du roi Moabdar, il se croit « enfin heureux » (chap. V), les événements se chargent vite de le détromper. « Heureux », Zadig le sera certes finalement, mais au terme d'un long, douloureux et périlleux parcours.

2 • Les aptitudes au bonheur

Le bonheur ne va donc pas de soi et, quand il existe, il est le plus souvent provisoire. Il y faut des dispositions particulières : une absence de vanité, de jalousie, d'ambition, le sens de la justice, de l'amitié, le goût de la conversation et des bonnes choses. **Le bonheur est un art de vivre**, fait d'écoute, d'équilibre, de générosité et d'intelligence. Zadig n'est jamais autant heureux que lorsqu'il peut le pratiquer en compagnie de gens possédant les mêmes aptitudes et les mêmes aspirations. Là se trouve la difficulté. Tout le monde n'est pas comme Zadig. Le bonheur crée des jalousies et des rancœurs.

LA DÉLICATE CONCILIATION DU BIEN ET DU MAL

1 • Un enjeu métaphysique

La quête du bonheur se heurte ainsi au **problème du Mal**. À plusieurs reprises, Zadig s'interroge sur le sort qui s'obstine à « se jouer de lui et à le persécuter » (chap. XIII). La vertu semble systématiquement punie et le vice toujours récompensé. Sans foi ni loi, le brigand Argobad est heureux (chap. XIV) alors que le brave Pêcheur est malheureux (chap. XV). Comment concilier l'existence d'un Dieu, bon par définition, avec celle du Mal ? Comment accepter l'idée que Dieu serait responsable du Mal ?

2 • La réponse de l'ange Jesrad

Zadig a toutefois la chance de rencontrer un vieil ermite, qui se révèle être l'ange Jesrad. Le Bien, explique-t-il, ne saurait régner en maître sur la Terre, car ce serait la perfection et celle-ci ne peut exister que « dans la demeure éternelle de l'Être suprême » (chap. XVIII). Quant à ceux qui commettent le mal, ils sont tôt ou tard malheureux, punis : « Il n'y a point de mal dont il ne naisse un bien » (chap. XVIII).

3 • Une réponse à moitié convaincante

Ces explications ne convainquent pas complètement Zadig. Le voici prêt à formuler quelques objections : « Mais », dit-il. « Comme il disait *mais,* l'ange prenait déjà son envol » (chap. XVIII). Ce « mais », demeuré sans réponse, indique que le scandale du Mal ne disparaît pas totalement aux yeux de Zadig. Celui-ci ne s'en soumet pas moins à la Providence.

LIBERTÉ OU NÉCESSITÉ ?

Un débat non tranché

- *Zadig ou la Destinée* : tel est le titre complet du conte. La notion même de « destinée » implique l'idée que tout ce qui arrive a été voulu, réglé par la Providence.

C'est d'ailleurs ce que l'ange dit clairement: « Il n'y a point de hasard: tout est épreuve, ou punition, ou récompense, ou prévoyance » (chap. XVIII). Dans cette optique, les mésaventures et épreuves que Zadig a connues prennent leur sens: elles l'ont mené, préparé en quelque sorte, à devenir l'époux comblé d'Astarté et le roi heureux de Babylone (chap. XIX).

• Mais que devient dans ces conditions la liberté humaine : où et quand s'exerce-t-elle ? Existe-t-elle-même en définitive ? La question reste en suspens. Cela permet à Voltaire de conclure idéalement, presque miraculeusement, son conte. *Zadig* témoigne encore d'un **certain optimisme** qui disparaîtra dans *L'Ingénu*.

Les personnages de *L'Ingénu* | FICHE 5 |

L'Ingénu retrace un double voyage : géographique et sociologique. Un « Ingénu », qui est un étranger sans en être vraiment un, débarque en France. Faux naïf malgré son surnom, il évolue dans différentes strates de la société. De là, sous son regard étonné, une satire souvent féroce des plus grands ennemis de Voltaire : les jésuites.*

LE HURON DIT L'INGÉNU, DIT ENCORE HERCULE DE KERKABON

1 • Un vrai faux Huron

L'état civil de l'Ingénu est complexe. Lui se dit Huron : élevé chez les Hurons, il en pratique certes les coutumes et la langue. Mais ce n'est pas pour autant un vrai Huron. Les Kerkabon le reconnaissent comme leur neveu sur la foi de deux portraits de famille. Le Huron est français, fils d'un capitaine envoyé au Canada combattre les Amérindiens. Même si ses mœurs sont rustiques, l'homme qui débarque le 15 juillet 1689 au soir dans la baie de Rance, n'est pas un « sauvage », comme on le disait alors rapidement : il parle déjà trois langues, le huron, l'anglais et le français.

2 • Un ingénu faux naïf

Son surnom ne fait de lui ni un benêt ni même un naïf. Un ingénu est quelqu'un qui s'exprime avec franchise et sincérité. Aussi ne peut-il que manifester son étonnement ou son incompréhension devant des usages galants et mondains dont il ignore tout (chap. VI) ou encore devant les mœurs de la cour (chap. IX, X). Le regard neuf qu'il porte sur la société en souligne ainsi les contradictions, les hypocrisies ou les incohérences.

3 • La conquête de l'autonomie

Son embastillement (chap. X-XIV) accélère son évolution : « J'ai été changé de brute en homme » (chap. XI), reconnaît-il lui-même. La lecture des historiens de l'Antiquité (chap. XI), des fables de La Fontaine, des tragédies de Corneille et de Racine (chap. XII) lui permet de se cultiver, d'apprendre à raisonner, d'exercer son libre arbitre. Cette initiation à la vie de l'esprit l'épanouit sans qu'il soit obligé pour autant de renier sa nature. Il devient un être autonome et conscient. Le paradoxe est que l'Ingénu opère cette métamorphose en prison.

4 • Un homme accompli

La mort de Mlle de Saint-Yves, qui restera la tragédie de son existence, ne l'empêche pas de devenir un personnage important, socialement estimé : « sous un autre nom à Paris et dans les armées », il se révèle « un excellent officier », « un guerrier et un philosophe intrépide », recueillant « l'approbation de tous les honnêtes gens » (chap. XX). Homme d'action et de réflexion, ce Huron finit par être un parfait homme du XVIIIe siècle.

GORDON, LE JANSÉNISTE REPENTI

1 • Une victime de l'intolérance religieuse

Lorsque l'Ingénu le rencontre, Gordon est un « vieillard frais et serein », embastillé depuis « deux ans ». Son crime, son seul crime, est d'être janséniste. Comme tout janséniste, il est catholique mais, à la différence des jésuites, également catholiques, il croit en la prédestination (selon laquelle Dieu n'accorde la grâce du salut qu'à certains). C'est donc un différend métaphysique qui conduit Gordon en prison.

2 • Une victime de sa propre vision religieuse du monde

S'il est victime des croyances des autres, Gordon l'est aussi de ses propres convictions. Pour le janséniste qu'il est, le monde est radicalement mauvais, perverti par le péché. Ses conversations avec l'Ingénu lui font prendre progressivement conscience qu'il a gâché une grande partie de sa vie à étudier et à professer des théories impossibles à démontrer (chap. XIV).

3 • Un converti se réconciliant avec l'humain

Si Gordon fait accéder l'Ingénu à la liberté, l'Ingénu, en retour, convertit Gordon à l'« humaine condition ». Le processus est toutefois différent. Si Gordon fait de l'Ingénu un « être de raison », le Huron fait de Gordon un « être sensible » qui finit par convenir que les passions humaines ne sauraient être mauvaises : « Il ne connaissait l'amour auparavant que comme un péché dont on s'accuse en confession. Il apprit à le connaître comme un sentiment aussi noble que tendre, qui peut élever l'âme » (chap. XIV).

LES JÉSUITES, CIBLE PRIVILÉGIÉE

1 • Un ordre religieux puissant et inquiétant

Fondé en 1540 par l'Espagnol Ignace de Loyola, les Jésuites devinrent une puissance tout autant politique que spirituelle, notamment en France. Depuis Louis XIII, l'un des leurs était le confesseur officiel du roi. Et leur implantation sur presque tout le territoire leur permettait d'exercer une surveillance des comportements. C'est ainsi qu'un « jésuite déguisé » sert « d'espion au révérend père de La Chaise », le confesseur de Louis XIV. Il écoute ce que dit l'Ingénu dans une auberge de Saumur et le dénonce aussitôt comme hérétique (chap. VIII).

2 • Le père Tout-à-tous

Son surnom suggère à la fois son entregent, son hypocrisie et son aptitude à s'insinuer partout, tel un espion ou un Tartuffe. Directeur de conscience chargé de guider les âmes vers le salut, il confesse surtout les femmes (chap. XV). Son art de la casuistique (raisonnement subtil permettant de justifier à peu près tout et n'importe quoi) lui permet de démontrer à Mlle de Saint-Yves qu'il n'y a aucun péché à céder aux avances de « monseigneur de Saint-Pouange » (chap. XVII).

MADEMOISELLE DE SAINT-YVES

Une héroïne pathétique

Profondément éprise de l'Ingénu, elle se sacrifie pour le faire sortir de la Bastille (chap. XVII et XVIII). Toutefois, l'ignoble chantage dont elle a été l'objet ne diminue pas ses remords et sa honte. Elle meurt d'avoir perdu son « honneur », comme on disait alors. Ce type de personnage était fréquent aussi bien dans la tragédie que dans les romans sensibles de l'époque.

La leçon de *L'Ingénu* | FICHE 6 |

Sous son titre plaisant, L'Ingénu *est un véritable manifeste politique en faveur de la liberté et de la tolérance. Censé se dérouler dans la société française du* XVIIIe *siècle, il appelle à une profonde réforme des mœurs et des institutions.*

POUR LA LIBERTÉ D'OPINION, CONTRE LA CENSURE

Contre la censure

En lisant les historiens de l'Antiquité durant sa détention, l'Ingénu découvre la mésaventure survenue à Bélisaire, un général romain condamné pour avoir déclaré : « La vérité luit de sa propre lumière, et on n'éclaire pas les esprits avec les flammes des bûchers » (chap. XI). L'absurdité de la condamnation est renforcée par la stupidité des juges, partisans de la thèse adverse : « On n'éclaire les esprits qu'avec la flamme des bûchers, et la vérité ne saurait luire de sa propre lumière. » Voltaire, qui eut lui-même à en souffrir, dénonce ainsi l'ineptie de la censure et **milite pour la liberté d'opinion.** Cette dernière ne sera reconnue qu'en 1789 par la Déclaration des droits de l'homme et du citoyen – 22 ans après la publication du conte.

POUR UNE JUSTICE SANS INJUSTICES

Contre les lettres de cachet

Gordon puis l'Ingénu se retrouvent en prison sur une simple dénonciation. Il n'y a aucune enquête à leur sujet, ni l'un ni l'autre n'a rencontré de juge ni n'est passé en jugement. Si Gordon sait qu'il est embastillé pour ses convictions religieuses jansénistes, l'Ingénu ignore tout des motifs de son incarcération. L'un et l'autre ignorent enfin la durée de leur embastillement. Les deux hommes sont victimes du système des lettres de cachet, qui permettait aux autorités de faire arrêter n'importe qui, n'importe quand, sur n'importe quel prétexte, pour n'importe quel nombre d'années. Cette pratique sera abolie le 26 juin 1789.

POUR LA LIBERTÉ DE CULTE, CONTRE L'INTOLÉRANCE RELIGIEUSE

1 • Le contexte historique

En 1685, **Louis XIV abroge l'édit de Nantes** qui, depuis 1598, garantissait la liberté de culte aux protestants. Désormais persécutés, ces derniers n'ont plus le choix qu'entre l'exil, la clandestinité ou le reniement de leur croyance. Toute l'habileté de Voltaire, que cette révocation indigne, consiste à ne pas se placer sur le terrain des convictions mais sur celui des **conséquences concrètes** qu'elle entraîne, observables par tout un chacun.

2 • Une persécution néfaste

En route vers Versailles, l'Ingénu fait halte à Saumur et s'entretient avec quelques protestants (chap. VIII). En quatre ans – l'Ingénu étant censé être arrivé en France en 1689 – la population de la ville a chuté de plus de la moitié. L'économie en est d'autant plus affectée que les protestants étaient « des drapiers et des fabricants » (des entrepreneurs). Du même coup, le roi s'est privé des services de nombre de ses sujets. La persécution des jansénistes dont le pauvre Gordon est victime, aboutit aux mêmes résultats désastreux.

CONTRE LA BUREAUCRATIE ET LA COUR

1 • Un labyrinthe administratif

À Versailles, l'Ingénu découvre que pour obtenir une audience auprès du roi, il faut d'abord passer par Mgr de Louvois ; que pour voir Mgr de Louvois, il faut passer par M. Alexandre, « le premier commis de la guerre », lequel n'est accessible que si on passe par son propre « premier commis » (chap. IX). Cet effet de cascade accentue la **satire des pratiques administratives**, qui constituent autant d'écrans entre le roi et son peuple.

2 • Les critères immoraux de la réussite sociale

Aussi ignorante des mœurs de la cour que l'Ingénu, Mlle de Saint-Yves découvre que « les places les plus médiocres et les plus considérables n'ont souvent été données » qu'au prix de faveurs sexuelles (chap. XVII). Le mérite n'est que de peu d'utilité. Tel homme n'occupe un poste important que grâce à la compréhension de sa femme…

Qui est l'Autre ? | THÈME 1 |

L'histoire de Zadig est l'histoire d'un voyage, même s'il ne l'entreprend le plus souvent que contraint et forcé. Zadig découvre ainsi des pays, des peuples étrangers : il se confronte dès lors à l'Autre. Qui est l'Autre ? Quel regard porter sur lui ? Est-il ou non notre miroir ? Voici différents points de vue et angles d'analyse.

DOCUMENT 1 L'AUTRE, UNE APPARENCE ?

MONTESQUIEU, *Lettres persanes*, lettre 30 (1721)

Deux Persans, Usbek et Rica, visitent Paris et suscitent la curiosité des Parisiens : « Comment peut-on être Persan ? » Rica s'étonne à son tour de leur étonnement. Comment peut-on être Français ? est-il tenté de répondre. C'est pour Montesquieu (1689-1755), au-delà des apparences, poser la question des différences.

Rica à Ibben, à Smyrne

Les habitants de Paris sont d'une curiosité qui va jusqu'à l'extravagance. Lorsque j'arrivai, je fus regardé comme si j'avais été envoyé du Ciel : vieillards, hommes, femmes, enfants, tous voulaient me voir. Si je sortais, tout le monde se mettait aux fenêtres ; si j'étais aux Tuileries[1], je voyais aussitôt un cercle se former autour de moi : les femmes mêmes faisaient un arc-en-ciel, nuancé de mille couleurs, qui m'entourait ; si j'étais aux spectacles, je trouvais d'abord cent lorgnettes dressées contre ma figure : enfin jamais homme n'a tant été vu que moi. Je souriais quelquefois d'entendre des gens qui n'étaient presque jamais sortis de leur chambre, qui disaient entre eux : « Il faut avouer qu'il a l'air bien Persan. » Chose admirable ! Je trouvais de mes portraits partout ; je me voyais multiplié dans toutes les boutiques, sur toutes les cheminées : tant on craignait de ne m'avoir pas assez vu.

Tant d'honneurs ne laissent pas d'être à charge : je ne me croyais pas un homme si curieux et si rare ; et, quoique j'aie très bonne opinion de moi, je ne me serais jamais imaginé que je dusse troubler le repos d'une grande ville où je n'étais point connu. Cela me fit résoudre à quitter l'habit persan et à en endosser un à l'européenne, pour voir s'il resterait encore dans ma physionomie quelque chose d'admirable. Cet essai me fit connaître ce que je valais réellement : libre de tous les ornements étrangers, je me vis apprécié au plus juste. J'eus sujet de me plaindre de mon tailleur, qui m'avait fait perdre en un

1. Le jardin du Palais des Tuileries.

instant l'attention et l'estime publique : car j'entrai tout à coup dans un néant affreux. Je demeurai quelquefois une heure dans une compagnie sans qu'on m'eût regardé, et qu'on m'eût mis en occasion d'ouvrir la bouche. Mais, si quelqu'un, par hasard, apprenait à la compagnie que j'étais Persan, j'entendais aussitôt autour de moi un bourdonnement : « Ah ! ah ! Monsieur est Persan ? C'est une chose bien extraordinaire ! Comment peut-on être Persan ? »

DOCUMENT 2 L'AUTRE, UN ENNEMI PAR NATURE ?

VOLTAIRE, *Zadig* (1748), chapitre IV, « L'Envieux ».

L'Autre peut être proche, connu, et hostile, même sans raison. L'Envieux, qui n'a pas de nom sous la plume de Voltaire (1694-1778), est d'abord défini par son caractère. Le bonheur ou la réussite d'autrui lui est insupportable. Que faire contre cela ?

DOCUMENT 3 L'AUTRE, UN(E) INCONNU(E) ?

PAUL VERLAINE, *Poèmes saturniens* (1866).

Le recueil des Poèmes saturniens *est le premier recueil poétique de Verlaine (1844-1896), où se devine encore l'influence de Baudelaire. Le poème qui suit est tout entier construit sur le thème de l'ambiguïté féminine. L'Autre peut nous être d'autant plus inconnu qu'il nous est proche, « familier ».*

Je fais souvent ce rêve étrange et pénétrant
D'une femme inconnue, et que j'aime, et qui m'aime,
Et qui n'est, chaque fois, ni tout à fait la même
Ni tout à fait une autre, et m'aime et me comprend.

Car elle me comprend, et mon cœur, transparent
Pour elle seule, hélas ! cesse d'être un problème
Pour elle seule, et les moiteurs de mon front blême,
Elle seule sait les rafraîchir, en pleurant.

Est-elle brune, blonde ou rousse ? – Je l'ignore.
Son nom ? Je me souviens qu'il est doux et sonore
Comme ceux des aimés que la Vie exila.

Son regard est pareil au regard des statues,
Et, pour sa voix, lointaine, et calme, et grave, elle a
L'inflexion des voix chères qui se sont tues.

DOCUMENT 4 L'AUTRE, UN FRÈRE ?

CHARLES BAUDELAIRE, « Le Joujou du pauvre », *Le Spleen de Paris* (1869).

Le Spleen de Paris *est un recueil de poèmes en prose, dans lesquels Baudelaire (1821-1867) voit la forme par excellence de la poésie moderne. C'est aussi un hymne à la vie urbaine et à la fraternité. Dans le poème qui suit, le poète montre l'égalité de tous par-delà les différences sociales. À l'inverse de ce que suggérait le sonnet de Verlaine, l'Autre, même inconnu, est ici un frère.*

[...] Sur une route derrière la grille d'un vaste jardin, au bout duquel apparaissait la blancheur d'un joli château frappé par le soleil, se tenait un enfant beau et frais, habillé de ces vêtements de campagne si pleins de coquetterie.

Le luxe, l'insouciance et le spectacle habituel de la richesse, rendent ces enfants-là si jolis, qu'on les croirait faits d'une autre pâte que les enfants de la médiocrité ou de la pauvreté. À côté de lui, gisait sur l'herbe un joujou splendide, aussi frais que son maître, verni, doré, vêtu d'une robe pourpre, et couvert de plumets et de verroteries. Mais l'enfant ne s'occupait pas de son joujou préféré, et voici ce qu'il regardait :

De l'autre côté de la grille, sur la route, entre les chardons et les orties, il y avait un autre enfant, sale, chétif, fuligineux [= noirâtre], un de ces marmots-parias dont un œil impartial découvrirait la beauté, si, comme l'œil du connaisseur devine une peinture idéale sous un vernis de carrossier, il le nettoyait de la répugnante patine de la misère.

À travers ces barreaux symboliques séparant deux mondes, la grande route et le château, l'enfant pauvre montrait à l'enfant riche son propre joujou, que celui-ci examinait avidement comme un objet rare et inconnu. Or, ce joujou, que le petit souillon agaçait, agitait et secouait dans une boîte grillée, c'était un rat vivant ! Les parents, par économie sans doute, avaient tiré le joujou de la vie elle-même.

Et les deux enfants se riaient l'un à l'autre fraternellement, avec des dents d'une *égale* blancheur.

DOCUMENT 5 L'AUTRE, UN ENFER ?

JEAN-PAUL SARTRE, *Huis clos* (1944), © Éditions Gallimard.

Dans cette pièce de Sartre (1905-1980), trois morts sont en enfer, enfermés pour l'éternité dans une chambre : un homme et deux femmes. L'homme – Garcin – est un lâche qui se prend pour un héros ; Estelle est une infanticide ; Inès, une

lesbienne. Tous trois ont mérité leur damnation, bien qu'ils ne comprennent pas – encore – ce que c'est que cet « enfer » : c'est l'Autre, qui s'instaure juge des deux autres, sans remède possible puisque leur vie est définitivement jouée.

ESTELLE. – Ne l'écoute pas. Prends ma bouche ; je suis à toi tout entière.

INÈS. – Eh bien, qu'attends-tu ? Fais ce qu'on te dit. Garcin le lâche tient dans ses bras Estelle l'infanticide. Les paris sont ouverts. Garcin le lâche l'embrassera-t-il ? Je vous vois, je vous vois ; à moi seule je suis une foule, la foule. Garcin, la foule, l'entends-tu ? *(Murmurant.)* Lâche ! Lâche ! Lâche ! Lâche ! En vain tu me fuis, je ne te lâcherai pas. Que vas-tu chercher sur ses lèvres ? L'oubli ? Mais je ne t'oublierai pas, moi. C'est moi qu'il faut convaincre. Moi. Viens, viens, je t'attends. Tu vois, Estelle, il desserre son étreinte, il est docile comme un chien… Tu ne l'auras pas !

GARCIN. – Il ne fera donc jamais nuit ?

INÈS. – Jamais.

GARCIN. – Tu me verras toujours ?

INÈS. – Toujours.

(Garcin abandonne Estelle et fait quelques pas dans la pièce. Il s'approche du bronze[1]*.)*

GARCIN. – Le bronze… *(Il le caresse.)* Eh bien, voici le moment. Le bronze est là, je le contemple et comprends que tout était prévu. Ils avaient prévu que je me tiendrais devant cette cheminée, pressant ma main sur ce bronze, avec tous ces regards sur moi. Tous ces regards qui me mangent… *(Il se retourne brusquement.)* Ha ! Vous n'êtes que deux ? Je vous croyais beaucoup plus nombreuses. *(Il rit.)* Alors, c'est ça l'enfer. Je n'aurais jamais cru… Vous vous rappelez : le soufre, le bûcher, le gril… Ah ! quelle plaisanterie. Pas besoin de gril : l'enfer, c'est les Autres.

1. Le bronze : un buste en bronze qui « décore » la chambre où ils sont enfermés.

L'homme entre nature et culture

« J'ai été changé de brute en homme », dit l'Ingénu (chap. XI) découvrant à la fois l'amitié et les grands textes de la littérature. Par cette phrase forte qu'il prête à son personnage, Voltaire relance le débat, abordé dès le XVIe siècle, sur la nature et la culture, sur le « bon sauvage » comme on disait alors. La civilisation – la culture au sens large du terme – améliore-t-elle ou dénature-t-elle l'homme ?

DOCUMENT 6 UNE LEÇON DE RELATIVISME

MONTAIGNE, « Des cannibales », *Essais*, livre I (1588).

En 1562, Montaigne (1533-1592) rencontre à Rouen trois « cannibales » – nom donné aux habitants de la côte brésilienne, les Tupinambas, qu'une expédition française avait tenté de coloniser. C'est l'occasion pour Montaigne de comparer les avantages de l'état de nature et ceux de la civilisation. Son analyse annonce le mythe du « bon sauvage » qui s'épanouira au XVIIIe siècle.

Or je trouve […] qu'il n'y a rien de barbare et de sauvage en cette nation[1], à ce qu'on m'en a rapporté, sinon que chacun appelle barbarie ce qui n'est pas de son usage. Comme de vrai nous n'avons d'autre mire[2] de la vérité et de la raison que l'exemple et idée des opinions et usances du pays où nous sommes. Là est toujours la parfaite religion, la parfaite police, le parfait et accompli usage de toutes choses. Ils sont sauvages, de même que nous appelons les fruits que nature, de soi et de son progrès ordinaire, a produits ; là où, à la vérité, ce sont ceux que nous avons altérés par notre artifice[3] et détournés de l'ordre commun, que nous devrions appeler plutôt sauvages. En ceux-là sont vives et vigoureuses les vraies et plus utiles et naturelles vertus et propriétés ; lesquelles nous avons abâtardies en ceux-ci, les accommodant au plaisir de notre goût corrompu. […]

Ces nations me semblent donc ainsi barbares pour avoir reçu fort peu de façon de l'esprit humain, et être encore fort voisines de leur naïveté originelle. Les lois naturelles leur commandent encore, fort peu abâtardies par les nôtres. Mais c'est en telle pureté, qu'il me prend quelquefois déplaisir de quoi la connaissance n'en soit venue plus tôt, du temps qu'il y avait des hommes qui en eussent su mieux juger que nous.

1. Le Brésil.
2. Mire : miroir.
3. Artifice : technique.

DOCUMENT 7 LA CIVILISATION RIME-T-ELLE AVEC DÉCADENCE ?

JEAN-JACQUES ROUSSEAU, *Discours sur les sciences et les arts*, partie II (1750).

S'appuyant sur l'histoire de Rome, Rousseau (1712-1778) dresse un réquisitoire implacable contre les « lumières », seules responsables à ses yeux d'une décadence générale des mœurs. Utilisant la figure rhétorique de la prosopopée[1], il fait ici parler un consul romain, Fabricius.

Jusqu'alors, les Romains s'étaient contentés de pratiquer la vertu : tout fut perdu quand ils commencèrent à l'étudier. [...] Quelle splendeur funeste a succédé à la simplicité romaine ? Quel est ce langage étranger[2] ? Quelles sont ces mœurs efféminées ? Que signifient ces statues, ces tableaux, ces édifices ? Insensés, qu'avez-vous fait ? Vous, les maîtres des nations, vous vous êtes rendus les esclaves des hommes frivoles que vous avez vaincus ! [...] Voilà comment le luxe, la dissolution et l'esclavage ont été de tous temps le châtiment des efforts orgueilleux que nous avons faits pour sortir de l'heureuse ignorance où la sagesse éternelle nous avait placés. Le voile épais dont elle a couvert toutes ses opérations semblait nous avertir assez qu'elle ne nous a point destinés à de vaines recherches. Mais est-il quelqu'une de ses leçons dont nous ayons su profiter, ou que nous ayons négligée impunément ? Peuples, sachez donc une fois que la nature a voulu vous préserver de la science, comme une mère arrache une arme dangereuse des mains de son enfant ; que tous les secrets qu'elle vous cache sont autant de maux dont elle vous garantit, et que la peine que vous trouvez à vous instruire n'est pas le moindre de ses bienfaits. Les hommes sont pervers : ils seraient pires encore s'ils avaient eu le malheur de naître savants.

DOCUMENT 8 « REGRETTERA QUI VEUT LE BON VIEUX TEMPS[3] » (LE MONDAIN, 1736)

VOLTAIRE, article « Homme », *Dictionnaire philosophique portatif* (1764).

Partisan résolu de la civilisation, Voltaire (1694-1778) s'en prend vertement à Rousseau (même s'il ne le nomme pas expressément). Pour lui, sans culture, l'homme n'est guère différent d'un animal.

---

1. Prosopopée : figure par laquelle on fait parler un absent, un mort, une chose personnifiée.

2. Le grec.

3. Vers du poème de Voltaire, *Le Mondain* (1736).

Que serait l'homme dans l'état qu'on nomme de *pure nature* ? Un animal fort au-dessous des premiers Iroquois qu'on trouva dans le nord de l'Amérique. Il serait très inférieur à ces Iroquois, puisque ceux-ci savaient allumer du feu et se faire des flèches. Il fallut des siècles pour parvenir à ces deux arts[1].

L'homme abandonné à la pure nature n'aurait pour tout langage que quelques sons mal articulés ; l'espèce serait réduite à un très petit nombre par la difficulté de la nourriture et par le défaut des secours, du moins dans nos tristes climats. Il n'aurait pas plus de connaissance de Dieu et de l'âme que des mathématiques, ses idées seraient renfermées dans le soin de se nourrir. L'espèce des castors serait très préférable.

C'est alors que l'homme ne serait précisément qu'un enfant robuste, et on a vu beaucoup d'hommes qui ne sont pas fort au-dessus de cet état.

Les Lapons, les Samoïèdes, les habitants du Kamtchatka, les Cafres, les Hottentots[2] sont à l'égard de l'homme en l'état de pure nature ce qu'étaient autrefois les cours de Cyrus et de Sémiramis[3] en comparaison des habitants des Cévennes. Et cependant ces habitants du Kamtchatka et ces Hottentots de nos jours, si supérieurs à l'homme entièrement sauvage, sont des animaux qui vivent six mois de l'année dans des cavernes, où ils mangent à pleines mains la vermine dont ils sont mangés.

En général l'espèce humaine n'est pas de deux degrés plus civilisée que les gens du Kamtchatka. La multitude des bêtes brutes appelées *hommes*, comparée avec le petit nombre de ceux qui pensent, est au moins dans la proportion de cent à un chez beaucoup de nations.

DOCUMENT 9 COMMENT ON DEVIENT HOMME

VOLTAIRE, *L'Ingénu*, chapitre XI (1767).

L'évolution de l'Ingénu apporte la preuve que les arts, les sciences et les lettres permettent réellement d'accéder à la dignité, par la pensée, à la sensibilité, par la découverte de l'amitié, bref à l'humain.

---

1. **Arts** : techniques.
2. **Cafres** et **Hottentots** : peuples d'Afrique du Sud.
3. **Cyrus** : roi de l'ancienne Perse ; **Sémiramis** : reine légendaire d'Assyrie et de Babylonie.

DOCUMENT 10 LE PROCÈS DE LA CIVILISATION

DENIS DIDEROT, *Supplément au Voyage de Bougainville* (1772).

En 1771 paraît le Voyage autour du monde*, écrit par le navigateur Bougainville. À son retour en France, il est accompagné d'un Tahitien qui suscite la curiosité des Parisiens. Diderot (1713-1784) se saisit de l'événement pour réfléchir sur la relativité des coutumes et des institutions. Il rédige un* Supplément *dans lequel un Tahitien dresse le procès des Européens, de leur manière de vivre et de concevoir ce que peut – ou doit – être ou faire un être humain.*

Laisse-nous nos mœurs ; elles sont plus sages et plus honnêtes que les tiennes ; nous ne voulons point troquer ce que tu appelles notre ignorance contre tes inutiles lumières. Tout ce qui nous est nécessaire, nous le possédons. Sommes-nous dignes de mépris parce que nous n'avons pas su nous faire des besoins superflus ? Lorsque nous avons faim, nous avons de quoi manger ; lorsque nous avons froid, nous avons de quoi nous vêtir. Tu es entré dans nos cabanes, qu'y manque-t-il à ton avis ? Poursuis jusqu'où tu voudras ce que tu appelles les commodités de la vie ; mais permets à des êtres sensés de s'arrêter, lorsqu'ils n'auraient à obtenir, de la continuité de leurs pénibles efforts, que des biens imaginaires. Si tu nous persuades de franchir l'étroite limite du besoin, quand finirons-nous de travailler ? Quand jouirons-nous ? Nous avons rendu la somme de nos fatigues annuelles et journalières la moindre qu'il était possible, parce que rien ne nous paraît préférable au repos. Va dans ta contrée t'agiter, te tourmenter tant que tu voudras ; laisse-nous reposer : ne nous entête ni de tes besoins factices, ni de tes vertus chimériques.

Les devoirs de l'homme | SUJET D'ÉCRIT 1 |

Objet d'étude : La question de l'homme dans les genres de l'argumentation.

DOCUMENTS

(Les documents figurent dans l'ouvrage, p. 203-218.)

- **BAYLE, *Commentaire philosophique*** (1686) ♦ TEXTE 3, p. 206
- **MONTESQUIEU, *Lettres persanes*** (1713) ♦ TEXTE 4, p. 207
- **VOLTAIRE, *Traité de la tolérance*** (1763) ♦ TEXTE 6, p. 212
- **ZOLA, *La Vérité en marche*** (1901) ♦ TEXTE 7, p. 214

QUESTIONS SUR LE CORPUS

1 Quels sont, selon ces quatre auteurs, les devoirs qui s'imposent à l'homme, précisément parce qu'il est homme ?

2 Quel procédé argumentatif chacun de ces quatre auteurs privilégie-t-il ?

TRAVAUX D'ÉCRITURE

Commentaire (séries générales)

Vous ferez le commentaire du texte de Montesquieu (texte 4, p. 207).

Commentaire (séries technologiques)

Vous ferez le commentaire du texte de Montesquieu (texte 4, p. 207) en vous aidant des pistes de lecture suivantes.
- Quel est le ton de la lettre ?
- Quelle question fondamentale cette lettre soulève-t-elle ?

Dissertation

L'indignation est-elle, à votre avis, un bon moyen de convaincre autrui ?

Écriture d'invention

Imaginez les pensées des Parisiens lorsqu'ils font la connaissance de Rica (texte 4, p. 207).

La satire de la justice dans *Zadig* et *L'Ingénu*

| SUJET D'ÉCRIT 2 |

Objet d'étude : La question de l'homme dans les genres de l'argumentation.

DOCUMENTS

- **VOLTAIRE, *Zadig***, chapitre III ♦ p. 17
- **VOLTAIRE, *Zadig***, chapitre VI ♦ p. 30
- **VOLTAIRE, *Zadig***, chapitre XVIII ♦ p. 85
- **VOLTAIRE, *L'Ingénu***, chapitre IX ♦ p. 145
- **VOLTAIRE, *L'Ingénu***, chapitre XVIII ♦ p. 179

QUESTIONS SUR LE CORPUS

1 Quels sont les principaux griefs que Voltaire adresse à la justice ?

2 Quel exercice de la justice lui semble souhaitable ?

TRAVAUX D'ÉCRITURE

Commentaire (séries générales)

Vous ferez le commentaire de l'extrait du chapitre IX de *L'Ingénu* depuis : « On fit un inventaire de son argent comptant » (p. 148, l. 77) jusqu'à la fin du chapitre (p. 148).

Commentaire (séries technologiques)

Vous ferez le commentaire de l'extrait du chapitre IX de *L'Ingénu* depuis : « On fit un inventaire de son argent comptant » (p. 148, l. 77) jusqu'à la fin du chapitre (p. 148).
Vous vous aiderez des pistes de lecture suivantes.
– En quoi consiste, dans ce passage, l'ironie voltairienne ?
– Quelle est sa fonction ?
– Comment le lecteur comprend-il ce qui arrive à l'Ingénu avant que celui-ci ne le comprenne à son tour ? Quelle est la raison de ce décalage ?

Dissertation

Pensez-vous, comme l'Ermite dans *Zadig* (chapitre XVIII, p. 92), que « tout est épreuve, ou punition, ou récompense, ou prévoyance [au sens classique de : "soin concernant l'avenir"] » ?

Vous répondrez à cette question dans un devoir structuré en vous appuyant sur les textes du corpus et sur vos lectures personnelles.

Écriture d'invention

Imaginez, sous la forme d'un dialogue, les premières paroles que peuvent échanger l'Ingénu et Gordon le janséniste.

Tout est bien qui finit bien… | SUJET D'ORAL 1 |

• **VOLTAIRE,** ***Zadig***, chapitre XIX

De : « Il fut reconnu roi d'un consentement unanime » à la fin du chapitre. → p. 96-97, l. 80-107

QUESTION

En quoi la fin de *Zadig* est-elle celle d'un conte, que ce conte soit ou non philosophique ?

Pour vous aider à répondre

a Que gagne Zadig à la fin du chapitre ?
b Comment sa générosité se manifeste-t-elle ?
c Qui récompense-t-il ? et pourquoi ?

COMME À L'ENTRETIEN

1 Qu'a dit l'ange Jesrad ?

2 La « destinée » de Zadig confirme-t-elle le propos de l'ange ?

3 En quoi Zadig connaît-il un sort exceptionnel ?

4 En quoi son « règne » a-t-il quelque chose de mythique ?

5 Cette fin vous paraît-elle logique ou trop belle ?

Une reconnaissance romanesque

| SUJET D'ORAL 2 |

• **VOLTAIRE, *L'Ingénu***, chapitre II

De : « Le prieur regardait attentivement ces portraits… » à : « l'Ingénu leur ressemblait parfaitement » → p. 119, l. 27-62

QUESTION

Comment l'Ingénu est-il reconnu comme neveu de son oncle et de sa tante ?

Pour vous aider à répondre

a De quelles façons concrètes ?
b Par quels « témoins » ?

COMME À L'ENTRETIEN

1 La reconnaissance est un thème courant dans les romans du XVIIIe siècle. Comment Voltaire le reprend-il en s'en moquant ?

2 Quelle est la « preuve » la plus significative de la filiation ?

3 Comment les « témoins » sont-ils moqués, voire discrédités ?

4 Que penser alors de ce « Huron » ?

Entre nature et culture : le rêve d'une vie primitive

| LECTURE 1 |

• **PAUL GAUGUIN**, *Arearea* (1892) → 2e de couverture

Peintre, sculpteur et graveur, Paul Gauguin (1848-1903) effectue un premier séjour à Tahiti, où il espère trouver des traces de vie primitive. S'inspirant des légendes locales, il évoque dans ses tableaux un monde à la fois imaginaire et réel, marqué par la nostalgie d'une pureté – d'un paradis ? – perdue.

Son tableau *Arearea dit aussi Joyeusetés*, qu'il expose à Paris en 1893, est l'une de ses œuvres les plus célèbres. L'accueil mitigé qu'il y reçoit l'incite à retourner à Tahiti en 1895. Il y demeurera jusqu'à sa mort.

1 Quelle impression d'ensemble se dégage du tableau ?

2 Comment les couleurs organisent-elles les différents plans du tableau ?

3 Que signifie la présence de la statue au second plan ?

« Je » est-il un « autre » ?

| LECTURE 2 |

• **RENÉ MAGRITTE**, *Le Chef-d'œuvre ou les Mystères de l'horizon* (vers 1955) → 3e de couverture

René Magritte (1898-1967) est un peintre surréaliste, privilégiant à ce titre l'inattendu, l'imaginaire et l'illusion. Après avoir été longtemps incompris, il accède à la notoriété au début des années 1960.

1 Qu'y a-t-il d'énigmatique dans le tableau ? S'agit-il seulement des « mystères de l'horizon » ?

2 Qu'est-ce qui rend les personnages à la fois semblables et différents ?

3 D'après vous, de quoi cette différence et cette similitude peuvent-elles être le symbole ?

PAPIER À BASE DE FIBRES CERTIFIÉES

Hatier s'engage pour l'environnement en réduisant l'empreinte carbone de ses livres. Celle de cet exemplaire est de :
550 g éq. CO_2
Rendez-vous sur www.hatier-durable.fr

Achevé d'imprimer par Grafica Veneta à Trebaseleghe - Italie
Dépôt légal n° 97830-2/02 - Avril 2015